AF188797

MEIN HERZ WIRD DIR FOLGEN

ELLA WÜNSCHE

Bibliografische Information der Deutschen Nationalbibliothek:
DieDeutsche Nationalbibliothek verzeichnet diese Publikation in der
Deutschen Nationalbibliografie; detaillierte bibliografische Daten
sind im Internet über dnb.dnb.de abrufbar.

© Ella Wünsche 2020

Herstellung und Verlag: BoD – Books on Demand, Norderstedt

ISBN-13: 9783751903363

Lektorat: Christiane Kathmann, www.lektorat-kathmann.de / Sandra
Schwarzweller, text-boutique.com

Korrektorat: Sandra Schwarzweller

Covergestaltung: Daniel Morawek

Titelfotos: depositphotos.com / massonforstocks, Derkien, beatabecla

Auflage 1 | März 2020

Alle Rechte vorbehalten.

www.ella-wuensche.de

PROLOG

16. Dezember 1940

Die Nacht war kalt und der Himmel wolkenlos. Die junge Frau hielt das lederne Lenkrad fest umklammert, so stark, dass ihre Knöchel weiß wurden. Immer wieder musste sie sich zwingen, die Augen offen zu halten, denn sie war müde von der langen Autofahrt. Endlich signalisierte ein Schild, dass Lörrach nur noch zwei Kilometer entfernt war.

Als sie die Stadt erreichte, versuchte sie, sich die Landkarte wieder ins Gedächtnis zu rufen, die sie vor ihrer Abfahrt so gründlich studiert hatte. Sie war schon einmal vor einigen Jahren hier gewesen, allerdings mit dem Zug und bei Tag. Doch nun war es bereits nach zweiundzwanzig Uhr, die Straßenbeleuchtungen waren längst erloschen und die Fenster der Häuser mit schwarzen Tüchern verhängt. Im Scheinwerferlicht tauchte ein Schild auf, das die Richtung zum Schweizer Grenzposten anzeigte. Genau dorthin wollte sie nicht. Das hieß, dass sie hier abbiegen musste, um zu ihrem Ziel zu gelangen.

Als sie das kleine Waldstück endlich sehen konnte, fuhr sie an den Rand des Feldweges und hielt an. Das Licht der Scheinwerfer erlosch. Für einen Moment sah sie nichts als Dunkelheit, doch langsam gewöhnten sich ihre Augen daran. Im Licht des Mondes konnte sie den Wald deutlich vor sich erkennen. Sie sah sich noch einmal um. Nirgendwo waren Autos oder gar Patrouillen zu sehen. Schließlich drehte sie sich zur Rückbank um und hob die Decke an, die darauf lag. Leise, fast unhörbar, sagte sie: „Wir sind da."

Der junge Mann richtete sich auf. Er sah sie an, in seinen Augen lagen Angst und Traurigkeit. Er strich zart über ihre Wange.

„Danke."

Sie versuchte ein Lächeln, dann stiegen sie aus. Aus dem Kofferraum holte er einen schweren Rucksack und setzte ihn auf seine Schultern. Während sie über die Wiese auf den Wald zuliefen, sprachen sie kein Wort. Erst, als sie den Waldrand erreicht hatten, sagte er: „Ich weiß nicht, wie ich dir dafür danken kann."

„Und ich weiß nicht, wie ich ohne dich leben soll."

„Wir sehen uns in ein paar Stunden wieder", versprach er. Dann umarmte er sie und küsste sie.

Tränen liefen ihr über die Wangen. Dabei hatten sie den Plan so oft durchgesprochen. Er würde durch den Wald gehen und in wenigen Minuten in der Schweiz sein. In Freiheit. Das Grenzstück war unübersichtlich und schwer zu bewachen. Es war unwahrscheinlich, dass er von Grenzsoldaten aufgehalten werden würde. Dennoch hatte er darauf bestanden, dass sie nicht mit ihm kam, sondern mit dem Wagen zum Grenzübergang fuhr und ganz normal in die Schweiz einreiste. Nur für alle Fälle, hatte er gesagt. Ihr konnte dabei nichts passieren, ganz anders, als wenn sie im Wald erwischt wurde.

„Soll ich nicht doch mit dir kommen?", fragte sie.

„Mach dir keine Sorgen. Morgen früh treffen wir uns in Basel. Außerdem können wir den Wagen gut gebrauchen. Wenn wir ihn verkaufen, haben wir genug Geld, um weiterzureisen." Er hielt sie fest und küsste sie noch einmal. „Alles wird gut", sagte er.

„Glaubst du?", fragte sie mit zitternder Stimme.

Er sah sie mit festem Blick an und nickte so bestimmt, dass er ihr neue Zuversicht gab.

„Ich muss jetzt los", sagte er.

Sie strich ihm eine Locke aus dem Gesicht und nickte. Als er schon ein paar Schritte gegangen war, hielt sie ihn noch einmal zurück und küsste ihn. In der Ferne war Fliegeralarm zu hören, doch sie beachtete den schrillen Ton nicht weiter. Wahrscheinlich war es ein Fehlalarm. Warum sollte dieser ländliche Abschnitt bombardiert werden?

Er umarmte sie noch einmal und sie sog seinen Geruch ein. Dann verschwand er im Wald.

Sie stand noch einen Moment regungslos da und sah ihm hinterher. Dann machte sie sich auf den Weg zurück zum Auto.

Was ihre Eltern wohl sagen würden, wenn sie in ein, zwei Tagen bemerkten, dass sie nicht zurückkommen würde?

Auf einmal hörte sie das Geräusch nahender Flugzeuge. Waren die Bomber vom Weg abgekommen? Das geschah häufig, wenn die Geschwader nachts über Deutschland flogen, aber mit etwas Glück würden sie einfach weiterbrausen. Die neutrale Schweiz würden sie wohl kaum bombardieren. Dennoch beeilte sie sich, schnell zurück zum Auto zu kommen.

Plötzlich gab es auf einem der umliegenden Hügel einen lauten Knall, dann mehrere hintereinander. Das Mündungsfeuer einer FLAK-Stellung leuchtete auf.

Ihre Beine wurden wie von selbst schneller. Das Motorengeheul der Flieger wurde immer lauter. Im nächsten Moment explodierte die erste Bombe, vielleicht zweihundert Meter entfernt auf dem Feld. Die Druckwelle warf sie zu Boden.

KAPITEL 1

Gegenwart

Schnee bedeckte die Straßen. Leider hatte es in den letzten Tagen ausschließlich geregnet, somit lag unter der Schneeschicht eine tückische dicke Eisschicht, auf der sie beim Aussteigen aus der Bahn tatsächlich ausgerutscht war. Und das in ihrem neuen Wintermantel! Es war ein schlicht geschnittener, enganliegender beiger Wollmantel und sie hatte ihn ausgesucht, weil er ihr eine seriöse Aura verlieh, wie sie fand. Aber davon war nun nicht viel übrig, weil sie ungelenk über die gefrorenen Wege balancierte.

Es schneite immer stärker und sie ärgerte sich, dass sie keinen Mantel mit Kapuze angezogen hatte. Zum Glück war das Café Sehnsucht nicht weit entfernt. Kurz darauf überquerte sie vorsichtig die Straße und betrat den gemütlichen Raum.

„Hallo! Wie immer?", fragte Laura, als sie Eva erkannte.

Die junge Frau nickte. „Ja, einen Milchkaffee bitte."

Sie stellte sich an ihren Stammplatz an der Theke. Für gewöhnlich hatte sie keine Zeit, um am Tisch zu sitzen und zu sinnieren, wenn sie herkam. Sie brauchte das Koffein lediglich, um wach zu werden. Danach ging sie normalerweise weiter zu ihrer Arbeit in die Redaktion, die sich in einer Nebenstraße befand, aber heute musste sie zunächst zu einem Recherchetermin. Doch das Café war mittlerweile so sehr zu ihrem zweiten Wohnzimmer geworden, dass sie es sich selbst dann nicht nehmen ließ, hier einen kurzen Zwischenstopp einzulegen, wenn es einen Umweg bedeutete.

„Ist mein Mantel dreckig?", fragte sie, während Laura hinter der Theke den Kaffee zubereitete.

Diese sah sie irritiert an. Als Eva ihre Frage wiederholte und sich drehte, inspizierte Laura sie von allen Seiten. „Hier an der Seite ist er nass. Bist du hingefallen?"

Eva nickte. „Ja, die Straßen sind spiegelglatt und da hat es mich hingelegt."

Laura nickte mitfühlend. „Ich hab mich auch an den Zäunen festgehalten, nachdem ich aus dem Auto ausgestiegen bin."

Beide lachten.

„Der nasse Fleck trocknet bestimmt schnell wieder", tröstete Laura. „Der Mantel ist echt schön."

„Danke."

„So elegant", fügte die Café-Inhaberin hinzu.

„Mein ganzes Volontärsgehalt ist dafür draufgegangen."

Laura nickte mitfühlend.

„Ich hoffe, dass die Kollegen mich damit etwas ernster nehmen. Hab mir auch extra die Haare zu einem Dutt hochgesteckt."

Laura lächelte. „Offen stehen dir deine Haare besser, aber seriöser wirkst du tatsächlich. Ein bisschen wie eine Lehrerin."

Eva grinste und erklärte: „Weißt du, ich hab keine Lust mehr, ständig nur über diese langweiligen Boulevard-Liebeleien und Regionalthemen zu schreiben."

„Also ich lese Boulevard gerne", sagte Laura. „Und regionale Themen nehmen sich die Leute eben zu Herzen."

„Aber immer wieder über die neue Frisur von regionalen C-Promis zu schreiben, nur weil die mal bei DSDS waren, oder die exklusive Home-Story über die Faschingsprinzessin, das ist so …" Eva gähnte.

„Du bist jung, das ist doch nur der Anfang", tröstete Laura sie.

„Das denkst du, ich habe Kollegen, die seit zwanzig Jahren das Gleiche schreiben. Vielleicht sollte ich zum Fernsehen gehen", seufzte Eva resigniert.

„Da ist es auch nicht besser. Mach dir keine Sorgen. Du bist ambitioniert, du wirst deinen Weg schon finden."

„Ich wünsche mir endlich mal eine Geschichte, die die Leser fesselt – und weißt du, was ich heute machen darf?" Laura schüttelte den Kopf. „Eine Hundertjährige interviewen."

„Ist doch toll. Vielleicht hat sie etwas Spannendes zu erzählen."

„Das hoffe ich. Aber bei meinem Glück erinnert sie

sich wahrscheinlich nicht mal an ihren Namen! Jedenfalls wird der Bürgermeister von Eppelheim da sein und ihr einen Blumenstrauß überreichen. Ich stelle ihr dann noch ein paar Fragen. Wie man sich wohl fühlt, wenn man so alt ist?"

Eva trank einen großen Schluck Kaffee.

„Wahrscheinlich körperlich nicht so gut", meinte Laura.

Eva nickte, nahm noch einen Schluck, schaute auf ihre Uhr und sagte bedauernd: „Ich muss los."

Mit der Straßenbahn fuhr sie nach Eppelheim, eigentlich eine eigene Gemeinde, aber so nah an Heidelberg gelegen, dass alle von Heidelberg-Eppelheim sprachen. Sie stieg an der Jakobsgasse aus und ging zu einem alten Mehrfamilienhaus. Vor der Tür stand Tom, der Fotograf des Verlags, und rauchte eine Zigarette. Sie begrüßten sich mit einem flüchtigen Luftkuss. Der warme Geruch von Zigarette und Kaffee drang in Evas Nase und ihr wurde schlecht.

„Ist der Bürgermeister schon da?", fragte sie.

„Ich hab niemanden gesehen und ich stehe schon seit fünfzehn Minuten hier."

„So früh?"

„Meine Frau hat mich hier abgesetzt, sie brauchte das Auto. Muss danach gleich weiter, hab noch ein paar Fotos mit Freddie zu machen."

Sie nickte.

„Du siehst heute so anders aus", sagte der Fotograf.

„Ach ja?", antwortete sie und versuchte, es möglichst beiläufig klingen zu lassen, als ob sie nicht wüsste, was er meinte.

Der Mittfünfziger lächelte und sagte nichts weiter.

Sie musterte ihn nun genauer. Ihr Kollege sah aus, als ob er gleich zu einer Wanderung aufbrechen würde, er trug eine dicke Funktionsjacke und klobige Wanderschuhe.

„Komm, lass uns reingehen, dann hab ich nicht so einen Stress, den besten Winkel zu finden, wenn der Bürgermeister da ist."

Eva nickte und drückte auf die Klingel mit der Aufschrift *Selig*. Kurz darauf ging die Haustür auf und sie traten in den Flur. Im ersten Stock öffnete sich eine Wohnungstür, in der ein Mann Anfang sechzig stand.

„Guten Tag, gehören Sie zum Bürgermeister?", fragte er.

„Wir sind von der Zeitung, aber der Bürgermeister kommt auch bald", antwortete Eva.

Der Mann nickte und lud sie mit einer Handbewegung ein, näherzukommen.

Kurz darauf betraten Eva und Tom die geräumige Wohnung.

„Karl Beier mein Name. Meine Tante ist im Wohnzimmer", sagte der Mann.

Eva und Tom folgten ihm. Das Wohnzimmer war altmodisch eingerichtet. In einem dunkelgrünen Ohrensessel saß eine alte Dame mit dünnem weißem Haar. Sie trug eine dicke Brille und ihre hellblauen Augen wirkten durch die dicken Gläser etwas vergrößert. Ganz anders als Eva erwartet hatte, war ihr Blick keineswegs abwesend, sondern hellwach und klar.

„Wer sind Sie?", fragte Frau Selig, ohne die Gäste zu begrüßen.

„Mein Name ist Eva Daniels und das ist Herr Kaiser, der Fotograf, wir sind von der Zeitung." Sie setzte ihr nettestes Lächeln auf.

„Und was möchte der Bürgermeister von mir?",
fragte die alte Dame.

Eva zuckte mit den Schultern. „Er bringt bestimmt
einen Blumenstrauß und gratuliert Ihnen als einer der
ältesten Einwohnerinnen der Stadt. Und ich werde über
Sie schreiben."

Sie zog ihren Mantel aus, denn langsam wurde ihr
warm. Frau Selig mochte es offensichtlich gut geheizt in
ihrer Wohnung.

Die alte Dame hatte ihre Hände auf ihrem Schoß
gefaltet. „Blumen mag ich zwar, aber eine Torte wäre
besser, die könnten wir wenigstens gleich essen. Blumen
habe ich genug bekommen."

Frau Selig zeigte auf den hinteren Teil des Raums,
wo mehrere Blumensträuße auf zwei Kommoden, zwei
Tischen und einer Fensterbank standen.

Eva lächelte. „Und Sie haben keine Geburtstagstorte
bekommen?"

Frau Selig zuckte mit den Schultern. „Und wenn,
dann kann ich mich nicht erinnern. Ein Stück Kuchen
gab es."

„Tantchen, zu viel Zucker ist doch nicht gut für
dich", mischte sich Herr Beier ein. „Und was willst du
mit einer ganzen Torte anfangen? Ich habe dir doch zwei
Stücke von deinem Lieblingskuchen mitgebracht."

„Nee, von deinem Lieblingskuchen", erwiderte Frau
Selig. „Ich mag am liebsten Käsesahne oder
Donauwelle."

Herr Beier lächelte etwas verlegen und kratzte sich
am Hinterkopf. Seine wenigen grauen Haare
umrahmten seinen Kopf wie ein Kranz.

„Ihr Neffe ist wohl um Ihre Gesundheit besorgt",

versuchte Eva zu vermitteln, obwohl sie es eigentlich unverschämt fand, der armen Frau, die es geschafft hatte, die Einhundertmarke zu knacken, nicht einmal eine Torte nach ihrem Geschmack zu besorgen.

Wie ein Kleinkind verdrehte Frau Selig die Augen und erwiderte: „Als ob der Zucker jetzt noch eine Rolle spielen würde."

In diesem Moment klingelte es an der Tür. Herr Beier eilte hinaus und öffnete. Sie hörten, wie er den Bürgermeister überaus freundlich begrüßte. Er klang sehr viel begeisterter als bei ihrem Eintreffen.

„Arschkriecher", murmelte Tom, während er um den Ohrensessel herumlief und versuchte, den besten Winkel für ein Porträtfoto zu finden. „Und jetzt ein Lächeln, bitte."

Frau Selig sah ihn an und bemerkte trocken: „Gut, dass meine Dritten so schön glänzen." Dann lächelte sie in die Kamera.

Der Bürgermeister war kurz angebunden, aber freundlich. Sein maßgeschneiderter Anzug und der akkurate Haarschnitt signalisierten Eva, dass dieser Posten für ihn nur ein Zwischenschritt zur großen Karriere in Berlin war. Er war mit seinem Pressesprecher da, der ebenfalls ein paar Fotos schoss.

Galant überreichte er der alten Dame einen überdimensionierten Blumenstrauß, hinter dem die zierliche Frau fast verschwand. Er sah nervös auf die Uhr, während er Frau Selig zu diesem besonderen Lebensereignis gratulierte. Dann posierte er lächelnd neben ihr für ein Foto, Herr Beier stellte sich rasch dazu.

Der Bürgermeister stellte Frau Selig pflichtschuldig noch ein paar Fragen: „Was haben Sie denn noch vor?", und „Wie fühlt man sich mit einhundert Jahren?" Doch wie die meisten Menschen unter Zeitdruck wartete er ihre Antwort gar nicht erst ab, sondern sagte direkt: „Das nächste Mal habe ich hoffentlich mehr Zeit und dann können wir ein bisschen länger miteinander plauschen."

„Aber dann mit Kuchen", erwiderte die alte Dame bestimmt.

„Natürlich." Er tippte ihr leicht auf die Schulter. „Es ist mir übrigens auch eine Ehre, Sie als Zeitzeugin zu sprechen, als Tochter eines Widerstandskämpfers."

Für einen Moment schien die alte Frau in Erinnerungen zu versinken. Ihre blauen Augen glänzten feucht. Doch ihre Gedanken wurden durch die laute Stimme des Bürgermeisters unterbrochen.

„Liebe Frau Selig, ich wünsche Ihnen einen wunderschönen Tag! Feiern Sie noch ein bisschen, aber nicht zu viel, und bis bald."

Er gab allen einen festen Handdruck und verabschiedete sich, während er weiterhin freundlich lächelte. Herr Beier begleitete die hohen Gäste nach draußen.

„Darf ich Ihnen noch ein paar Fragen stellen?", fragte Eva.

„Ich habe nicht viel zu tun, also fragen Sie ruhig", gab Frau Selig zurück.

Während Eva die alte Frau ansah, kam ihr ein Gedanke.

„Einen Moment bitte", entschuldigte sie sich.

Sie ging zu Tom und flüsterte ihm etwas ins Ohr.

Er seufzte und wandte ein: „Ich muss in einer Stunde in Mannheim sein."

Eva sah ihn mit großen Augen an wie ein Welpe, der

nach einem Leckerli lechzt, und Tom verdrehte die Augen.

„Na gut, hast du Geld?"

„Äh, klar." Sie holte zwanzig Euro aus ihrem Geldbeutel und Tom nickte den beiden Frauen zu, während er sich zum Gehen wandte.

„Was haben Sie vor?", fragte Frau Selig etwas irritiert.

„Ein Geheimnis", antwortete Eva und lächelte.

Die alte Frau lachte und Eva konnte sich fast vorstellen, wie sie als junge Frau gewesen sein musste, ohne die Falten, blond, mit ihren blauen Augen, die damals wahrscheinlich noch mehr geglänzt hatten als heute. Der kleine Mund harmonierte mit ihrem ovalen Gesicht. Sie war bestimmt sehr hübsch gewesen.

„Ich liebe Geheimnisse!", rief Frau Selig.

„Ich auch", antwortete Eva und zwinkerte ihr zu.

„Und nun wollen Sie noch mehr von mir hören? Nur weil ich so alt geworden bin?"

„Es ist selten, dass Menschen einhundert Jahre alt werden."

„Das stimmt, aber es ist auch nicht so schön. Alle meine Freunde sind schon gestorben, ich habe niemanden mehr außer Karl."

Eva sah die alte Dame an. Wie einsam musste sie sein! Sie warf einen Blick auf ihren Fragenkatalog. Sie hatte ein paar typische Phrasen aufgeschrieben: *Wie ernährt man sich, damit man hundert wird? Machen Sie Sport? War früher alles besser?*

Sie fing mit ihrem ersten Punkt auf der Liste an. „Wie fühlt es sich an, einhundert Jahre alt zu werden?"

Die alte Dame antwortete traurig: „Vielleicht würde

es sich gut anfühlen, wenn ich im Körper einer Sechzigjährigen stecken würde und alle meine Liebsten noch um mich hätte. Doch so ... ist es nur ein Warten auf ..." Sie seufzte. „... auf die Erlösung."

Eigentlich wäre Evas zweite Frage gewesen: *„Haben Sie einen besonderen Tipp für unsere Leser, wie man so alt werden kann?"* Doch das erschien ihr zu banal angesichts dessen, was Frau Selig gerade gesagt hatte. Sie klappte ihr Notizheft zu und fragte stattdessen: „Wer waren denn ihre Liebsten?"

„Ach, manche leben schon so lange nicht mehr, dass ich mich kaum noch an sie erinnere", erwiderte Frau Selig traurig.

Wieder nickte Eva. „Auf Ihrem Vertiko stehen viele Fotografien. Möchten Sie mir etwas dazu erzählen?"

Eva zeigte auf das schöne alte Möbelstück aus dunklem Holz, auf dem sich Bilder aus unterschiedlichen Jahrzehnten reihten.

„Das sind nur die Ausstellungsstücke und sie sind voller Staub."

Herr Beier kam wieder herein. „Tantchen, und Frau ... äh, wie war Ihr Name?"

„Eva Daniels."

„Möchten Sie etwas trinken?"

„Ich möchte einen Saft, Traube, aber bitte nicht zu kalt, sonst bekomme ich Halsweh", antwortete die alte Frau.

„Für mich nur ein Glas Wasser bitte."

Herr Beier nickte und ging durch eine zweite Tür, die offensichtlich vom Wohnzimmer direkt in die Küche führte.

„Im Vertiko liegen Fotoalben, dort finden Sie mein

ganzes Leben", fuhr Frau Selig fort, als wären sie nie unterbrochen worden.

Eva stand auf und öffnete den Schrank. Sie entdeckte mindestens fünfzehn Alben.

„Hier sind so viele, welches soll ich nehmen?"

„Die ersten zwei."

Eva schmunzelte. Sie holte ein dickes dunkelgrünes Buch mit Ledereinband und Goldprägung hervor. Ihre Eltern besaßen ebenfalls solche Alben. *Das könnte ein langes Interview werden*, dachte sie. *Doch was soll's, ich habe keine Recherchetermine danach und werde einfach erklären, dass es ein Stündchen länger gedauert hat.*

Eva sah es als eine gute Tat an, einer einsamen alten Frau an ihrem Geburtstag Gesellschaft zu leisten und sich die Geschichten anzuhören, die ihre Verwandten vermutlich nicht mehr hören konnten. Sie schob sich den zweiten, kleineren Sessel neben den von Frau Selig und legte ihr ein Album auf den Schoß.

Herr Beier kam mit zwei Gläsern zurück.

„So, hier sind die Getränke. Tantchen, ich muss dann wieder los. In zwei Stunden kommt Essen auf Rädern und heute Abend der Pflegedienst. Hier sind deine Fernbedienungen. Wenn was ist, drückst du einfach den roten Knopf, ja?"

Er zeigte auf ihr Handgelenk, an dem Frau Selig ein Armband mit einem roten Knopf trug. Dann klopfte der Mann der alten Dame ähnlich unbeholfen wie der Bürgermeister auf den Rücken und ging.

„Nett, dass sich Ihr Neffe so um Sie kümmert", meinte Eva, als er gegangen war.

„Der war nur da, weil ich Geburtstag habe und der

Bürgermeister kommen wollte. Wahrscheinlich hofft er, etwas zu erben."

War die alte Frau verbittert oder hatte Herr Beier wirklich unlautere Motive? Eva wusste es nicht und nickte einfach nur unbestimmt. Gerade als sie die erste Seite des Fotoalbums aufgeklappt hatte, klingelte es an der Tür.

„So viel Besuch hatte ich seit Jahren nicht", sagte Frau Selig.

Die Dame besaß eine gewisse Art von Humor, fand Eva. Sie stand auf, um zu öffnen. Es war Tom, er hielt einen Karton mit Kuchen in den Händen.

„Jetzt stehst du tief in meiner Schuld", sagte er, reichte ihr das Restgeld und verschwand.

Eva rief ihm hinterher: „Du bist ein Goldschatz, danke."

Sie schloss die Tür und brachte den Karton ins Wohnzimmer. Die alte Dame sah sie überrascht an.

„Ich finde, solch ein besonderer Geburtstag muss gebührend gefeiert werden", erklärte Eva.

Sie öffnete die Schachtel, in der sich unterschiedliche Kuchenstücke befanden.

„Mein Kollege hat zwar keinen ganzen Kuchen bekommen, aber Käsesahne ist auf jeden Fall dabei und Donauwelle."

Ungläubig starrte Frau Selig auf den Kuchen. „Sie kennen mich kaum und kaufen das für mich?" Ihre Augen füllten sich mit Tränen.

„Ach wissen Sie, ich hatte auch Lust auf Kuchen, vor allem auf Donauwelle."

„Ich bin Margarethe", sagte Frau Selig statt einer

Antwort mit einem fröhlichen Lächeln. „Sie können Grete zu mir sagen."

„Eva", erwiderte die junge Frau. Dann meinte sie: „Ich hole mal Teller, in Ordnung?"

Grete nickte und Eva ging in die Küche. Die Einrichtung stammte wohl aus den Sechzigerjahren, funktionell, nicht ganz ihr Geschmack. Der Herd und der Kühlschrank waren neu. In einem Dielenschrank entdeckte sie das Geschirr. Sie holte zwei Teller, einen Tortenheber und Kuchengabeln.

„Was möchten Sie denn zuerst?", fragte sie die alte Dame.

Frau Selig deutete auf die Käse-Sahne-Torte. Eva nahm sich ein Stück Donauwelle.

„Der sieht aber lecker aus", seufzte Grete.

Als Eva ihr den Teller mit dem Kuchen reichte, konnte sie sehen, dass ihre Hände zitterten. Dennoch schob sie sich gleich ein Stückchen Kuchen in den Mund und seufzte genießerisch. Sie sprachen nicht, bis der letzte Krümel gegessen war. Danach legte Eva das Album erneut auf den Schoß der alten Dame.

„Da drin sind die Erinnerungen an die ersten Jahre meines Lebens", sagte Grete und ihr Blick schien in die Vergangenheit zu schweifen. „Manchmal ist es, als wäre es erst gestern gewesen."

Mit einem Nicken forderte die alte Dame Eva auf, das Album aufzuklappen. „Das bin ich als Baby mit meinen Eltern. Elisabeth und Fridolin. Mein Vater war Pfarrer und so ein feiner Mann." Ihre Augen füllten sich mit Tränen, doch sie weinte nicht. „Ich war das zweite und letzte Kind meiner Eltern. Mein Bruder war sieben Jahre älter."

Das Foto zeigte eine hübsche junge Frau und einen Mann Anfang dreißig, der ein Baby hielt, das in einem weißen Taufkleid skeptisch in die Kamera blickte. Auch die Eltern lachten nicht, wie das auf modernen Fotos der Fall gewesen wäre, sondern blickten eher ernst.

„Das sind Sie?"

Grete lachte. „Ich war ein niedliches Baby."

Eva lächelte. „War das bei Ihrer Taufe?", fragte sie.

Die alte Dame nickte.

Sie blätterten weiter. Es gab Fotos von den ersten Schultagen von ihrem Bruder und ihr. Auf einem Bild stand die gesamte Familie vor einem Backsteingebäude, daneben klebte ein Foto von Grete und einem etwa gleichaltrigen Mädchen.

„Das ist meine Cousine Eva."

„Die hieß ja genau wie ich!", rief Eva aus.

„Ja. Und ein bisschen was haben Sie auch von ihr. Sie war meine beste Freundin, als wir Kinder waren."

Es schien, als würden Gretes Gedanken hin zu traurigen Erinnerungen abschweifen, deshalb zeigte Eva auf das andere Mädchen auf dem Bild und fragte: „Und das sind Sie?"

„Ja, das war bei unserer Konfirmation."

Die Mädchen auf dem Foto waren etwa vierzehn Jahre alt und trugen schicke dunkle Kleider. Beide hatten ihre Haare hochgesteckt, wie es der Feier angemessen war. Grete war blond, ihre Cousine hatte dunkle Haare und ein hübsches, gewinnendes Lächeln.

„Wir waren unzertrennlich. Unsere Mütter waren Schwestern. Die ersten Lebensjahre verbrachte sie noch in Karlsruhe, aber als sie acht Jahre alt war, zog sie mit ihrer Familie nach Heidelberg. Ihr Vater war häufig arbeitslos, so ist die Familie bei unserer gemeinsamen Großmutter untergekommen."

„Lebt sie noch?", fragte Eva und biss sich im nächsten Moment auf die Lippen. Wie wahrscheinlich war es, dass die Kindheitsfreundin ebenfalls hundert Jahre alt wurde?

Grete zuckte mit den Schultern und wieder füllten sich ihre Augen mit Tränen. „Ich weiß es nicht. Ich glaube nicht. Ich weiß nicht einmal, warum der liebe Gott mich hier so lange lässt."

Eva beobachtete die vergilbte Fotografie, die am Rand ein Muster aus kleinen Dreiecken hatte.

„Sehen Sie es nicht als Geschenk an?", fragte Eva.

Grete stieß ein harsches „Ha!" aus, als ob Eva gerade einen schlechten Witz erzählt hätte. „Alle meine Liebsten sind tot, und zwar schon lange, und ich bin ganz allein hier. Karl haben Sie schon kennengelernt. Er ist der Einzige, der mir geblieben ist." Sie blickte Eva fest in die Augen und fragte: „Wie soll das ein Geschenk sein?"

Die junge Frau wusste keine Antwort und lenkte deshalb rasch vom Thema ab: „Erzählen Sie mir von den schönen Jahren, von Ihrer Kindheit."

Grete nickte und als sie lächelte, schien es, als ob vor ihrem inneren Auge diese Epoche wieder präsent wurde.

„Meine Kindheit war schön, wunderschön", sagte sie leise. „Ob wohl noch jemand solch eine schöne Kindheit hatte?"

Ihre Stimme klang alt und gebrechlich und dennoch hörte ihr Eva gerne zu. Sie fragte sich, wie sie wohl in diesem Alter aussehen würde und wie ihre Stimme klingen würde. Viel Ähnlichkeit war jedenfalls nicht mehr zu erkennen zwischen der jungen Konfirmandin mit den blonden Haaren auf dem Foto und der alten Frau, die neben ihr saß.

„Wir lebten in Heidelberg in einem schönen Pfarrhaus", erzählte Grete. „Es ging uns gut. Mein Bruder und ich hatten eine unbeschwerte Kindheit. Pfarrer waren ja früher sehr angesehen und es fehlte uns an nichts. Wir spielten oft mit anderen Kindern auf der Straße vor dem Haus. Doch als Hitler an die Macht kam, wurde es schwieriger. Für meinen Vater war es nicht leicht, denn die Nazis waren keine Kirchenfreunde. In der Nachbarschaft wohnte ein Universitätsprofessor, der meinem Vater ein väterlicher Freund war. Und er war Jude. Er hatte vier Kinder, drei große und einen Nachzügler. Emil war etwa ein Jahr älter als ich. Wir spielten fast jeden Tag zusammen. Wenn Eva dazukam, waren unsere Lieblingsspiele Vater-Mutter-Kind oder Blinde Kuh."

Grete schmunzelte bei der Erinnerung an diese Zeit.

KAPITEL 2

Heidelberg Weststadt, Sommer 1927

Die schmale Straße war menschenleer. Einzig ein paar Katzen, die nach etwas Essbarem suchten, streunten über das Kopfsteinpflaster. Wären nicht die großen, alten Kastanienbäume gewesen, hätte die Straße sich nicht von anderen im Viertel unterschieden. Es waren die Bäume, die ihr eine gewisse Eleganz verliehen. Vor den großen Jugendstilhäusern stand nur ein einziges Automobil, eine brandneue sechssitzige Mercedes-Typ-400-Limousine. Sie gehörte Professor Jakob Rosenbaum. So oft er konnte, kam er mittags nach Hause, um mit seiner Familie zu essen. Die meisten anderen Väter waren bei der Arbeit und die Frauen saßen mit den Kindern alleine am Tisch, meist am Küchentisch, denn der Esszimmertisch wurde nur an Sonntagen benutzt und wenn Besuch kam.

Die Häuser hatten allesamt sorgfältig gepflegte Vorgärten. Es sah fast so aus, als ob ein Vorgartenwettbewerb in der Straße herrschte. Die Art der Bepflanzung war ähnlich, doch mit ein paar Akzenten versuchte jede Hausfrau, ihrem Haus eine eigene Note zu verleihen. Am Ende der Straße stand das Pfarrhaus und dahinter die Kirche, deren Eingangsportal sich in der größeren Parallelstraße befand. Die Christus-Kirche war ein junges Bauwerk, zur Jahrhundertwende erbaut, als die Heidelberger Weststadt als neues Wohnviertel erschlossen wurde.

Das Pfarrhaus war ein imposantes zweigeschossiges Jugendstil-Gebäude mit Gemeinderäumen im Erdgeschoss und der Pfarrwohnung im ersten Stock. Plötzlich öffnete sich die Tür und ein kleines Mädchen von etwa sechs Jahren rannte auf die Straße. Ein Fenster im oberen Geschoss ging auf und die Mutter des Mädchens rief ihr hinterher: „Mach dich ja nicht dreckig, Grete!"

Das Mädchen nickte eifrig. „Ja, Mama!", rief es zurück und lief die Straße hinunter. An dem schwarzen Automobil der Rosenbaums auf der anderen Straßenseite blieb es stehen und betrachtete sich in der Scheibe, als plötzlich jemand „Buh" rief. Grete zuckte zusammen und im Hintergrund war das schadenfrohe Lachen eines Jungen zu hören.

„Emil, du Blödmann. Hast du mich erschreckt!", rief sie wütend, doch Emil lachte nur schelmisch. Er trug eine kurze Hose, Kniestrümpfe und ein geringeltes Oberteil.

„Fang mich doch!", forderte er sie heraus.

Sie rannten beide lauthals kreischend um das Auto herum, als Emil in ein weiteres Mädchen rannte, das die

Straße entlanglief und durch die Wucht des Aufpralls zu Boden stürzte. Emil und Grete blieben erschrocken stehen, während sich die großen braunen Augen des anderen Mädchens mit Tränen füllten.

„Evi!", rief Grete überrascht. Es war ihre Cousine, die vor zwei Wochen nach Heidelberg gezogen war. Vom Pfarrhaus sah sie schon Evas Mutter auf sie zulaufen.

„Hast du den neuen Rock gleich dreckig gemacht?", rief diese wütend.

„Sie hat keine Schuld, ich hab sie geschubst", meinte Emil tapfer und Grete konnte sehen, dass er aufgeregt war.

„Wer bist du?", fragte ihre Tante.

„Emil, ich wohne hier." Er zeigte auf das Haus direkt hinter ihnen.

Evas Mutter sah kurz das Haus und dann ihn an. „Wenn du meine Tochter noch mal schubst, kriegst du 'ne Backpfeife, verstanden?"

Emil nickte.

„Tante Johanna, das war keine Absicht, wir haben nur gespielt", wandte Grete ein.

Ihre Tante sah sie an und lächelte. „Gut, ich gehe mal rein zu deiner Mutter und du passt auf, dass Eva sich nicht dreckig macht."

Grete nickte gehorsam. Eva hatte sich mittlerweile wieder aufgerappelt und klopfte den Staub von ihrem dunkelblauen Rock. Emil beobachtete sie dabei verstohlen. Als ihre Mutter in Richtung Pfarrhaus verschwand, sagte er schüchtern und leise: „Entschuldigung."

Eva zuckte mit den Schultern. „Der doofe Rock gefällt mir eh nicht", meinte sie und die allgemeine Anspannung entlud sich in Gelächter.

„Das ist meine Cousine Eva", stellte Grete vor. „Wollen wir Verstecken spielen?"

Die anderen nickten. Später spielten sie Blinde Kuh und schließlich holte Emil seine Murmelsammlung heraus. Die Zeit verging wie im Flug. Emils Mutter brachte ihnen Limonade und die Kinder machten einen Wettbewerb, wer am schnellsten trinken konnte. Emil lag vorn, doch dann musste er kichern und verschluckte sich, sodass schließlich Eva gewann.

Dann hörten die Mädchen die Stimmen ihrer Mütter. „Grete!", „Eva!", riefen sie abwechselnd.

Folgsam rannten die beiden zum Pfarrhaus, ohne sich zu verabschieden. Emil sah ihnen nach. Da drehte sich Eva noch einmal um und lächelte ihn zum Abschied an. Das war alles, was er brauchte. Glücklich und mit kleinen Glühwürmchen im Bauch rannte er nach Hause.

Den Rest des Tages musste er an das Mädchen mit den dunklen Augen denken. Dem Gespräch seiner Eltern beim Abendessen hörte er nur mit einem halben Ohr zu, es ging um Politik, wie so oft in letzter Zeit.

„Was denkst du, wird dieser Hitler im Gefängnis bleiben?", fragte Emils Mutter, eine brünette Frau mit feinen Gesichtszügen.

„Ich kann mir kaum vorstellen, dass es Menschen gibt, die ihn und seine Partei wirklich wählen werden. Vor allem nicht nach diesem absurden Buch, das er in seiner Haft geschrieben hat. Ich hoffe nur, dass es möglichst viele Menschen lesen. Das wird ihnen schon die Augen öffnen."

„Er ist gegen uns Juden", sagte Esther nachdenklich, während sie ein Stück von ihrer Kartoffel abschnitt.

„Das waren schon viele. Es gab so viele Pogrome in

der Geschichte. Aber wir sind doch mittlerweile eine Demokratie, da kann so etwas nicht mehr passieren", versuchte der Vater, sie zu beruhigen.

„Meine Großmutter hat immer gesagt, dass Menschen zu allem fähig sind."

„Ach, Esther, deine Großmutter hat in allem nur das Schlechte gesehen. Wir sind außerdem Deutsche. Mach dir keine Sorgen."

Esther sah ihren Mann an. Er war ein geschätzter Professor, sicher hatte er mehr Ahnung als sie von der politischen Situation. Wahrscheinlich hatte er recht und sie machte sich wirklich viel zu viele Gedanken.

In der nächsten Zeit sahen sich die drei Kinder häufiger. Gretes Tante besuchte öfter ihre Schwester und brachte immer ihre Tochter mit. Meistens saßen die Frauen dann in der Küche und redeten. Evas Mutter sprach viel und Gretes Mutter war es als Frau des Pfarrers gewohnt, zuzuhören. Ihr Mann war der Seelsorger der Männer, sie die Vertraute der Frauen. Und da die Frauen viel eher über ihre Probleme sprachen, suchten weitaus mehr Menschen bei ihr Rat, ein offenes Ohr und eine Tasse Kaffee als bei ihrem studierten Ehemann.

Oftmals sah Grete ihre Tante bei den Gesprächen mit ihrer Mutter ein Taschentuch aus der Tasche ziehen und sich die Tränen abwischen. Auch der Name ihres Mannes fiel immer wieder. Die arme Tante, ihr Mann machte ihr wirklich das Leben schwer.

Grete mochte ihn nicht. Er war sehr streng und die meiste Zeit regte er sich über irgendetwas oder irgendwen auf. Sie war froh, dass Eva nur mit ihrer Mutter kam, obwohl Onkel Albert mal wieder keine Arbeit und daher eigentlich Zeit hatte.

Abends lauschte Grete häufig, wenn ihre Eltern sich unterhielten. Dann berichtete ihre Mutter ihrem Vater auch ein wenig von den Problemen ihrer Schwester, nicht die im Vertrauen erzählten Details, aber das, was offensichtlich war, wie die Arbeitslosigkeit des Schwagers.

„Ach Liebling, deine Schwester ist eine nette Frau, doch warum sie sich ausgerechnet diesen Albert ausgesucht hat ...“

„Vor zehn Jahren sah er eben noch sehr gut aus und sie war jung“, nahm Elisabeth ihre Schwester in Schutz.

„Letztes Mal hat er sogar von diesem Adolf Hitler geschwärmt“, meinte ihr Vater mit verhaltenem Zorn.

Seine Frau zuckte mit den Schultern und antwortete unbekümmert: „Ach, das gibt sich wieder.“

„Er denkt, dass Hitler für die Benachteiligten einsteht und findet, dass die Juden uns alle guten Arbeitsplätze wegnehmen.“ Fridolin lachte ironisch auf. „Die Juden sind bestimmt nicht schuld daran, dass er streitsüchtig und faul ist.“

„Frido!“, tadelte sie ihn. „Nicht vor den Kindern.“

„Entschuldigt, Kinder, ich hoffe, ihr habt nicht zugehört.“

Grete und ihr Bruder schüttelten den Kopf.

„Nein, ich habe nichts gehört“, antwortete ihr Bruder und Grete sah ihn überrascht an. Ob das stimmte?

„Ich möchte, dass der Inhalt dieses Gesprächs nicht nach außen getragen wird“, ermahnte sie ihr Vater.

Die Kinder nickten brav und ihr Vater sagte nichts weiter.

Evas Mutter taten die Besuche bei ihrer Schwester gut und zu Gretes Freude etablierten sie sich zu wöchentlichen Treffen, die mehrere Stunden dauerten und meist donnerstags stattfanden. Emil wartete dann immer nach dem Mittagessen schon am Kirchenzaun auf seine Spielkameradinnen. Ab und zu gingen die Frauen auf die Straße, um nach den Kindern zu sehen. Dann unterhielten sie sich mit Emils Mutter. Esther und Elisabeth waren gut befreundet, wie Fridolin und Jakob.

An einem Tag fragte Evas Mutter, nachdem sie sich von Esther verabschiedet hatten: „Sag mal, sind das Juden?"

„Warum?" Elisabeth sah sie überrascht an.

„Na ja ... *Jakob, Esther.*"

„Ist das wichtig?"

Ihre Schwester zuckte mit den Schultern. „Nur weil Albert meint, dass sie schuld sind an der ganzen Misere im Land."

„Seit wann hörst du auf alles, was dein Mann sagt?", fragte Elisabeth wütend. „Das sind unsere Freunde und ich möchte nicht, dass du schlecht über sie redest."

„Hab ich doch nicht." Ihre Schwester verdrehte die Augen. „Ich habe nur gefragt, ob ..." Sie winkte ab. „Egal."

Die Kinder interessierten diese Erwachsenenprobleme nicht. Emil, Eva und Grete freuten sich einfach auf die gemeinsamen Nachmittage. Emil fragte Grete oft, wann Eva wiederkommen würde. Damals dachte sie, dass es ihm einfach mehr Spaß machte, zu dritt zu spielen. Erst später begriff sie, warum er das tat.

KAPITEL 3

Gegenwart

„Ich glaube, Emil hatte sich schon damals in Eva verguckt, obwohl wir fest ausgemacht hatten, dass wir uns niemals verlieben würden", erzählte die alte Frau und sah Eva an.

„Das klingt nach einer wirklich schönen Kindheit", meinte Eva statt einer Antwort.

„Emil und ich hatten auf jeden Fall eine gute Kindheit, bei Eva sah es etwas anders aus. Ihre Eltern stritten häufig, Geld war ein Problem. Doch sie erzählte uns damals nichts davon. Im Gegenteil, sie schien oft sogar besser gelaunt als wir. Von den Problemen bei ihr zu Hause wusste ich nur durch die Gespräche meiner Eltern. Sie ..."

Grete brach ab, als plötzlich Musik erklang.

„Oh, Entschuldigung, das ist mein Telefon", sagte

Eva. Sie kramte in ihrer Tasche, fand das Handy aber nicht auf Anhieb. „Ach hier", murmelte sie. Sie sah auf das Display und entschuldigte sich: „Oh, da muss ich kurz ran. – Eva, hallo."

Sie nickte und sagte: „Ja, ich bin in einer Stunde im Büro." Dann legte sie auf.

„Es ist schon sehr spät, liebe Grete. Ich muss leider los", sagte sie bedauernd.

„Dass ihr jungen Menschen immer nur diesem Telefon gehorcht. Hätte mir das jemand vor fünfzig Jahren prophezeit, ich hätte es nicht geglaubt."

Eva zuckte mit den Schultern. „Der Fluch und Segen der Moderne."

„Es war schön, dass Sie mir zugehört haben", seufzte Grete.

„Ich komme sehr gerne wieder. Ihre Geschichte ist so spannend."

„Das haben schon viele gesagt und dann habe ich sie nie wiedergesehen."

Eva sah sie mit einem verschmitzten Lächeln an. „Ich komme wieder, denn ich liebe Sahnekuchen ebenso wie Sie", versprach sie.

Grete sah sie prüfend an, als wollte sie sagen: „Wer weiß, ob ich das glauben kann."

Als Eva sich verabschiedet und die Tür hinter sich zugezogen hatte, überkam sie Traurigkeit. Wie musste es sich anfühlen, so alt zu sein und dazu noch so einsam? Sie überlegte, was man wohl gegen die Einsamkeit tun konnte. Es gab doch bestimmt Seniorentreffs. Aber war Grete noch in der Lage, zu gehen? Das musste sie beim nächsten Mal unbedingt herausfinden.

Als sie in der Redaktion ankam, war das Büro leer.

Alle säßen mit dem Chef im Besprechungszimmer, erklärte ihr Milena, die Empfangsdame. „Es geht mal wieder darum, sich neu zu erfinden." Die junge Frau zuckte mit den Schultern. „Geh ruhig rein."

Eva legte ihren Mantel ab, schlich ins Besprechungszimmer und stellte sich direkt an die Tür.

„Ah, da ist ja unsere journalistische Zukunft!", rief ihr Chef Martin zur Begrüßung. Er war Ende fünfzig und hatte ihrer Meinung nach wenig Talent für Redaktion und Inhalte. Seinen Verlag hatte er nur gründen können, weil seine Eltern gut betucht waren. Dafür hatte er Geschäftssinn. Das Hauptprodukt des Verlags war ein regionales Wochenblatt mit sehr großem Werbeteil, das kostenlos an die Haushalte in Heidelberg, Mannheim und Umgebung verteilt wurde. In einzelnen kleineren Gemeinden hatte er Verträge mit den örtlichen Behörden abgeschlossen, die es diesen ermöglichten, ihre Gemeindeblätter mit den amtlichen Benachrichtigungen kostenpflichtig in den Mantelteil seines Wochenblattes zu integrieren. Natürlich verkaufte er den Gemeinden hierfür auch Redaktionsleistungen und ließ seine Angestellten die Texte schreiben – beispielsweise wenn irgendwo ein Bürgermeister seine Aufwartung bei einer Jubilarin machte wie heute.

Eva seufzte jedes Mal innerlich, wenn sie den Redaktionsraum betrat und hörte, welche Themen in den nächsten Tagen auf sie zukommen würden. War das wirklich der Grund, warum sie Journalistin geworden war?

Trotz vieler Frauengeschichten in der Vergangenheit verhielt Martin sich Eva gegenüber eher väterlich. Gut, er war ein Freund ihres Vaters und wahrscheinlich war das mit ein Grund, dass sie die Volontariatsstelle bekommen hatte.

„Na, wie war es bei der Hundertjährigen?"

„Gut", antwortete Eva knapp.

„Nach wie vielen Sekunden ist der Bürgermeister abgedüst?", fragte ein Kollege und die anderen lachten.

„Er war mindestens fünf Minuten da", antwortete sie.

„Na, dann hast du richtig Material", freute sich Martin. „Du weißt ja, Eva, immer darauf achten, dass der Bürgermeister schön Raum bekommt. Deinen Artikel über diese Goldene Hochzeit in Edingen fand ich übrigens klasse." An die anderen Mitarbeiter gewandt, sagte er: „So sieht unsere Zukunft aus, Leute. Weiter so, Eva."

Eva wurde rot und ihre Kollegen fanden diese Sprüche weniger toll. Nach der Sitzung holten sich die meisten erst mal einen Kaffee und sprachen über das bevorstehende Wochenende – aber nicht mit ihr. Eva ging an ihren kleinen Schreibtisch und fuhr den Rechner hoch. Sie schrieb ein paar Zeilen über ihren Besuch bei Grete, doch so recht gefiel ihr der Artikel nicht:

Der Bürgermeister überreicht der Jubilarin einen Blumenstrauß und wünscht ihr weitere glückliche Jahre. Ein Geheimrezept, wie man hundert Jahre alt wird, hat Frau Selig nicht. Ob die Sahnetorte dabei hilft, die sie auch im hohen Alter noch über alles liebt?

Das stimmte zwar alles, aber so wirklich spiegelte es ihre Begegnung mit der Dame und vor allem den Besuch des Bürgermeisters nicht wider. Doch sie konnte ja schlecht schreiben, wie sich der Bürgermeister wirklich verhalten hatte.

Eva machte Stichpunkte zu dem, was Grete über ihre Kindheit in Heidelberg erzählt hatte. Das würde immerhin ein paar Zeilen ergeben. Aber reichte das? Vielleicht konnte sie ja noch den Namen von Gretes Vater googeln. Als Pfarrer tauchte sein Name möglicherweise auf den Webseiten der Kirchengemeinde im Historien-Teil auf. *Selig – ein interessanter Name für einen Pfarrer*, überlegte sie schmunzelnd.

Tatsächlich fand sie sogar mehrere Einträge unter *Fridolin Selig Christus-Kirche Heidelberg*. Doch zu ihrer Überraschung ging es bei den meisten Artikeln nicht um die Kirche, sondern um Widerstand in der NS-Zeit. Hatte der Bürgermeister nicht auch den Begriff *Widerstandskämpfer* verwendet?

Es sah ganz so aus, als wäre Gretes Vater Mitglied in der Bekennenden Kirche gewesen, die sich gegen die Nazis gestellt hatte. Und er hatte mehreren jüdischen Familien geholfen. Er war während des Krieges in einem Konzentrationslager interniert gewesen, das er gesundheitlich geschwächt überlebte.

Wenn Eva früher von solchen Situationen gelesen hatte, dann hatte sie das zwar für einen kurzen Moment betroffen gemacht, aber mehr nicht. Doch jetzt, wo sie Herrn Seligs Tochter kennengelernt hatte und über ihn als Vater mehr wusste, wurde ihr schwer ums Herz. Die Geschichte ging ihr nahe. Deshalb recherchierte sie noch eine Weile so konzentriert weiter, dass sie gar nicht bemerkte, dass es immer später wurde.

Die meisten ihrer Kollegen hatten schon Feierabend

gemacht, als die Empfangsdame rief: „Ich geh dann mal.“

„Ciao, Milena“, erwiderte Eva und sah auf die Uhr.

Viel hatte sie nicht herausgefunden, vor allem hatte sie ihren Artikel nicht fertiggeschrieben, stundenlang war sie nur im Internet unterwegs gewesen, um mehr Informationen für ihren Artikel zu sammeln.

Das alles hätte mir wahrscheinlich auch Grete erzählen können, dachte sie resigniert. Sie fuhr ihren Rechner herunter und zog ihren Mantel an. Außer ihr war niemand mehr da. Sie notierte noch rasch ihre Arbeitszeit für heute und ging.

Es war dunkel und kaum jemand unterwegs, als sie auf die Straße trat. Zum Glück waren Schnee und Eis mittlerweile getaut und nur noch als Matsch an den Straßenrändern vorhanden.

Jetzt nach Hause gehen? Nein, darauf hatte sie keine Lust. Stattdessen ging sie noch einmal zum Café Sehnsucht. Dort konnte sie bestimmt noch eine leckere Suppe ergattern. Es war zwar schon acht Uhr, aber das Café schloss erst um zehn und Suppe gab es, solange der Vorrat reichte.

Das Café ist für diese Uhrzeit ziemlich leer, dachte Eva, als sie eintrat. Der einzige Gast war Lauras italienischer Freund Luca. Eva hatte ihn schon oft im Café gesehen. Er war ebenfalls Journalist, hatte schon zahlreiche Krisenregionen als Berichterstatter bereist und als freier Mitarbeiter für renommierte Zeitungen und Fernsehsender gearbeitet. Das beeindruckte Eva so sehr, dass sie sich bisher nicht getraut hatte, ihn anzusprechen. Mit seinem Job hatte er die Coolness eigentlich gepachtet. Doch heute wirkte er nervös und lief zwischen den

Tischen auf und ab, auf denen große Blumenbouquets standen. War sie irgendwie in eine private Feier hineingeraten?

Sie drehte sich um, tatsächlich hing an der Eingangstür ein Schild, das sie aber von innen nicht lesen konnte. Beim Eintreten hatte sie es gar nicht wahrgenommen. Stand darauf etwa, dass es sich um eine geschlossene Gesellschaft handelte? Eva wollte gerade wieder zur Tür gehen, um nachzusehen, als Alex auf sie zukam.

„Hallo", grüßte er freundlich.

„Hallo, sag mal, ist heute geschlossene Gesellschaft?", fragte Eva unsicher.

Er zuckte mit den Schultern und grinste. „Sozusagen. Luca hat das Café gemietet. Es braut sich etwas zusammen."

Schade, dass Alex vergeben war! Er war ihr äußerst sympathisch und am Anfang war sie hauptsächlich seinetwegen ins Café gekommen – bis sie gemerkt hatte, dass er eine Freundin hatte. Aber da hatte sie sich schon in das Ambiente hier verliebt.

Sie lächelte zurück, sagte: „Na, dann", und wandte sich zum Gehen.

Doch Luca rief zu ihnen herüber: „Du kannst gerne bleiben. Wegen mir musst du nicht hungrig nach Hause gehen."

„Ich will nicht stören", antwortete sie.

„Nein, nein", beschwichtigte sie Luca. „Es schadet nichts, wenn das Café nicht komplett leer ist, oder was meinst du, Alex?"

Der Barkeeper zuckte mit den Schultern und sagte

zu Eva: „Du hast es gehört, wenn du noch eine Suppe bestellen willst, nur zu."

„Na, dann hätte ich gerne einen Kräutertee und eine leckere Suppe, was habt ihr denn da?"

„Beim Kräutertee kann ich *Gartenduft* empfehlen und was die Suppe betrifft, da haben wir Minestrone oder Karotten-Kokossuppe."

„*Gartenduft* klingt gut, und ich nehme die Minestrone."

Alex verschwand in der Küche und Eva ging zur Antiquitätenecke, um die Spannung zu überbrücken, die in der Luft lag. Sie betrachtete die Gegenstände, die dort ausgestellt waren. Zwischen alten Fotoapparaten und Silberbesteck stand dort eine mechanische Schreibmaschine aus Metall. Eine solche hatte sie auf einem der Fotos von Grete gesehen. Sie war darauf zusammen mit ihrem Vater in dessen Arbeitszimmer. Es war ein Schnappschuss, wie er zu dieser Zeit eher selten gewesen war. *Erika* stand in großen Lettern am oberen Rand der Maschine, das war wohl die Typbezeichnung.

Als Alex mit dem Tee kam, ging Eva zurück zur Bar und fragte ihn, wie viel die Maschine kosten sollte.

„Die alte Erika? Hundert Euro. Sieht schick aus, nicht? Müsste wohl irgendwann zwischen den Zwanziger- und den Dreißigerjahren hergestellt worden sein. Leider weiß der Verkäufer auch nicht viel zur Geschichte der Maschine. Außerdem ist sie kaputt und taugt also wirklich nur als Deko-Artikel."

„Hundert Euro sind aber ziemlich viel, wenn sie nicht einmal mehr funktioniert."

Er zuckte mit den Schultern. „Eine funktionstüchtige Maschine aus der Zeit kostet schnell mehrere hundert Euro. Die Maschine ist eben authentisch."

Eva ging zurück und fuhr noch einmal mit der Hand über das schwarzglänzende Metallgestell. Für hundert Euro würde sie sich das Ding nicht ins Zimmer stellen. Aber es war schön, für einen Moment in Gretes Jugendzeit einzutauchen. Was wohl für Texte auf dieser Maschine geschrieben worden waren? Briefe? Oder vielleicht Artikel für eine Zeitung?

Bei diesem Gedanken sah sie zu Luca hinüber, der immer noch nervös auf und ab lief. Eva lächelte ihm aufmunternd zu und er lächelte etwas abwesend zurück. Da das Café nicht sehr groß war und er nur ein paar Schritte von ihr entfernt stand, bemerkte sie ganz lapidar: „Du siehst so nervös aus, als würdest du vor dem Altar auf deine Braut warten."

Er sah sie überrascht an. „Wirklich?"

Sie zuckte mit den Schultern. „War nur Spaß."

Der Mann, der sonst immer so souverän und cool wirkte, sah jetzt eher wie ein Abiturient vor der mündlichen Prüfung aus.

„Oh. Du willst Laura jetzt aber keinen Heiratsantrag machen, oder?", fragte Eva verlegen. „Und dann bin ich da und esse Minestrone."

„Nein, nein, kein Problem. Es soll ja eine Überraschung sein, in dem Café, wo wir uns kennengelernt haben. Ich habe keinen besseren Moment gefunden. Ich muss in den nächsten Wochen mal wieder ins Ausland und wollte ihr den Antrag nicht am Vorabend meines Aufbruchs machen."

„Laura wird bestimmt überwältigt sein! Diese vielen Blumen – sie sehen wunderbar aus."

Er lächelte. „Hoffentlich."

„Hauptsache der Ring ist da?"

„Ja, klar", meinte Luca und fühlte automatisch in seinen Hosentaschen nach der kleinen Schatulle. Erschrocken bohrte er tiefer in den Taschen. „Oh ..."

Er rannte hinter die Theke und sah sich um. „Ah, hier, bei der Kaffeemaschine!", rief er erleichtert. Dann steckte er die Schatulle ein und ging in die Küche.

Eva lachte. Sie beendete ihr Mahl und wollte gerade bezahlen, als Laura hereinkam.

„Wo kommen denn die ganzen Blumen her? Alex, hast du die von einer Trauerfeier?", fragte sie. „Und warum hängt das Schild an der Tür?"

Sie schien nicht so gut gelaunt zu sein.

Luca kam aus der Küche und Laura spürte sofort, dass mit ihm etwas nicht stimmte. Sie sah sich um, doch die Einzige, die sie erblickte, war Eva, die freundlich lächelte.

Luca ging auf Laura zu und erklärte: „Die Blumen habe ich besorgt."

Sie verstand offensichtlich nicht. „So viele, gab es die irgendwo im Angebot?", fragte sie irritiert.

„Das ist egal. Wichtig ist, warum sie hier sind", antwortete er.

„Das ist genau meine Frage", erwiderte Laura.

„Sie sind für dich."

Er lächelte. Eva konnte Schweißperlen auf seiner Stirn sehen.

Laura musterte Luca genauer. „Du hast dich ja richtig fein gemacht", sagte sie bewundernd, denn er trug eine schicke Hose und ein Hemd.

Plötzlich ertönte im Hintergrund eine romantische Musik.

„Was soll das?"

„Lass dich überraschen", flüsterte Luca geheimnisvoll und schmunzelte.

„Ist das irgendwie *Versteckte Kamera* oder so?"

Alex, der an der Musikanlage stand, prustete los. Er ging hinter die Theke und kam mit zwei Sektgläsern wieder.

„Alex, was machst du da?", fragte Laura.

„Prosecco für die verliebten Turteltäubchen?"

Laura sah ihn an. „Hä?"

„Nicht *hä*, das heißt *wie bitte*", neckte Alex sie. „Hier, ein leckerer Prosecco für dich."

„Was soll das alles?", fragte Laura misstrauisch.

„Komm, setz dich, ich habe einen besonders schönen Platz für dich reserviert."

Luca führte sie zu einem Tisch, der etwas versteckt in einer Ecke stand und besonders schön geschmückt war. Mehrere Kerzen standen darauf.

„Habe ich Geburtstag und weiß es nicht mehr?", fragte sie.

Luca schob ihr den Stuhl zur Seite, damit sie sich hinsetzen konnte. Eva beobachtete alles verstohlen von der Bar aus. Während die beiden anstießen, Laura den Prosecco lobte und Luca einen Kuss gab, kamen Alex und Emily aus der Küche und fuhren eine Torte mit Wunderkerzen herein. Laura sagte nichts, nicht einmal „Hä", sie war zu überrascht.

Ihre Mitarbeiter stellten die Torte auf den Tisch und verschwanden dann wieder in der Küche.

„Warum sind sie auf einmal weg?", fragte Laura und starrte immer noch Richtung Küche.

„Deshalb?", meinte Luca und zeigte auf die Torte. Darauf stand *Willst du mich heiraten?* Die Schatulle mit dem Ring hatte er rasch danebengelegt.

Laura starrte auf den herrlichen Kuchen, den Emily gebacken hatte, eine fluffige Sahnetorte, mit Limetten und Pistazien garniert.

„Luca", hauchte sie sprachlos.

Er öffnete die Schatulle, holte einen filigranen Ring mit einem kleinen grünen Stein heraus, ging auf die Knie und stellte die Frage aller Fragen: „Laura, willst du mich heiraten?"

Die Cafébesitzerin war ganz blass und hatte Tränen in den Augen. „Das ist aber eine gelungene Überraschung", stammelte sie.

„Habe ich dich überrumpelt?"

„Steh auf Liebling, lass uns ein Stück der Torte essen und dann überlege ich es mir."

Luca zuckte zusammen und sah sie angespannt an.

Als Laura seine ernste Miene sah, lachte sie los und legte ihre Hand auf seine.

„Ach so, dann sage ich erst mal: Ja."

Erleichtert stand er auf und sie küssten sich. Aus der Küche erklang ein Applaus und Eva klatschte ebenfalls. Ihr liefen Tränen über die Wangen, ohne dass sie sagen konnte, warum.

Luca steckte seiner Verlobten unter Beifall den Ring an den Finger und sie betrachtete ihn bewundernd. Alex und Emily kamen hinzu und beglückwünschten die beiden. Die Torte wurde angeschnitten und Alex machte unzählige Fotos. Die vier schienen Eva ganz vergessen zu haben.

Sie wartete, bis Alex und Emily wieder hinter die Bar gingen und selbst Prosecco tranken, dann schlich sie zu ihnen und flüsterte: „Ich möchte bezahlen."

„Das geht heute aufs Haus", erwiderte Alex.

„Quatsch", antwortete sie und legte das Geld hin.

Laura rief: „Eva, hast du die Blumen gebracht?"

Sie lachte. „Nein, ich wollte nur eine Suppe essen."

„Komm, dann nimm dir doch noch ein Stück Kuchen. Wir vier kriegen ihn nicht weg."

Eva lehnte erst ab, doch dann ließ sie sich überreden. Der Biskuitteig war zart und luftig und die Zitronen und Pistazien ergänzten ihn so wunderbar, dass Eva das Gefühl hatte, ein wenig vom Paradies zu schmecken.

„Du bist eine wahre Künstlerin", sagte sie bewundernd zu Emily.

Diese lächelte erfreut. „Dankeschön."

In diesem Moment kam Tatjana, die Putzfrau, herein. Sie blickte sich irritiert um und fragte: „Habe ich etwas verpasst?"

Alle lachten und Laura zeigte ihren Ring. Tatjana verstand sofort, strahlte und umarmte Luca und Laura. „Herzlichen Glückwunsch!"

Rasch holte Emily einen Teller und ein Glas für sie.

„Und wann soll ich putzen?", fragte sie, nachdem sie den Prosecco hinuntergestürzt und schon die ersten Bissen Kuchen verschlungen hatte.

„Entspann dich, Tati, dies ist schließlich meine Verlobung!", antwortete Laura.

Tatjana wedelte mit den Händen. „Ich wollte mich

nicht beschweren, aber morgen muss ich früh raus, ich hab doch noch einen anderen Job."

„Wir können dir ja helfen", schlug Eva vor. „Ich meine, fegen oder wischen."

Das ließ sich Tatjana nicht zweimal sagen. „Das ist aber nett. Dann esse ich mal in Ruhe meinen Kuchen."

Sie saßen eine ganze Weile beisammen und es blieb nicht bei einem Glas Prosecco. Unter Gelächter erinnerten sie sich an die Zeit, in der Laura Luca kennengelernt hatte, und an den Einbruch in seine Wohnung. Anschließend halfen alle beim Aufräumen. Eva fegte den Raum, während Luca die Tische abwischte. Dabei unterhielten sie sich und Luca erfuhr, dass sie ebenfalls Journalistin war.

„Ach, ich habe einen äußerst unbedeutenden Job bei einem unbedeutenden Wochenblatt", wiegelte Eva ab. „Obwohl: Meine jetzige Geschichte, die eigentlich nur von einer Hundertjährigen handelt, ist echt spannend."

„Hundert? Unglaublich, sie muss schon so viel erlebt haben!", rief Luca aus.

Eva nickte. „Ihr Vater war ein Widerstandskämpfer, der im KZ gelandet ist. Er hat mehreren Juden geholfen."

„Ich habe vor einigen Jahren einen Artikel über Juden geschrieben, die bei Leuten in Heidelberg versteckt waren."

„Das klingt interessant", antwortete Eva.

Doch bevor sie weitersprechen konnten, kam Laura. „Darf ich diesen jungen Mann jetzt entführen?", fragte sie mit einem verschmitzten Lächeln.

„Aber klar doch."

Luca bot an: „Wenn ich dir irgendwie mit deinem

Artikel helfen kann, melde dich. Ich hab damals viel Recherche-Material gesammelt."

„Das wäre cool!", rief Eva begeistert. „Vielen Dank und eine schöne Verlobungsnacht."

Sobald sie die Worte ausgesprochen hatte, merkte sie, wie zweideutig das klang und wurde rot. Aber die beiden lachten und nickten ihr zu.

„Danke noch mal, Eva", sagte Laura.

„Danke, dass ich dabei sein durfte."

Tatjana bot Eva an, sie in ihrem alten Golf nach Hause zu bringen, deshalb half Eva noch mit, bis alles sauber war. Anschließend lotste Eva Tatjana den Weg bis zu ihrem Zuhause. In einer ruhigen Straße mit schönen Einfamilienhäusern sagte sie: „Da vorne ist es."

Tatjana hielt vor einem etwas in die Jahre gekommenen Haus mit einem kleinen Garten.

„Wow, hier wohnst du?", fragte sie erstaunt.

„Hier wohnen meine Eltern, ich kann mir keine eigene Wohnung leisten", antwortete Eva seufzend.

„Ich auch nicht, deshalb wohne ich in einer hässlichen WG", meinte Tatjana bedauernd.

Eva sah Tatjana an. Sie mochte ihren slawischen Akzent und das unschuldige Lächeln, wobei ihr instinktiv klar war, dass Tatjana weder naiv noch dumm war.

„Vielen Dank fürs Mitnehmen", sagte Eva.

„Danke fürs Putzen", gab Tatjana zurück.

Eva stieg aus und verabschiedete sich. Es brannte kein Licht, ihre Eltern schienen bereits zu schlafen. Auf Zehenspitzen stieg sie die Stufen bis unters Dach hinauf, wo sie sich ihr eigenes kleines Reich eingerichtet hatte.

Im Bett dachte sie noch lange über den Tag nach,

den Besuch bei Grete, die Verlobung von Luca und Laura, die Rückfahrt mit Tatjana. So viele interessante Menschen, doch am meisten faszinierte sie die Geschichte von Grete. Sie wollte unbedingt wissen, wie es mit ihr weitergegangen war und fragte sich, wie sie diese besondere Recherche ihrem Chef schmackhaft machen konnte.

Die Leser würden es bestimmt spannend finden, solch eine Geschichte in Episoden zu lesen. Und das würde wiederum Martin gefallen.

KAPITEL 4

Am nächsten Morgen fuhr Eva wieder zum Café Sehnsucht, um sich ihre tägliche Dosis Kaffee abzuholen. Laura und Luca standen gemeinsam an der Bar. Die beiden sahen etwas übermüdet aus, aber sehr glücklich.

„Ich würde gerne auf dein gestriges Angebot mit dem Recherchematerial zurückkommen", nahm Eva den Gesprächsfaden vom Vorabend wieder auf.

Luca kratzte sich am Hinterkopf. „Was?"

Laura lächelte. „Mein Schatz kann sich an nichts mehr erinnern, was gestern passiert ist. Aber hoffentlich an das hier."

Sie hob ihre Hand mit dem Verlobungsring und er küsste sie.

„Deine Recherche über Juden, die von Deutschen versteckt wurden", erklärte Eva.

„Ach so, ja, gerne. Ich kann dir morgen den Ordner mitbringen."

Nachdem das geklärt war, verließ Eva das Café mit

dem Thermosbecher, den sie extra mitgenommen hatte, und genoss den Duft des leckeren Kaffees in ihrer Nase. Beim Läuten der Kirchenglocken überlegte sie spontan, die Kirche zu besuchen, in der Gretes Vater Pfarrer gewesen war. Sie schickte eine Nachricht ins Büro, dass sie später kommen würde.

Im Internet wurde sie rasch fündig. Mit der Bahn war es gar nicht weit. Wenige Haltestellen später stieg sie in einer Straße aus, in der zahlreiche Jugendstilhäuser standen. Das Pfarrhaus sah genau so aus, wie Grete es beschrieben hatte, und auch die großen, alten Bäume waren da. Es standen zwar eine ganze Menge Autos in der Straße, doch es fiel Eva nicht schwer, sich vorzustellen, wie es hier vor knapp hundert Jahren ausgesehen hatte.

Sie fragte sich, wo Emil wohl gewohnt hatte, und suchte instinktiv nach einem großen Mercedes. Mittlerweile parkten hier jedoch überwiegend Geländewagen und Familienvans.

Neben dem Pfarrhaus, an der Rückseite der Kirche, war eine Grünfläche, auf der einige Bäume standen. Während sie zum Hauptportal ging, fragte sie sich, ob die Kinder hier früher gespielt hatten. Sie stieg die Stufen hinauf und sah sich um. Ein Mann in einem dunklen Anzug kam auf sie zu und klebte ein Plakat an die Kirchentür.

„Interessieren Sie sich für Diskussionsrunden?", fragte er und deutete auf das Plakat. „Nächste Woche haben wir hier eine öffentliche Debatte zum Thema *Zukunft der evangelischen Kirche*. Das wird sehr interessant, das kann ich Ihnen versprechen."

Eva sah sich aus Höflichkeit das Plakat an, während

sie antwortete: „Eigentlich interessiere ich mich momentan vor allem für die Vergangenheit der Kirche. Also dieser Kirche. Arbeiten Sie hier?"

„Kann man so sagen." Der Mann, er musste etwa Ende fünfzig sein, reichte ihr die Hand. „Pastor Müller. Was wollen Sie denn wissen?"

„Ich bin Journalistin und schreibe einen Artikel über die Tochter eines Pfarrers, der hier zur Zeit des Zweiten Weltkriegs die Kirche geleitet hat. Sie ist gerade hundert Jahre alt geworden."

„Wie interessant. Gestern war ein junger Mann hier und wollte ebenfalls Informationen über diese Zeit."

Eva stutzte. „Ach, auch ein Journalist?"

„Nein, nein, das war eine Familienangelegenheit, er kam aus dem Ausland. Ich habe ihn zu dem Gospelkonzert heute Abend eingeladen", erklärte der Pfarrer und zeigte auf ein weiteres Plakat, das an der Kirchentür hing. „Mögen Sie Gospelmusik?"

„Na klar", antwortete sie und schmunzelte. Der Pfarrer lud wirklich sehr gern Menschen zu seinen Veranstaltungen ein.

Er nickte ihr zu und meinte bedauernd: „Ich muss jetzt leider zu einer Beerdigung. Aber kommen Sie doch heute Abend vorbei. Vielleicht kann ich Ihnen ja nach dem Konzert ein paar Fragen beantworten."

„Gerne", antwortete sie.

Sie sah ihm kurz nach, dann ging sie zurück zur Haltestelle und fuhr ins Büro. Dort schrieb sie ihren Artikel über den Besuch des Bürgermeisters bei Frau Selig fertig und schickte ihn zur Abnahme an Martin. Sie war mittlerweile fest entschlossen, ihrem Chef eine

Artikelserie über das Leben der alten Dame und ihrer Familie anzubieten. Doch bevor sie ihm die Fakten präsentierte, wollte sie erst noch mehr recherchieren, auch wenn sie das in ihrer Freizeit tun musste.

Den Rest des Tages verbrachte sie mit dem Besuch bei einem Kanu-Verein, der sein dreißigjähriges Bestehen feierte, und schrieb einen Artikel über die Geschichte des Heidelberger Schlosses, für den sie hauptsächlich bei Wikipedia recherchierte.

Als sie schließlich Feierabend machte, schaffte sie es am Bismarckplatz gerade noch, in die Straßenbahn zu steigen, bevor die Türen zugingen. Es war kurz nach sieben Uhr. Die Bahn war ziemlich voll und sie drängte sich zwischen die Menschen, von denen die meisten von der Arbeit kamen. Vor ihr stand ein junger Mann, der einen riesigen Rucksack trug, der ihr bei jeder Bewegung gefährlich nahe kam. Zu allem Übel stiegen an der nächsten Haltestelle auch noch zwei Kontrolleure ein und quetschten sich durch die Reihen. Eva zeigte ihnen ihr Jobticket.

Der Mann mit dem überdimensionalen Rucksack hatte zwar ein Ticket, aber er hatte es nicht entwertet. Er schien Tourist zu sein und verstand offensichtlich nicht, was der Bahnangestellte von ihm wollte. Dieser versuchte, ihm in schlechtem Englisch zu erklären, dass der Fahrschein ungültig war und er als Schwarzfahrer eine saftige Strafe zu zahlen hatte. Eva verdrehte die Augen. Sie hasste diese Kleinkariertheit. Es war doch offensichtlich, dass der Tourist nicht absichtlich schwarzgefahren war.

Laut sagte sie: „Das ist ein Freund von mir und er

fährt bei mir mit. Hier." Sie zeigte auf ihr Jobticket. „Ab sieben Uhr kann ich ja vier Personen mitnehmen."

Skeptisch blickte der Kontrolleur erst sie und dann ihn an. Bevor der Tourist etwas Falsches sagen konnte, lachte Eva und erklärte auf Englisch: „Ich habe dem Mann gerade gesagt, dass du mit mir fährst und ich dich deshalb gebeten habe, das Ticket nicht zu entwerten."

Dann lächelte sie den Kontrolleur an, der etwa Mitte dreißig war und auffällig viele Piercings hatte.

„Der guckt so erschrocken. Ich glaube nicht, dass er Sie kennt", meinte er misstrauisch.

„Weil Sie ihm so viel Angst einjagen", antwortete sie, lächelte wieder und klimperte mit ihren langen Wimpern. „Bitte sag ihm, dass wir befreundet sind", sagte sie auf Englisch zu dem Touristen.

Der nickte und sagte: „Yes."

„Aber nächstes Mal, wenn er allein fährt, Fahrschein entwerten", ermahnte der Kontrolleur und blickte sie streng an.

„Also solch ein professioneller und freundlicher Mitarbeiter der Verkehrsbetriebe ist mir selten begegnet", meinte sie und lächelte wieder.

Der Kontrolleur musste diesmal selbst die Mundwinkel verziehen. Die anderen Fahrgäste sahen dem Schauspiel wortlos zu.

Als der Kontrolleur weg war, flüsterte Eva dem jungen Mann mit dem pechschwarzen Haar und der olivfarbenen Haut zu: „Ich habe dich gerade gerettet." Er starrte sie immer noch sprachlos an. „Sonst hättest du jetzt sechzig Euro Strafe zahlen müssen und einen bürokratischen Hickhack vor dir."

Jetzt lächelte er endlich und sagte: „Danke, Retterin."

Sie lachte und sagte: „So, jetzt musst du leider mit mir aussteigen, sonst werden die skeptisch." Sie deutete mit dem Kopf zu den Kontrolleuren, die sich immer noch durch die Bahn zwängten. „Du kannst dann ja in die nächste Bahn wieder einsteigen und dort das Ticket entwerten. Mach's gut!"

Ohne eine Antwort abzuwarten, lief Eva eilig zur Kirche. Sie hasste es, zu spät zu kommen.

Es war viel los an diesem Abend. Zwar waren immer noch einige der hinteren Bänke frei, aber die Kirche war auch sehr groß. Eva gefiel das Gebäude. Es war aus hellbraunem Stein, einige Wände waren weiß gestrichen und die hohen Fenster verliehen der Kirche etwas Majestätisches.

Direkt hinter dem Altar war die Bühne aufgebaut und der ganze Raum war erfüllt vom Gemurmel der Besucher. Eva erkannte den Pfarrer, der in Anzug und Krawatte etwas nervös herumlief. Die Mikrofone und Instrumente waren schon aufgebaut und die Tontechniker saßen an ihrem Pult. Eva stand noch im Gang und überlegte, wo sie sich hinsetzen sollte, als das Licht ausging und der Pfarrer die *True Gospelsingers* vorstellte: „Sie sind direkt aus den USA hierhergeflogen, um gemeinsam mit uns den Herrn zu preisen."

Fünf Afroamerikaner in langen blauen Kutten traten auf die Bühne. Der Pastor setzte sich an ein elektrisches Klavier, neben ihm saß ein Schlagzeuger und auf der anderen Seite stand ein Bassist.

Eva war vom ersten Moment an begeistert von den ausdrucksstarken Stimmen und den mitreißenden

Liedern. Sie stand auf, klatschte mit und sang sogar ein paar Zeilen. Sie hatte völlig vergessen, wie schön es war, ein Konzert zu besuchen und lauthals mitzusingen.

Schließlich legte der Chor eine Pause ein und der Pfarrer trat an die Kanzel und hielt eine kurze Rede: „Wir haben einige Lieder gehört, in denen es darum ging, dass Gott unsere Zuflucht ist. So ist es auch mit dieser Kirche, sie ist und war ein Zufluchtsort für Suchende und Menschen in Not. Auch heute gibt es Menschen in Not. Und es braucht mutige Mitmenschen mit Herz, die sich den Notleidenden widmen. Ein ganz besonderer Mensch war Pfarrer Fridolin Selig, der sogar sein Leben aufs Spiel setzte, um verfolgten Menschen zu helfen. An ihn wurde ich in den letzten Tagen mehrmals erinnert. Denn, wie es der Zufall manchmal will oder …" – er machte eine Pause und blickte kurz Richtung Decke, um anzudeuten, dass vielleicht Gott dahintersteckte – „… oder auch kein Zufall, ist der Enkel von Emil Rosenbaum da, den Fridolin Selig damals vor den Nazis versteckt hat."

Eva blieb vor Staunen der Mund offen stehen.

Nach diesen Worten winkte der Pfarrer jemandem in den letzten Reihen zu und sagte auf Englisch: „Komm bitte mal nach vorne."

Alle drehten sich um und Eva erkannte den Mann aus der Straßenbahn. *Das gibt's doch nicht,* dachte sie und schmunzelte, während dieser nach vorne ging.

Der Pfarrer trat von der Kanzel und begrüßte den jungen Mann, der wohl nicht damit gerechnet hatte, dass er allen vorgestellt werden würde. Der Pfarrer fragte ihn, ob er gern etwas sagen wolle.

Der Enkel von Emil räusperte sich und sagte dann

zögerlich auf Englisch: „Mein Großvater hat es niemals geschafft, nach Deutschland zurückzukommen, deshalb hole ich das jetzt für ihn nach." Der Pfarrer übersetzte für die Zuhörer, während der junge Mann fortfuhr: „Er hat mir viel von seiner Heimat erzählt und ich hatte schon seit Längerem geplant, hierherzukommen. Und jetzt bin ich hier, in der Straße, in der er seine Kindheit verbracht hat. Ich bin Pastor Selig unendlich dankbar, dass er ihm damals das Leben gerettet hat."

Eva hatte Tränen in den Augen. Was dieser Mann ruhig, aber mit fester und lauter Stimme sagte, berührte sie tief im Inneren. Obwohl sie bislang nur einen kleinen Teil von Gretes Geschichte gehört hatte, fühlte sie sich fest mit ihr und nun auch mit Emils Enkel verbunden, auch wenn sie keine logische Erklärung dafür hatte. Vielleicht brauchte sie gerade eine große Geschichte, die so viele Jahrzehnte überspannte und so viele Leben beeinflusst hatte, als Anker, weil sie mit ihrem eigenen Leben unzufrieden war? Konnte es ein Zufall sein, dass sie den Enkel schon in der Bahn getroffen hatte? Eva hatte das Gefühl, in einen Zug mit unbekanntem Reiseziel zu steigen.

Der junge Mann schien sie jedoch nicht bemerkt zu haben, jedenfalls sah er nicht zu ihr hin, als er an ihr vorbei zurück zu seinem Platz ging.

Nach dem Konzert wurden Getränke verkauft und die Besucher standen in Gruppen beisammen und unterhielten sich. Der Pfarrer kam auf sie zu, er hatte sie anscheinend nicht vergessen. Eva wollte jedoch viel lieber mit dem Mann sprechen, den der Pfarrer vor lauter Aufregung nicht einmal namentlich vorgestellt hatte. Um Emils Enkel hatte sich jedoch eine Menschentraube versammelt, die Leute schienen ihn regelrecht auszufragen.

„Schön, dass Sie gekommen sind! Haben Sie sich die Fotowände im Foyer schon angesehen?", fragte der Pfarrer.

„Nein, dafür hatte ich leider keine Zeit. Ich war etwas spät dran", gab Eva zu.

„Das sind die Überreste einer Ausstellung zu unserer Kirchengeschichte, die wir zum letzten Jubiläum veranstaltet haben. Dort gibt es auch einige Fotos aus der Zeit, die Sie interessiert. Leider weiß ich selbst nicht viel über Pfarrer Selig."

Eva hörte dem Pfarrer nur mit einem Ohr zu. Ständig dachte sie an den jungen Mann, an Grete und an ihre Jugendfreunde.

Als der Pfarrer sich kurz entschuldigte, um weitere Besucher zu begrüßen, ging Eva zum Sektstand. Sie bestellte kurz entschlossen zwei Gläser, falls Emils Enkel auch Durst verspürte. Dann stellte sie sich an die Seite des Kirchenschiffs und wartete, bis die Menschentraube um ihn herum sich etwas verlief.

„Einen Sekt nach dem anstrengenden Tag heute?", fragte sie, als es endlich so weit war.

Sie lächelte ihn an und er lächelte zurück.

„Oh, hallo! Du auch hier? Dankeschön. Eine schöne Kirche", stellte er fest.

Eva nickte. „Hast du schon die historischen Fotos im Foyer gesehen?"

„Noch nicht."

Eva lud ihn mit einer Kopfbewegung ein, mit ihr dorthin zu gehen, und kurz darauf liefen sie nebeneinander an den Fotografien entlang, die auf zwei Stellwänden angebracht waren und teilweise mit kurzen Texten auf angepinnten Zetteln ergänzt worden waren. Die ersten Bilder waren Zeichnungen und Entwürfe der Kirche.

Evas Blick wanderte immer wieder von den Fotos zu dem jungen Mann, der sich die Bilder sehr genau ansah. Als er ihr einen Blick zuwarf, beschloss sie, sich vorzustellen. „Ich bin Eva." Sie streckte ihm die Hand hin.

„Ben", antwortete er.

„Wo kommst du her?", erkundigte sie sich.

„Aus Israel."

Sie nickte. „Ist dein Großvater damals nach Israel emigriert?"

„Er wollte in die USA, doch letztendlich verschlug es ihn nach Israel."

„Ich schreibe gerade eine Geschichte über eine alte Freundin von deinem Großvater."

Ben sah sie einen Moment überrascht an und meinte dann grinsend: „Guter Witz."

Doch Eva fuhr fort: „Ich bin Journalistin und wollte eigentlich nur über den Geburtstag einer hundertjährigen Dame berichten. Doch wir kamen ins Gespräch und sie begann, mir aus ihrer Kindheit zu erzählen. Sie ist die Tochter von Pastor Selig und war die Kindheitsfreundin deines Großvaters."

Ben sah sie immer noch ungläubig an.

„Verrückt, oder?", fragte Eva, um den seltsamen Moment zu überspielen, und lächelte.

Ben schien immer noch nicht recht zu wissen, was er von ihr halten sollte. Er musterte sie nachdenklich mit seinen großen grünen Augen. „Mein Großvater ist schon länger tot", sagte er schließlich. „Er erzählte erst gegen

Ende seines Lebens von Deutschland. Kurz vor seinem Tod wurde es immer wirrer. Er sprach oft von seiner ersten großen Liebe, die alles aufs Spiel gesetzt hatte, um ihn zu retten."

Ob das Grete war?, fragte Eva sich. Oder ihre Namensvetterin, Gretes Cousine? Das musste sie sich auf jeden Fall noch genauer erzählen lassen.

„Du musst die alte Dame unbedingt kennenlernen", rief Eva begeistert. „Schließlich ist sie vermutlich die einzige noch lebende Person, die deinen Opa kannte."

„Bist du sicher, dass es mein Großvater war, von dem sie erzählt hat?"

„Wie viele jüdische Emils haben wohl in dieser Straße gelebt und kannten Familie Selig?", gab Eva zurück.

Ben sah sie nachdenklich an und nickte. Dann wandte er sich wieder den Fotografien zu. Auch Eva betrachtete die Bilder. Am meisten interessierte sie die Zeit ab Gretes Geburt. Auf einem der Fotos war der Pfarrer samt Familie zu sehen. Darunter stand ein Text, der auf Deutsch und Englisch verfasst war: *Pfarrer Selig mit Familie, 1928*. Dieses Familienfoto hatte Eva bereits bei Grete auf der Kommode gesehen. Die anderen Bilder stammten aus unterschiedlichen Jahrzehnten. Sie zeigten Konfirmanden, Eindrücke von Kirchenjubiläen, Jubel-konfirmationen und die verschiedenen Pfarrerinnen und Pfarrer der Gemeinde.

Nachdem sie alles betrachtet hatten, verabschiedeten Eva und Ben sich von Pfarrer Müller und gingen gemeinsam Richtung Straßenbahnhaltestelle.

„Ich kann dich wieder mit meinem Ticket mitneh-men", bot Eva an.

Ben lächelte. „Dann lade ich dich dafür aber zum Essen ein."

„Deal", antwortete sie und ihr Herz begann, ein wenig schneller zu schlagen.

Er grinste. „Du musst mir nur sagen, wo. Ich kenne mich hier nicht aus."

KAPITEL 5

Bald darauf saßen sie in einem italienischen Restaurant. Eva bestellte einen Antipasti-Teller und Trüffelspaghetti. Ben studierte die Karte auffällig lange und schien sich nicht so recht entscheiden zu können. Schließlich bestellte er ebenfalls Trüffelspaghetti.

„Danke noch mal für die Rettungsaktion in der Straßenbahn", sagte er und lächelte freundlich.

Eva lachte. „Aber gerne doch. Es ist der Klassiker. Ich frage mich, wie vielen Touristen oder ausländischen Studenten sie so Geld abknöpfen, weil anderswo das Ticket direkt am Ticketautomat entwertet wird."

„Es ist nicht wirklich ersichtlich mit dem Entwerten, aber ich wusste es sogar, habe es nur vor lauter Schilderbeachten vergessen", meinte er.

Er hatte seine Jacke und den Schal ausgezogen und saß ihr nun in einem blauen Pullover und Jeans gegenüber. Eva überlegte, welcher Typ er war, der südländische oder eher der orientalische? Es war schwierig, ihn einzuordnen, vielleicht hatte er auch von beidem etwas. Er war jedenfalls sehr attraktiv mit den kurzen, pechschwarzen Haaren und den grünen Augen mit Wimpern, bei denen jede Frau neidisch werden würde.

Was er wohl gerade dachte? Er wirkte freundlich, aber gleichzeitig auch ernst.

„Was machst du beruflich?", fragte sie.

„Ich arbeite in der Landwirtschaft", erzählte er und Eva fragte sich, ob er das ernst meinte oder nur Spaß machte. Doch sie stellte es nicht infrage.

„Interessant."

Er zuckte mit den Schultern. „So interessant ist es nun auch wieder nicht. Nach der Zeit bei der Armee, die in Israel sehr lange dauert, habe ich erst mal studiert, aber ich war nicht sonderlich glücklich damit. Deshalb habe ich mich entschieden, Tomaten und anderes Gemüse zu züchten."

„Finde ich cool. Es braucht junge Menschen in der Landwirtschaft", antwortete sie und merkte, wie altklug ihr Satz klang.

Ben lächelte, als ob er das bereits öfter gehört hätte, und meinte: „Das stimmt."

Da sie von Landwirtschaft keine Ahnung hatte, entschied Eva, ganz schnell das Thema zu wechseln. „Wie gefällt dir Deutschland?"

Ben dachte einen Moment nach. „Es ist ein sehr interessantes Land. Durch seine Geschichte hat es in meiner Heimat keinen allzu guten Ruf. Mein Großvater hat früher nie über Deutschland gesprochen. Ich wusste als Kind nur von meinem Vater, dass Großvater mit viel Glück fliehen konnte. Doch in der Erinnerung meines Großvaters ist es wohl immer ein wunderschönes Land geblieben. Er erzählte als alter Mann viel davon, wie herrlich die Berge waren und vor allem Heidelberg." Ben nippte an seinem Wasser. „Er hat oft auch ein wenig aus seiner Kindheit erzählt, aber nicht, dass später ein Mann für seine Freiheit bezahlen musste."

Eva musterte Ben, während er sprach. Er wirkte so authentisch und das machte ihn für sie besonders attraktiv. Sie fragte ihn, was er in Deutschland noch sehen wollte.

„Berlin, München und natürlich das Heidelberger Schloss."

„Hier kann ich gerne Tourguide spielen", schlug sie vor.

Er musterte sie einen Moment nachdenklich, dann lächelte er. „Sind alle Deutschen so offenherzig?", fragte er.

Sie lachte wieder. „Nein, die meisten sind perfektionistische Maschinen, so wie der Straßenbahnkontrolleur."

Er lachte ebenfalls und sie bewunderte die Grübchen, die sich dabei auf seinem Gesicht bildeten.

„Ich bin der Meinung, dass Menschen überall gleich sind. Es gibt nur kulturelle Unterschiede, die dazu führen, dass wir manchmal anders wirken", meinte sie dann ernst.

Ben nickte. „Das kann sein."

Eva lief ein angenehmer Schauer über den Rücken. Sie fühlte sich sehr wohl in seiner Gegenwart. Mehr als wohl, sie fühlte sich fast beflügelt, obwohl sie momentan eigentlich überhaupt keine Zeit für eine Beziehung hatte. Ihr nächstes Ziel auf der Lebens-To-do-Liste war, im Beruf voranzukommen. Doch dieser Mann ließ tatsächlich ihr Herz höherschlagen.

War sie etwa dabei, sich ein bisschen zu verlieben? Nein, bestimmt nicht! Er sah einfach nur gut aus und war nett.

Während sie ihre Vorspeisen-Variation genoss, ließ sich ihr Gehirn jedoch nicht ablenken, es arbeitete auf Hochtouren und versuchte, die neuen Gefühle einzuordnen. War eine Beziehung mit ihm überhaupt möglich? Er lebte doch in einem ihr vollkommen fremden Land und war Landwirt. Wohl eher nicht. Aber das hinderte sie ja nicht daran, die wenigen Momente zu genießen, bevor er zu seiner Deutschland-Rundreise aufbrechen würde.

Nachdem sie gegessen hatten, schlug Eva vor, einen kurzen Abstecher zum Neckar und zur Alten Brücke zu machen, da sie ganz in der Nähe waren. Nicht, weil das bei Nacht ein so romantischer Ort war, sagte sie sich. Nein, als Tourist musste er das einfach gesehen haben.

Die Straßenbeleuchtung tauchte die historischen Hausfassaden in einen orangefarbenen Schimmer, während sie durch die schmale Gasse über das Kopfsteinpflaster liefen.

„Ich verstehe, dass mein Großvater Heidelberg als die schönste Stadt der Welt bezeichnet hat", meinte Ben bewundernd. „Diese alten Häuser standen ja schon damals hier."

Als sie sich dem Ende der Gasse näherten, konnten sie bereits das Rauschen des Flusses hören. Der Neckar schimmerte in der Dunkelheit und das Mondlicht glitzerte auf der Wasseroberfläche. Sie gingen schweigend das letzte Stück bis zur Brücke und genossen die Schönheit des Moments. Nachdem sie das Tor passiert hatten, das auf die Brücke führte, stellten sie sich an das Brückengeländer und blickten auf die Stadt. Das beleuchtete Schloss thronte hoch über den Häusern.

„Ich würde tatsächlich sehr gerne diese Grete kennenlernen. Ist das möglich?", unterbrach Ben die Stille.

Sie nickte. „Bestimmt. Wir müssen aber Kuchen mitbringen."

„Den kann ich besorgen!", rief er.

„Das musst du nicht, du hast schon heute bezahlt", wehrte Eva ab.

Sie standen noch einen Moment schweigend auf der Brücke, dann meinte Ben: „Romantischer als Paris."

„Wenn man hier lebt, sieht man das alles nicht mehr", antwortete Eva bedauernd.

Er nickte verstehend. Sie erklärte ihm, wo sich die wichtigsten Sehenswürdigkeiten befanden, und deutete jeweils mit den Fingern in die entsprechende Richtung. Plötzlich wurde es belebter. Als ob sie sich verabredet hätten, kamen mehrere Paare Hand in Hand auf die Brücke geschlendert und machten romantische Fotos, stets mit dem Schloss im Hintergrund.

„Ein beliebter Platz für Verliebte", meinte Eva entschuldigend.

Er zwinkerte ihr zu und antwortete: „Das sehe ich."

Die Situation war ihr unangenehm, denn sie wollte nicht, dass er dachte, sie hätte ihn absichtlich hierherge-bracht, um die romantische Stimmung auszunutzen. Er schien das zu bemerken, denn er schlug vor: „Wir können gerne weitergehen."

Eva nickte und sie liefen zurück in die Altstadt in

Richtung der Heiliggeistkirche und des Marktplatzes. Er erzählte ihr von der AirBnB-Wohnung, in der er übernachtete, wie das Wetter in Israel gerade war und vom Leben in Tel Aviv.

„Jetzt lebe ich natürlich viel ländlicher, in Tel Aviv kann man keine Oliven anbauen."

Die Kirchenglocke schlug zwölfmal. Viele der Kneipen und Cafés, an denen sie vorbeikamen, schlossen bereits ihre Türen. War dies ein Zeichen, dass es Zeit war, um sich zu verabschieden? Doch Eva genoss seine Gegenwart und wollte sich ungern von ihm trennen. In Gedanken rief sie sich zur Vernunft und sagte: „Es ist schon spät. Ich denke, ich gehe jetzt besser nach Hause."

Er musterte sie und fragte mit einem schiefen Grinsen: „Lass mich raten, du bist entweder Cinderella oder es wartet eine strenge Familie auf dich?"

Eva zuckte innerlich zusammen. Woher wusste er, dass sie noch bei ihren Eltern wohnte? Was sollte sie antworten? *„Ja, ich wohne bei Mutti"*?

„Nein, meine Familie ist es gewohnt, dass ich länger arbeite", antwortete sie ausweichend. „Und ich bin auch nicht Cinderella."

„Ich hab mich nur gefragt, womit ich dich in die Flucht geschlagen habe."

„Das hast du nicht, ich muss nur wirklich nach Hause."

„Dann bestehe ich darauf, dich zu begleiten."

Sie winkte ab. „Ach Quatsch, ich bin doch schon ein großes Mädchen."

„Das ist egal, ich bringe dich nach Hause, das haben mir meine Eltern so beigebracht."

„Aber du weißt doch gar nicht, wo ich wohne."

„Du wirst es mir hoffentlich zeigen."

„Und wie kommst du dann nach Hause?"

„Taxi oder Straßenbahn. Ich werde mich schon zurechtfinden. Im schlimmsten Fall laufe ich."

„An einem Sonntagnachmittag könnten wir das machen, aber jetzt, kurz nach Mitternacht? Lieber nicht."

„Straßenbahn?", fragte er.

Sie nickte und sah auf ihre Verkehrs-App. „Die nächste Bahn fährt erst in dreißig Minuten. Wir müssen wohl tatsächlich laufen."

„Taxi?", fragte er.

„Das ist in Heidelberg ziemlich teuer. Aber es ist tatsächlich ein bisschen weit zu Fuß", antwortete sie.

„Wie wäre es mit Scootern?", fragte Ben und deutete auf ein paar E-Roller, die an einer Laterne standen. Er grinste wie ein Junge, der gerade ein neues Mountainbike bekommen hat.

Eva sah zu den türkisfarbenen Scootern und nickte. Mittlerweile sah man die Roller überall durch die Stadt fahren. Sie hatte zwar selbst noch keinen benutzt, aber in einem Überschwang der Begeisterung hatte sie vor ein paar Wochen bereits die App installiert, mit der man die Roller leihen und starten konnte.

Sie zückte ihr Handy und tippte darauf herum.

„Kennst du dich damit aus?", fragte Ben, als er bemerkte, wie lange sie benötigte, um sich in der App zurechtzufinden.

„Ehrlich gesagt bin ich noch nie auf so einem Ding gestanden", gab sie zu.

„Na dann wird es höchste Zeit." Ben lud sich ebenfalls die App auf sein Handy, um seinen Roller zu aktivieren.

„Soll ich dir dabei helfen?“, fragte Eva.

„Hör mal!“, gab er zurück. „Ich bin aus Tel Aviv.“

Tatsächlich: Bei ihm sah das alles spielend einfach aus und er hatte seinen Roller schneller aktiviert als sie. Aber schließlich schaffte Eva es ebenfalls, ihren zum Laufen zu bringen, und kurz darauf fuhren sie gemeinsam durch die Nacht. Es war nicht so romantisch wie zu zweit auf einem Fahrrad oder in einer Kutsche, aber es machte riesigen Spaß.

„Sehr schön hier“, sagte Ben, als sie in ihre Straße einbogen und vor dem Haus ihrer Eltern hielten. Ihr Vater hatte das Gebäude vor vielen Jahren preiswert gekauft, lange bevor das Wohnen in Heidelberg unerschwinglich geworden war.

„Stimmt.“

„Ich hätte dich eher in einer WG vermutet.“

„Mein Gehalt ist ziemlich niedrig, und da meine Eltern hier leben, ist es für mich am einfachsten, bei ihnen zu wohnen. Aber wenn ich mein Volontariat beendet und eine feste Stelle habe, will ich auf jeden Fall eine eigene Wohnung oder wenigstens ein WG-Zimmer.“

Er nickte und sie fragte sich erneut, was er wohl dachte. Einen Moment sah er sie an und Eva hatte das Gefühl, dass unsichtbare Wellen von ihm ausgingen. Aber wahrscheinlich irrte sie sich.

Sie räusperte sich und sagte: „Bye, wir sehen uns dann morgen – ich meine nachher. Ich werde versuchen, mit Grete einen Termin für morgen Vormittag auszumachen.“

Sie deaktivierte den Roller und parkte ihn an einem Laternenpfahl. Dann streckte sie ihm die Hand entgegen. Er nahm sie und hielt sie einen Moment zu lange fest. Sie sah ihn fragend an, doch er sagte nichts. Sie nickte ihm noch einmal verlegen zu und ging zum Tor. Dort drehte sie sich kurz um. Er stand immer noch da und sah ihr hinterher.

Mag er mich?, fragte sie sich. Sie fand sich nicht unattraktiv und war eigentlich selbstbewusst, aber heute war sie nicht sonderlich vorteilhaft gekleidet, sondern trug dem Wetter entsprechend nur Jeans und eine dicke Daunenjacke. Sie zuckte mit den Schultern und dachte: *Das kann ich jetzt auch nicht mehr ändern.*

Für den Besuch bei Grete würde sie sich auf jeden Fall mehr in Schale werfen. Sie erinnerte sich an einen Spruch ihrer Großmutter, die großen Wert auf die äußere Erscheinung gelegt hatte: *„Sei auch zu Hause so gekleidet, als ob gleich die Queen an deine Tür klopfen würde.“*

Vielleicht sollte sie diese Worte häufiger beherzigen.

KAPITEL 6

Evas Eltern saßen noch auf der Couch und lasen. Seit ihr Vater in Rente war, kam das häufiger vor. Ihre Mutter ging sowieso gerne spät ins Bett, zumindest wenn sie wieder einmal einen ihrer spannenden skandinavischen Krimis las, den sie nicht zur Seite legen konnte.

„Hallo!", rief Eva gut gelaunt. Ihr Vater blickte kurz auf und entgegnete genauso kurz: „Hallo."

„Ach, mein armes Kind, musstest du etwa so lange arbeiten?", fragte ihre Mutter. „Solche Abendtermine müssten doch eigentlich mit Aufschlag bezahlt werden."

Tatsächlich musste Eva gelegentlich Abendveranstaltungen besuchen. Einen Aufschlag gab es dafür nicht, aber sie durfte dann normalerweise am nächsten Tag später zur Arbeit gehen.

„Nein, nein, so lange musste ich nicht arbeiten, ich war noch essen."

„Mensch Karl, das hast du ihr eingebrockt mit dieser

kleinkarierten Zeitung. Sie hätte bestimmt woanders schon längst im Fernsehen sein können."

Evas Vater verdrehte die Augen und erwiderte: „Zum Fernsehen hab ich eben keine Beziehungen." Dann wandte er sich an Eva und fragte: „Seit wann willst du denn zum Fernsehen."

Eva schüttelte den Kopf und antwortete: „Mir macht es Spaß, bei der Zeitung zu arbeiten. Wie sagt Papa immer? Man fängt klein an und steigert sich mit der Zeit."

„Genau, so war es bei mir auch", stimmte er zu.

Evas Mutter verdrehte die Augen. „Oh, nicht schon wieder diese Geschichte von deiner einmaligen Karriere. Jetzt bist du Rentner und es interessiert niemanden mehr, dass du mal Prokurist warst."

„Man sieht, dass deine Mutter nicht gearbeitet hat."

„Hey, ich war deine Sekretärin, bis du mich geschwängert hast", gab Evas Mutter zurück.

So ähnlich, nur meist mit anderen Themen, verliefen die Gespräche ihrer Eltern. Sie hatten immer eine gute Ehe geführt, zumindest, bis Evas Vater in Rente ging und seine Frau plötzlich ihr Reich mit ihm teilen musste.

„Möchtest du etwas essen?", fragte Evas Mutter.

„Nein danke, ich habe schon gegessen."

„Das sagte sie doch bereits", meinte ihr Vater und widmete sich wieder seiner voluminösen Zeitung, die er sorgfältig auf dem Couchtisch vor sich ausgebreitet hatte.

„Ich gehe mal schlafen", sagte Eva. Sie lächelte ihre Eltern an, rief: „Kussi", und stieg die Treppe hinauf ins obere Stockwerk.

Als ihre Mutter sie außer Hörweite glaubte, sagte sie zu ihrem Mann: „Ich glaube, sie hat jemanden kennengelernt."

Eva stutzte und verharrte auf der Treppe. Sah man das so deutlich? Wie peinlich!

Sie blickte in den Spiegel und merkte, dass sie genau zwischen den Schneidezähnen ein schwarzes Pfefferkorn hatte. Sie pulte es mit dem Finger heraus und dachte: *Hätte ich bloß auf Oma gehört: Geh nach jedem Essen zur Toilette, um das Make-up und die Kleidung zu richten!*

Als sie im Bett lag, sah sie durch das Dachfenster zum Himmel und sagte: „Omi, ab sofort werde ich mich an deine Regeln halten."

Dann wanderten ihre Gedanken zu den letzten beiden Tagen und zu der faszinierenden Lebensgeschichte von Grete. Sie wollte unbedingt mehr von ihr erfahren. Gleich am nächsten Morgen rief Eva Grete an.

Diese freute sich zwar über den Anruf, konnte sich aber nicht mehr an sie erinnern.

„Ich war an Ihrem Geburtstag da und Sie haben mir von Ihrer Kindheit erzählt", sagte Eva.

„Ach Kind, das weiß ich nicht mehr so genau."

„Darf ich Sie noch einmal besuchen?", fragte Eva trotzdem. „Vielleicht heute Vormittag?"

„Ja, wenn Sie wirklich was aus meiner Kindheit hören wollen …"

„Sehr gerne."

„Dann kommen Sie doch um halb elf."

Eva sah auf die Uhr. Das war gut zu schaffen. Sie informierte Ben, machte sich schick und fuhr dann zum *Café Sehnsucht*, um dort den Kuchen zu kaufen. Sie bat die Konditorin Emily, demnächst eine Käsesahnetorte zu backen. Für den Moment nahm sie, was da war: je ein Stück Apfelkuchen, Erdbeersahnetorte und Mousse-au-Chocolat-Kuchen.

Mit dem Kuchen in der Hand, fuhr sie weiter zur Straßenbahnhaltestelle am Bismarckplatz, wo sie sich mit Ben verabredet hatte. Er stand gedankenverloren da, hatte beide Hände tief in den Taschen seines Parkas vergraben und blickte über die Hauptstraße hinweg Richtung Königstuhl. Die Anzeigetafel einer Apotheke verkündete, dass die Temperatur drei Grad betrug, doch nicht einmal auf den Hügeln über der Stadt war Schnee zu sehen.

Eva blieb für einen kurzen Moment in seiner Nähe stehen und beobachtete ihn. Heute trug sie ihre blonden langen Haare offen, dazu hatte sie den schicken Mantel und die hohen Stiefel an. Er hatte sie noch nicht entdeckt.

„Hallo, Ben", rief sie schließlich und er zuckte zusammen.

Er sah sie einen Moment nur an, ohne etwas zu sagen. Fast so, als ob er sie nicht erkennen würde. Dann lächelte er.

„Hallo, Eva", sagte er und bedachte sie mit einem weiteren langen Blick.

Sie war froh, dass sie sich heute hübsch gemacht hatte und dankte im Geist ihrer Oma. Ein gepflegtes Äußeres war ganz offensichtlich nicht zu unterschätzen. Ben nahm ihr die Kuchenschachtel ab, dann stiegen sie in die Bahn und fuhren zu Grete.

Als sie klingelten, summte es kurz, dann ging die Haustür auf. Im ersten Stock öffnete eine Dame in einem orangefarbenen Poloshirt und einer weißen Hose die Tür. Sie war offensichtlich eine Mitarbeiterin des Pflegedienstes.

„Ja?"

„Ich bin Eva, dieser junge Mann und ich sind mit Grete verabredet."

Die Frau lächelte sie freundlich an, drehte sich um und rief in Richtung Wohnzimmer: „Besuch für Sie, Frau Selig. Ich gehe dann."

Sie nickte den beiden zu und eilte die Treppe hinab zu ihrem Auto, das vor dem Haus geparkt war.

„Hallo, Grete?", rief Eva.

Die Wohnung roch, als müsste dringend mal gelüftet werden. Das erinnerte Eva an das Zimmer im Altenheim ihrer Großmutter. Dort hatte es immer etwas muffig und alt gerochen, was bei ihr leichte Übelkeit hervorgerufen hatte. Sie beschloss, gleich mal zu lüften.

Grete saß in ihrem bequemen Sessel, den man elektrisch kippen konnte. Neben ihr stand ein Holztischchen mit einem Glas Wasser, einem Telefon mit riesengroßen Tasten und einer Fernbedienung. Sie schaute gerade fern. Es lief eine Tiersendung und sie bemerkte ihren Besuch erst gar nicht.

Eva ging auf sie zu, streichelte sanft ihren Arm und sagte: „Hallo, Grete, heute habe ich nicht nur leckeren Kuchen mitgebracht, sondern auch noch einen …" – sie legte eine kurze Pause ein – „… einen Freund, der Sie gerne kennenlernen wollte."

Die alte Dame blickte Eva lächelnd, aber gleichzeitig fragend an. „Wer sind Sie noch mal?"

„Eva, die Journalistin, ich war an Ihrem Geburtstag da und danach haben wir Kuchen gegessen und über Ihre Kindheit gesprochen."

„Es waren so viele Menschen da an meinem Geburtstag."

„Wir haben Käsesahnetorte gegessen."

Jetzt erhellte sich die Miene der alten Dame. „Der Kuchen hat sehr gut geschmeckt. Daran kann ich mich erinnern."

Eva lachte. „Dann seien Sie mal auf den Kuchen gespannt, den ich heute mitgebracht habe."

Frau Selig lächelte. Eva blickte kurz in Richtung Küche, wo Ben gerade den Kuchen abstellte.

„Ich habe eben gesagt, dass ich einen Freund mitgebracht habe", sagte Eva.

„Ihren Freund, schön, wo ist er denn?", fragte die alte Dame.

„Ben?", rief Eva und dieser kam unsicher lächelnd aus der Küche.

Gretes neugieriges Lächeln gefror plötzlich. Ben wirkte irritiert und blieb mitten im Raum stehen.

„Grete, was ist los, geht es Ihnen nicht gut?", fragte Eva.

„Wer bist du?", fragte die alte Dame erschrocken.

„Das ist Ben, er spricht kein Deutsch."

„Doch, doch ich spreche etwas Deutsch", sagte Ben auf Deutsch, jedoch mit starkem Akzent.

„Ihr schaut mich an, als ob ich ein Geist wäre." Er lächelte, um die Situation etwas zu entspannen.

„Seit wann sprichst du Deutsch?"

„Nachdem mein Großvater mir von Deutschland erzählt hatte, habe ich während meines Studiums einen Kurs belegt", erklärte er auf Englisch. Und auf Deutsch: „Leider spreche ich nicht sehr gut."

„Oh, das klang doch schon ganz gut", sagte Eva. Dann wandte sie sich an Grete: „Das ist Emils Enkel."

Die alte Dame war blass und auf ihrer Stirn bildeten sich kleine Schweißperlen. Eva fürchtete, die alte Frau würde gleich einen Herzinfarkt bekommen.

„Emil?", hauchte Grete mit zitternder Stimme.

„Genau, Emils Enkel."

„Wie haben Sie ihn gefunden?"

Sie wollte eigentlich Zufall sagen, doch irgendwie fühlte es sich für Eva nicht nach Zufall an.

„Schicksal", sagte sie schließlich und musste lachen. Um vom Thema abzulenken, schlug sie vor: „Lassen Sie uns erst mal den leckeren Kuchen essen. Soll ich Tee oder Kaffee kochen?"

Grete nickte stumm.

Ben schien dies eine willkommene Ausrede zu sein, um in die Küche zu flüchten.

„Ich helfe Ben kurz", sagte Eva und folgte ihm.

„Ich habe die arme Frau furchtbar erschreckt", flüsterte er.

„Ach was, sie war wahrscheinlich nur überrascht. Außerdem hättest du mir erzählen können, dass du Deutsch kannst."

„Mein Deutsch ist nicht so gut."

Er suchte in den Schränken nach Tellern und Tee. Nachdem der Tee aufgebrüht und der Kuchen verteilt war, gingen sie zurück zu Grete. Eva öffnete kurz das Fenster.

„Sie sehen Emil so ähnlich, dass ich vorhin dachte, Gott hätte mich auf die andere Seite geholt und Emil wäre der Erste, dem ich begegne", sagte diese und sah ihn kopfschüttelnd an.

„Du siehst also deinem Großvater ähnlich?", fragte Eva.

Ben lächelte. „Das hat mir bis jetzt keiner gesagt. Aber die meisten Leute, die mich kennen, kannten ihn auch nur als alten Opa."

Eva deutete auf die drei Kuchenteller und fragte: „Welchen möchten Sie?"

„Von jedem etwas", bat die alte Dame. Ihre Augen strahlten wieder.

„Das ist eine gute Idee", sagte Eva. Sie teilte die drei Kuchenstücke mit einem Messer in jeweils drei Teile und gab jedem einen Teller mit den drei Sorten.

„Ich dachte, es würde Sie bestimmt freuen, Emils Enkel kennenzulernen", nahm Eva den Faden wieder auf.

Grete hatte Tränen in den Augen. „Ich weiß nur, dass er es irgendwann nach Israel geschafft hat, mehr nicht."

„Genau, er hat es nach Israel geschafft und dort als Übersetzer und Hobbylandwirt gearbeitet", erzählte Ben auf Englisch, was ihm leichter von der Hand ging als sein Deutsch. Eva übersetzte für Grete. „Dort heiratete er meine Großmutter, Miriam, sie kam auch aus Deutschland und hatte das KZ überlebt. Ich habe sie nie kennengelernt. Sie starb, bevor ich geboren wurde. Meine Großeltern waren für damalige Verhältnisse nicht so jung, als sie heirateten, beide schon Mitte dreißig."

„Es ist ihm also gut ergangen", folgerte Grete.

Ben lächelte. „Ich denke schon. Natürlich vermissten meine Großeltern ihre Familien und ihre Heimat. Aber das Leben ging eben weiter und sie hatten den Krieg überlebt."

„Der Krieg ...“, murmelte Grete und ihre Gedanken schienen abzuschweifen.

„Grete hat mir letztes Mal erzählt, wie schön ihre Kindheit war“, warf Eva deshalb rasch ein.

„Ich möchte mich bei Ihnen bedanken für all das Gute, was Ihre Familie für meinen Großvater getan hat“, sagte Ben.

Grete sah ihn mit ernstem Blick an. „Das sah mein Vater als seine Pflicht an. Sie müssen sich für nichts bedanken.“

Ben schwieg.

„Emil und ich kannten uns, seit wir laufen konnten, und waren als Kinder die besten Freunde“, fügte Grete hinzu.

KAPITEL 7

Heidelberg, Sommer 1929

Emil und Grete gingen zusammen von der Schule nach Hause. „Wann kommt Eva wieder zum Spielen?", fragte Emil, als sie in ihre Straße einbogen.

„Warum willst du immer wissen, wann Eva kommt? Bist du verliebt in sie?" Grete zog die letzten drei Wörter in die Länge, um ihn zu necken.

Emil bekam rote Ohren. „Nein, es macht nur mehr Spaß, wenn wir zu dritt spielen, deshalb frage ich."

Grete sagte nichts. Auch ihr machte es Spaß, zu dritt zu spielen, aber ihr war aufgefallen, dass Emil immer versuchte, Eva alles recht zu machen. Sie wusste auch, warum Emil fragte, denn es war Donnerstag und Eva kam für gewöhnlich an diesem Wochentag mit ihrer Mutter zu Besuch.

Sie beschloss, heute allein mit Eva zu spielen, dann

würde sie sie für sich haben. Doch ausgerechnet heute erschienen weder Eva noch ihre Mutter. Da Grete sich langweilte, ging sie schließlich doch zu ihrem Freund. Sie klingelte und ein freudestrahlender Emil öffnete.

„Ist Eva schon da?"

Grete rollte mit den Augen und antwortete patzig: „Nein, ist sie nicht. Wir können Ball spielen oder ich gehe nach Hause, wenn du noch einmal nach Eva fragst."

Emil sah sie mit seinen großen grünen Augen einen Moment an, dann sagte er: „Ich hole den Ball."

Sie spielten zusammen Fußball, doch dann kamen ein paar ältere Jungs dazu, die Emil fragten, ob er mit ihnen spielen wollte. Grete durfte nicht mitmachen, weil sie ein Mädchen war, und Emil setzte sich zu ihrer Enttäuschung nicht für sie ein.

„Wenn die Jungs nicht da sind, bin ich gut genug für Fußball, du ... du, Feigling!", rief sie empört.

Die anderen Jungs lachten über ihren Wutausbruch, doch Emil sah nur betreten zu Boden.

Wütend lief sie nach Hause. Abends spielte sie in ihrem Zimmer mit ihren Puppen, als kleine Steinchen gegen ihre Scheibe flogen. Sie ging zum Fenster. Auf der Straße, direkt neben der Laterne, stand Emil und blickte traurig zu ihr hoch. Sie streckte ihm demonstrativ die Zunge raus. Er versuchte, ihr pantomimisch etwas zu erklären, doch Grete zog die Gardine zu. Die Steinchen flogen weiter. Wütend machte sie das Fenster auf.

„Hör auf damit", zischte sie leise.

„Entschuldige", sagte er.

„Du bist ein gemeiner Freund!", rief sie.

„Ich mache es wieder gut", versuchte er sie zu

besänftigen. „Du kannst auch meinen Geburtstagslutscher haben."

Jetzt lachte Grete. „Na gut!", rief sie zu Emil hinunter und war zufrieden, solch einen guten Handel gemacht zu haben. Leise schlich sie sich aus dem Haus und lief auf die Straße. „Das war richtig gemein von dir heute."

„Ich hab mich doch schon entschuldigt!", protestierte er.

Grete sah ihn an. Er hatte wirklich ein schlechtes Gewissen. Bedächtig, nein eher traurig, holte er den Lutscher aus seiner rechten Hosentasche. Er war rotweiß geringelt und sah aus wie ein Ball. Schneller als Emil gucken konnte, steckte sie ihn in den Mund. Er schmeckte wunderbar, so süß, dass sie sonst nichts mehr spürte. Ganz kurz schloss sie sogar die Augen. Als sie Emil wieder ansah, merkte sie, dass er ein großes Opfer gebracht hatte. Jetzt war er ganz offensichtlich traurig und das vermieste ihr den Appetit, also sagte sie: „Hier, den kannst du wiederhaben, der schmeckt mir nicht."

Er sah sie überrascht an. „Wirklich nicht?"

Sie schob ihm den Lutscher in den Mund.

„Nee, ist ja außerdem dein Geburtstagsgeschenk."

Er zuckte mit den Schultern und fragte mit vollem Mund: „Sind wir wieder Freunde?"

Sie musterte ihn ernst, gab ihm einen Kuss auf die Wange und rannte zurück ins Haus. Aus dem Augenwinkel sah sie, wie er ihr verwirrt hinterherblickte. Als sie oben angekommen war und wieder aus dem Fenster sah, war er nicht mehr da.

Verwirrt legte sie sich ins Bett. Sie war selbst überrascht von ihrem Verhalten. Hatte sie wirklich einen

Jungen geküsst? Sie spürte, dass Emil einen besonderen Platz in ihrem Herzen hatte und – da war sie sich sicher – immer haben würde.

Am nächsten Morgen, als sie mit ihrem Bruder und ihren Eltern am Frühstückstisch saß, fragte ihr Vater: „Sag mal, was wollte Emil gestern Abend vor unserem Haus?"

„Ach, er wollte mit mir seinen Geburtstagslutscher teilen", antwortete Grete rasch.

Hatten ihre Eltern sie beobachtet? Was hatten sie alles gesehen?

Ihre Eltern warfen sich einen bedeutungsschwangeren Blick zu.

„Habt ihr zwei euch so gerne?", fragte der Vater.

Grete zuckte mit den Schultern. „Wir sind Freunde … beste Freunde", fügte sie hinzu.

„Haben Mädchen nicht Mädchen als beste Freundinnen?", wollte ihre Mutter wissen.

„Es gibt hier aber keine Mädchen in meinem Alter. Außerdem macht mir das Fußballspielen mit Emil am meisten Spaß."

Ihr Vater lachte. „Mir macht Fußballspielen auch mehr Spaß als Kaffeekränzchen und Puppenspiele."

Elisabeth warf ihm einen bösen Blick zu. Dann zuckte sie mit den Schultern und sagte: „Ist egal, ihr werdet ja nicht gleich heiraten."

„Warum nicht?", wollte Grete wissen. „Wen soll ich denn sonst heiraten? Die anderen Jungs in der Schule sind blöd und gemein."

Wieder lachte ihr Vater. „Wenn du eine junge Frau bist, wirst du den passenden Mann schon kennenlernen. So wie ich damals Mama kennengelernt habe."

Er lächelte seine Frau zärtlich an.

„Papa, du kennst Mama doch auch aus der Schule."

„Das ist was anderes, wir wussten schon immer, dass wir füreinander bestimmt sind", erklärte ihre Mutter.

Grete seufzte und stützte ihren Kopf in die Hände. „Genauso geht es mir auch."

Ihre Eltern lachten und Elisabeth sagte: „Das geht nicht Liebling, Emil ist kein Christ."

Grete sah ihre Mutter an, als ob diese ihr gerade erklärt hätte, dass ihr Freund kein Mensch wäre. „Was soll er denn sonst sein?", fragte sie irritiert.

„Er hat einen anderen Glauben, er ist Jude."

Den Begriff kannte sie aus der Bibel und sie hatte ihn auch in Predigten ihres Vaters gehört. Doch was hatte das alles mit Emil zu tun? Sie kannte ihn schon, seit sie denken konnte. Und er war so wie sie. Warum sollte das plötzlich anders sein? Verwirrt sah sie ihre Eltern an.

Ihre Mutter versuchte, es ihr zu erklären. „Emil und seine Familie glauben nicht an Jesus Christus."

Grete verstand nicht. „Und deshalb sollen wir nicht heiraten?", wollte sie wissen.

Ihre Eltern sahen sich perplex an. „Ja, weil das ein großer Unterschied ist."

Ihr Bruder Peter, der bis jetzt geschwiegen und genüsslich sein Ei gelöffelt hatte, mischte sich ein: „Grete, vergiss es einfach, Emil ist dein Freund und das reicht."

Peter war sieben Jahre älter als Grete und politisch sehr engagiert. Ihn nervte das Gerede über Religion, aber er hatte zu viel Respekt vor seinen Eltern, um ihnen jetzt zu widersprechen.

Nachdem er den letzten Bissen gegessen hatte, bat er: „Darf ich aufstehen? Ich möchte heute früher in der Schule sein."

Sein Vater nickte.

„Unser Peter", seufzte Elisabeth, als er hinausgegangen war. „Er ist so schnell erwachsen geworden."

„Ach Quatsch, er ist immer noch ein Junge, aber ein sehr gescheiter Junge", widersprach ihr Mann.

„Aber dass er manchmal so kommunistisch redet, das macht mir Sorgen."

Bei diesen Worten bildeten sich Falten auf Elisabeths Stirn.

„Mach dir nicht so viele Gedanken, Lieschen. Es ist doch ein gutes Zeichen, dass er sich für Gerechtigkeit einsetzt", tröstete Fridolin sie. Er legte seine Hand auf die seiner Frau und lächelte sie an. Elisabeth lächelte zurück. Dann sah sie auf die Uhr und ermahnte: „Grete, es ist Zeit, du musst los."

Grete stand auf, gab ihren Eltern einen Kuss und zog ihre Schuhe an. Kurz darauf lief sie mit ihrem Lederranzen auf dem Rücken die Straße hinunter. Emil stand vor seinem Haus. Als sie auf ihn zukam, rief er: „Mein Papa fährt uns mit dem Automobil in die Schule!"

Grete strahlte und rief: „Au ja!"

In diesem Moment trat Emils Vater auf die Straße. Er sah wie immer sehr elegant aus, im Anzug, mit Hut und polierten Schuhen. Grete hatte großen Respekt, vielleicht sogar ein bisschen Angst vor ihm. Doch ihr Vater und er mochten sich sehr und deshalb war sie sich sicher, dass er ein netter Mann war. Emils Mutter kam ebenfalls dazu, um Grete zu begrüßen. Sie war immer sehr freundlich und so schön wie eine Schauspielerin.

„Guten Morgen, Grete."

„Guten Morgen, Frau Rosenbaum."

Die Kinder kletterten in das Auto und Grete fühlte sich wie eine Königin.

„Seid ihr bereit?", fragte Emils Vater, nachdem er eingestiegen war.

„Jaaa!", riefen sie begeistert.

Während der kurzen Fahrt zur Schule musterte Grete Emil und dachte über das nach, was ihre Eltern gesagt hatten. Er war der süßeste Junge, den sie kannte, und die Tatsache, dass er Jude war, machte für sie keinen Unterschied.

An der Schule angekommen, streichelte Emils Vater beiden Kindern zum Abschied übers Haar und wartete, bis sie den Schulhof betreten hatten. Die anderen Kinder blickten neidisch auf das schöne Automobil. Grete nahm Emils Hand und betrat voller Stolz mit ihm das Schulgebäude.

Am darauffolgenden Sonntag kam überraschenderweise Eva mit ihren Eltern in den Gottesdienst. Anschließend würden sie zum Mittagessen bleiben. Ihrem Vater passte das nicht, das konnte Grete an seinem Blick erkennen. Er setzte sich neben seine Frau in die Kirchenbank und Grete hörte, wie er ihr zuflüsterte: „Ich wollte mit euch einen Ausflug machen. Stattdessen muss ich mich mit meinem Schwager über seine primitiven Ansichten unterhalten."

„Frido, jetzt sei nicht so, sie sind Familie."

„Er möchte doch einfach nur irgendwo lecker essen."

„Frido!", rügte Elisabeth empört.

Er tätschelte beschwichtigend ihre Hand und ging nach vorn zur Kanzel.

Grete war gern in der Kirche, vor allem mochte sie das Singen und die Orgelklänge, das hatte etwas Majestätisches. Bei den Predigten träumte sie meist vor sich hin. Ihr Onkel, die Tante und Eva saßen in einer der hinteren Bänke. Immer wieder blickte Grete zu ihrer Cousine. Dann lächelte ihr diese zu und winkte kurz.

Beim Mittagessen saßen alle am großen Esstisch. Heute durften sogar die Kinder gemeinsam mit den Erwachsenen essen, statt wie sonst üblich am Kindertisch in der Küche. Das war einerseits feierlicher, andererseits konnte man keinen Quatsch machen. Onkel Albert und Tante Johanna saßen ihren Eltern gegenüber, Eva und Grete saßen nebeneinander auf der einen Tischseite, Peter auf der anderen Tischseite neben Onkel Albert.

„Na, was gibt es denn heute Leckeres?", fragte Evas Vater gerade.

„Markklößchen-Suppe und dann Braten, Kartoffeln und Karotten", erwiderte Gretes Mutter stolz. „Es dauert noch einen Moment, bis alles warm ist."

Sie hatte sich eine weiße Schürze umgebunden, um das schöne blaue Kleid nicht zu beschmutzen. Trotz der hohen Absätze bewegte sie sich sehr elegant. Zusammen mit Johanna verschwand sie noch einmal in der Küche.

Albert wandte sich an Gretes Vater: „Gute Predigt, Frido … aber weißt du, was mich interessiert?"

Ihr Vater fragte etwas gelangweilt: „Was denn?"

„Warum gibt es bei Gott keine Gerechtigkeit?"

Der Pastor sah ihn irritiert an. „Bei Gott gibt es sehr

wohl Gerechtigkeit. Aber vielleicht nicht unmittelbar und auch für uns nicht immer erkennbar."

Albert winkte ab. „Was bringt mir Gerechtigkeit im nächsten Leben oder in zwanzig Jahren?", fragte er. Ohne eine Antwort abzuwarten, fuhr er fort: „Der Hitler zum Beispiel, der steht für den kleinen Mann ein."

Gretes Vater verdrehte die Augen. „Der Hitler ist ein kleiner Mann mit einem großen Ego."

„Er kommt auch aus einer Arbeiterfamilie und weiß, wie das ist. Deshalb will er was verändern in der Gesellschaft", entgegnete Onkel Albert.

„Aha, und was will er machen, damit es *dir* besser geht?", fragte Evas Vater provokativ.

Albert war entweder zu einfach gestrickt, um den Sarkasmus zu erkennen, oder er bemerkte es, zeigte es jedoch nicht, denn er sprach einfach weiter: „Es stehen viele Veränderungen an. Wenn Hitler erst an der Macht ist, wird er die Parasiten, die uns Deutschen alles wegnehmen, entfernen."

Grete, die sonst den Erwachsenengesprächen nicht folgte, weil sie ihr zu langweilig waren, merkte, dass ihr sonst so ruhiger Vater ganz rote Ohren bekam.

„Entschuldige?", fragte er und fixierte Albert.

Der ließ sich davon nicht einschüchtern, sondern erklärte: „Dann bekomme ich endlich das Leben in meinem eigenen Land, das mir zusteht."

„Und wer sind diese *Parasiten*?" Ihr Vater betonte das Wort auf eine Weise, die klarmachte, dass er die Meinung seines Schwagers keinesfalls teilte.

„Die Juden, wer sonst!" Alberts Stimme wurde lauter.

Ihr Vater musterte ihn mit einem abfälligen Blick: „Juden sind auch Deutsche."

Albert lachte auf. „Ha, dieses Pack, sind doch keine Deutschen!"

Ihr Vater haute so heftig mit der Faust auf den Tisch, dass das Geschirr wackelte und die Frauen erschrocken aus der Küche herbei eilten.

„Wenn du weiterhin an meinem Tisch essen möchtest, dann sprich nie wieder so über Juden!"

„Was ist denn bloß los?", fragte Elisabeth.

Die Kinder waren ganz still geworden, nur Peter stand auf, sah seinen Vater an und applaudierte ihm.

„Ist etwas passiert?", fragte Johanna besorgt. „Albert?" Sie kannte ihren Mann und befürchtete, dass er der Grund für die schlechte Stimmung am Tisch war.

„Alles in Ordnung", beruhigte Fridolin sie. „Wenn Männer über Politik sprechen, wird es eben manchmal lauter."

Die Frauen beeilten sich, die Suppe auf den Tisch zu stellen. Fridolin musterte Albert mit unverhohlener Missbilligung, doch dieser hatte nur Augen für die Suppenterrine. Gretes Augen wanderten von einem zum anderen. Von ihrem Vater hatte sie einen solchen Ausbruch nicht erwartet. Von ihm, der so oft von Nächstenliebe predigte, der zwar streng war, aber immer liebevoll.

Ist Onkel Albert wirklich böse?, fragte sich Grete. Er war gegen Juden, das hatte sie verstanden. Aber wenn ihr Vater Albert so sehr hasste, musste er ein schlimmer Mensch sein.

Fridolin wollte noch etwas sagen, doch seine Frau trat rasch neben ihn und legte liebevoll ihre Hand auf seine Schulter. Sie sahen sich an und er schluckte hart, als ob er einen sehr großen Kloß hinunterschlucken müsste. Als ob sie eine Abmachung getroffen hätten, deren Einhaltung ihm schwerfiel. Er blieb ruhig, so ruhig, dass er den Rest des Nachmittags keine Silbe mehr sagte. Und ihm war offensichtlich der Appetit vergangen, denn er rührte sein Essen kaum an.

Onkel Albert jedoch schien die ganze Situation als eine Art kleinen Sieg über den studierten und hochnäsigen Pfarrer zu betrachten. Er zwirbelte seinen Schnurrbart und lud sich den Teller mehrmals voll.

Als sie gegessen hatten, fragte Grete: „Dürfen wir draußen spielen?"

Die Mütter nickten und die Mädchen standen auf. Der Pfarrer und Peter entschuldigten sich ebenfalls. Am Tisch blieben nur die beiden Frauen und Albert zurück, der sich verdutzt umschaute. Die Mädchen achteten nicht darauf. Sie stürmten kichernd hinaus.

„Was hat dein Vater denn gegen Juden?", fragte Grete ihre Cousine, als sie auf der Straße waren.

Eva zuckte nur mit den Schultern und rannte los. Sie stoppte erst vor dem Automobil der Rosenbaums und spähte durch die Scheiben hinein, um es genauer zu betrachten. Da sich Albert nicht um seine Tochter kümmerte – denn Kinder waren für ihn ganz eindeutig Frauensache – hatte er keine Ahnung, dass seine Tochter mit einem Juden spielte.

Stolz berichtete Grete, dass sie mit Emil im Auto gefahren war. Eva sah sie mit ihren dunklen Augen bewundernd und gleichzeitig ein wenig neidisch an.

„Das ist wirklich Emils Automobil?"

Grete nickte. „Hier hinten saßen wir."

Als ob ihr Spielkamerad nur auf sie gewartet hätte, ging in diesem Moment die Haustür auf und er stürmte auf die Straße. Die Mädchen kicherten.

„Ich habe Eva erzählt, dass wir mit dem Automobil in die Schule gefahren sind", berichtete Grete.

Emil nickte stolz. Eva sah die beiden neidisch an und rief rasch: „Kommt, lasst uns spielen!"

„Blinde Kuh?", fragte Emil.

Die Mädchen nickten und die drei gingen zu der kleinen Wiese neben der Kirche. Emil bekam als Erster die Augen verbunden. Die Mädchen kicherten, liefen weg und riefen ständig nach ihm. Schließlich schaffte er es, Eva zu fangen. Er hielt sie viel länger am Ärmel fest als nötig.

„Hey, lass sie los!", rief Grete eifersüchtig und versuchte, die beiden zu trennen.

„Ist doch nur ein Spiel!", rief Eva und es klang fast ein bisschen wütend.

Grete sah ihre Cousine irritiert an. In diesem Moment kamen Evas Eltern aus dem Pfarrhaus. Sie hatten offensichtlich eine Meinungsverschiedenheit.

„Musst du dich immer mit allen Menschen streiten?", zischte Evas Mutter.

„Denen muss man die Meinung sagen, der Herr Pfarrer denkt doch, er wäre was Besseres."

„Er hat uns schon oft geholfen", mahnte sie.

„Jaja, bald brauchen wir keine Hilfe mehr von denen."

Seine Frau seufzte. Unterdessen hatte Albert die Kinder entdeckt und rief nach seiner Tochter. „Komm Evi, wir gehen!"

Sie bettelte: „Papi, aber wir haben doch grad erst angefangen zu spielen!"

„Du kannst zu Hause weiterspielen."

„Und am Donnerstag kannst du wieder mit Grete spielen", fügte ihre Mutter hinzu.

Eva wusste, dass ihr Vater keine Widerrede dulden würde. Enttäuscht lief sie zu ihren Eltern. Als sie diese eingeholt hatte, drehte sie sich noch einmal um und blickte die beiden anderen neidisch an. Sie tat Grete leid. Onkel Albert mochte sie seit dem Mittagessen noch weniger als vorher. Sie nahm ihm übel, dass er ihren Vater so provoziert hatte. Und jetzt musste auch noch ihre Cousine so früh nach Hause.

Abends saßen Gretes und Emils Eltern im Garten des Pfarrhauses zusammen. Emil und Grete spielten *Mensch ärgere dich nicht*, doch gleichzeitig lauschten sie den Gesprächen der Erwachsenen. Peter saß mit in der Runde der Großen.

„Ich mache mir Sorgen um unser Land", seufzte Gretes Vater und sog an seiner Zigarette.

„Frido, sei doch nicht so negativ", mahnte seine Frau.

„Noch ist ja alles in Ordnung, aber es gibt viele Großmäuler wie meinen Schwager. Wenn die sich alle an den Hitler hängen, dann sehe ich keine gute Zukunft für uns."

„Ich verstehe nicht, warum sie alle auf den Juden herumhacken …", warf Elisabeth ein.

„Das ist schon seit dem Mittelalter so. Menschen sehnen sich immer danach, einen Schuldigen zu finden, der anders ist als sie", warf Esther ein. „Ich mache mir große Sorgen, wo das hinführen soll."

Sie trank einen Schluck Likör.

„Die Zeiten haben sich geändert, die Menschen sind nicht mehr so dumm wie früher. Außerdem haben wir doch gerade einen Krieg hinter uns gebracht", wandte Elisabeth ein.

„Dumme Menschen wie Albert sind aber in der Mehrheit", stellte Peter lapidar fest.

„Ich hoffe nicht", widersprach sein Vater. Dann wandte er sich an seine Frau: „Lieschen, hat Albert eigentlich den ganzen Kuchen weggefressen oder gibt es noch ein paar Stücke für uns?"

Er lächelte ihr zu und versuchte, die gedrückte Stimmung ein wenig aufzuheitern.

„Den Kuchen habe ich versteckt", erwiderte seine Frau mit einem verschmitzten Lächeln und stand auf. „Ich hole ihn."

KAPITEL 8

Gegenwart

„Es ist interessant, von meinem Urgroßvater zu erfahren. Ich wusste nur, dass er Professor war“, meinte Ben. „Aber jetzt kenne ich sogar seine Automarke.“

Er schmunzelte.

„Er und mein Vater waren gute Freunde. Sie saßen oft abends beisammen, rauchten Zigaretten und diskutierten über Religion und Politik“, erinnerte sich Grete.

Keiner von den dreien hatte bislang etwas gegessen oder getrunken, so faszinierend fanden sie die Erinnerungen der alten Dame.

„Dann machen wir jetzt mal eine Pause und probieren den leckeren Kuchen“, schlug Eva vor. „Der Tee ist ja schon ganz kalt.“

Grete beobachtete Ben fast ununterbrochen. „Sie sehen Ihrem Großvater wirklich sehr ähnlich.“ Er lächelte. „Emil war ein schöner Mann. Eva und ich waren beide in ihn verliebt."

„Ihre Cousine Eva?", fragte Ben und Grete nickte.

„Es hieß, wenn mein Vater ein Mädchen geworden wäre, hätten meine Großeltern es Eva genannt", erzählte Ben nachdenklich.

Die alte Dame nickte. „Das glaube ich. Er war auch sehr in sie verliebt."

„Ich dachte in Sie, Grete?", warf Eva ein.

Wieder schweifte der Blick der alten Frau in die Ferne und sie lächelte. „Das ist eine komplizierte Geschichte."

„Ich möchte unbedingt mehr hören!", bat Eva.

„Wenn ich das so erzähle, habe ich das Gefühl, selbst wieder in der Vergangenheit zu sein. Ich sah Eva nach dem Vorfall mit ihrem Vater längere Zeit nicht mehr. Sie kam nicht am Donnerstag, wie es ihre Mutter versprochen hatte, und auch nicht in der darauffolgenden Woche. Irgendwann trafen sich unsere Mütter jedoch im Park, ohne unsere Väter, und Eva und ich spielten zusammen. Aber das hörte bald auf, denn Evas Familie zog weg, weil Onkel Albert eine Arbeit in einer anderen Stadt gefunden hatte. Nach zwei Jahren kamen sie zurück nach Heidelberg, das muss so 1931 oder 1932 gewesen sein, kurz bevor die Nazis an die Macht kamen. Ich glaube, er hatte seine Arbeit wieder verloren, wegen der Weltwirtschaftskrise. Eva und ich gingen dann gemeinsam zum Konfirmandenunterricht."

Eva und Ben hörten der alten Frau gebannt zu. Es war schwer, zu begreifen, wie viel sie bereits erlebt hatte. Geschehnisse, die sie nur aus dem Geschichtsunterricht kannten, hatte sie hautnah miterlebt.

„Wie wirkte sich die Krise bei Ihnen aus?", fragte Eva.

„Meine Eltern und einige Mitglieder der Kirchengemeinde, die noch gute Arbeitsplätze hatten, machten eine Suppenküche auf und unterstützten so diejenigen, die nichts mehr hatten. Ich half oft mit. Es machte mir Freude, diese Menschen zu unterstützen, die wegen der schlechten wirtschaftlichen Lage in solch eine Notsituation geraten waren."

„Und Emil?"

„Wir spielten nicht mehr oft miteinander, es war mir irgendwie peinlich, weil uns einige Jungs als verliebte Turteltäubchen bezeichneten. Außerdem ging er dann aufs Jungengymnasium und hatte mehr Jungs als Freunde. Ich besuchte die Realschule und in meinem Alter gehörte es sich nicht mehr, mit Jungen auf der Straße zu spielen. Obwohl wir immer noch in derselben Straße wohnten, sah ich Emil nur noch selten. Eva und ich trafen uns nach der Konfirmation nur noch auf Familienfesten. Ihr Vater bekam durch die Machtergreifung Hitlers seine lang ersehnte politische Position und aus seinem Engagement bei der SA konnte er mit einem Mal einen Beruf machen.

Bereits 1933 wurden die ersten jüdischen Dozenten der Heidelberger Universität freigestellt. Emils Vater blieb davon zunächst verschont, weil er im Ersten Weltkrieg gedient hatte. Aber mit dem Reichsbürgergesetz von 1935, mit dem die Juden endgültig aus öffentlichen Ämtern ausgeschlossen wurden, wurde auch er mit den restlichen jüdischen Professoren der Universität verwiesen. Die Familie zog daraufhin zu Verwandten nach Frankreich. Emil und ich sahen uns jahrelang nicht mehr. Am Anfang schrieben wir uns noch Briefe, aber das hörte bald auf. 1937 begann ich eine Lehre als Buchhändlerin in Mannheim und bezog dort ein eigenes Zimmer. Das war eher ungewöhnlich, aber meine Eltern wollten es so, um mich nicht in Gefahr zu bringen. Sie waren Mitglieder der bekennenden Kirche und halfen Juden dabei, das Land zu verlassen, indem sie Kontakte zu Pfarrer Maas herstellten. Mein Vater hat sich auch für Behinderte eingesetzt."

„Dann hatten Sie gar keinen Kontakt mehr zu meinem Großvater bis zu seiner Flucht?", fragte Ben.

Mit einem verträumten Lächeln antwortete Grete: „Oh, doch ..."

KAPITEL 9

9. November 1938

Grete klingelte bei der Wohnung ihrer Eltern. Aus dem Augenwinkel sah sie auf der anderen Straßenseite einen schwarzen Mercedes, wie in alten Zeiten. War jemand zu Besuch im Haus der Rosenbaums? So weit sie wusste, war das Haus noch immer im Besitz der Familie, auch wenn Emil mit seinen Eltern nun in Frankreich lebte.

In diesem Moment öffnete ihre Mutter die Tür.

„Grete!" Elisabeth breitete die Arme aus, um ihre Tochter zu begrüßen. „Wie geht es dir, mein Kind, hast du uns vermisst?"

Drinnen zog Grete ihren braunen Hut und ihren Mantel aus und fuhr sich einmal durch ihren blonden Bob, damit die Haare schöner fielen. Dann zog sie die Stiefel aus, die überaus schmutzig waren.

„Wie bist du hergekommen?", fragte ihre Mutter.

Grete deutete nach draußen und antwortete: „Mit dem Rad."

„Die ganze Strecke von Mannheim?" Grete nickte.

Elisabeth merkte, dass sie aufgewühlt war, und fragte: „Ist alles in Ordnung?"

„Ist Papa da?", erkundigte sich Grete statt einer Antwort.

„Im Arbeitszimmer", erwiderte ihre Mutter und deutete auf das Pfarrbüro.

„Ich muss mit ihm sprechen."

Grete ließ die Stiefel stehen und ging in Strümpfen zum Büro. Nachdem ihr Vater sie hereingebeten hatte, ging sie hinein und schloss vorsichtig die Tür hinter sich.

„Papa, hast du kurz Zeit?", platzte sie heraus.

Fridolin sah überrascht von dem Blatt auf, auf dem er eben noch etwas geschrieben hatte. Als er seine Tochter sah, lächelte er.

„Grete! Musst du heute nicht arbeiten?"

Sie schüttelte den Kopf: „Ich habe mir den Nachmittag freigenommen."

Sie hatte Tränen in den Augen. Ihr Vater stand auf, legte seine Hand auf ihren Arm und fragte: „Was ist los, Gretchen?"

„Vor dem Buchladen haben sie einen Jungen zusammengeschlagen. Er hat mich so an Emil erinnert. Ach Papa, glaubst du, es geht Emil gut? Niemand wollte dem Jungen helfen. Ich habe ihn in den Laden gebracht und ihm das Gesicht gewaschen und die Wunden verarztet. Und dann hat meine Kollegin sich ereifert, wir müssten jetzt den ganzen Laden desinfizieren, weil dieses Ungeziefer ihn betreten hat. Kannst du dir das vorstellen?"

Fridolin hielt sie fest im Arm und sagte eine ganze Weile nichts. Dann erklärte er mit leiser, aber fester Stimme: „Uns stehen schwere Zeiten bevor, die Hölle wird über uns hereinbrechen."

Grete begann zu schluchzen. Wenn ihr Vater das so sagte, war es wirklich ernst.

„Wir müssen weise vorgehen und vorsichtig sein", mahnte er.

Grete nickte zwar, aber sie wusste nicht genau, was er meinte.

„Grete, kann ich dir vertrauen?", fragte er und sah ihr dabei tief in die Augen.

Als sie nickte, fragte ihr Vater weiter: „Grete, auf welcher Seite bist du?"

Sie sah ihn erschrocken an. „Wie meinst du das?"

„Bist du auf der Seite der Mehrheit?"

„Welcher Mehrheit?"

Als er mit seinen Augen nach draußen deutete, schüttelte sie entsetzt den Kopf und rief: „Nein, natürlich nicht."

„Grete Selig, willst du mir dann helfen?"

Sie nickte und er fuhr fort: „Denn jetzt ist die Zeit gekommen, wo sich die Spreu vom Weizen trennt!"

Sie konnte wiederum nur stumm nicken.

„Dann komm mal mit."

Ihr Vater führte sie hinauf auf den Speicher. Dort, inmitten staubiger alter Möbel und Kisten, kauerte Emil. Er sah schlecht aus, trug einen ungepflegten Bart, die Haare waren zerzaust. Sein Blick war traurig, als er aufstand und unsicher fragte: „Grete?"

„Emil?"

Grete ging zu ihm, die Holzdielen knarzten laut. Sie

gaben sich etwas unbeholfen die Hand. Sie hatte schon so lange nichts von ihm gehört. Eigentlich hätte sie ihn gerne gefragt, wie es ihm ging, doch sein Gesichtsausdruck machte die Frage überflüssig.

„Was machst du denn hier?"

„Eva hat mich gewarnt, durch ihren Vater wusste sie, dass heute Abend schlimme Dinge gegen Juden geplant sind."

„Unsere Eva?"

Grete sah ihren Vater an. Er nickte.

„Seit wann bist du hier?", erkundigte sie sich bei Emil.

„Erst seit heute", antwortete er und schluckte schwer. „Eva hatte die Idee, zu euch zu kommen. Ihr seid die Einzigen, denen sie traut."

Frido legte seinen Arm um Emils Schultern. „Wenn ich schon deinem Vater nicht helfen konnte, werden wir zumindest dich retten. Am besten bleibst du hier oben, bis wir eine bessere Lösung gefunden haben."

„Wir wissen ja gar nicht, ob wirklich etwas passieren wird", wandte Emil ein.

„Es ist bereits so viel Schlimmes geschehen ...", antwortete Fridolin resigniert. „Warten wir ab, was heute Nacht passiert. Wir können nur das Beste hoffen ... Aber ... Es gab schon so viele Pogrome in der Geschichte."

„Ich bleibe nur so lange, bis sich die Lage wieder beruhigt hat. Vielleicht wird es auch gar nicht so schlimm. Dann werde ich sehen, wie ich Deutschland verlassen kann."

„Dabei werden wir dir auf jeden Fall helfen."

Grete fragte: „Was ist mit deinem Vater?"

95

„Er ist vor Kurzem verstorben", antwortete Emil.

„Oh, das tut mir leid." Betroffen sah Eva ihren Kindheitsfreund an.

„Wir sind nach Heidelberg gekommen, um das Haus zu verkaufen. Zunächst dachte mein Vater, dass wir bald ins Exil zurückkehren könnten. Doch kurz nach unserer Ankunft meldete sich ein altes Magenleiden und ich musste ihn ins Krankenhaus bringen."

„Diese Unmenschen wollten ihn nicht behandeln", erzählte Fridolin aufgebracht. „Er war krank, aber sie haben sich nicht um ihn gekümmert."

„Ich werde nur den Verkauf abschließen, dann reise ich wieder nach Frankreich", betonte Emil.

„Ja, aber niemand wird dir einen angemessenen Preis zahlen. Diese Schweine!"

„Papa", mahnte Grete und legte ihm eine Hand auf die Schulter.

„Es wird schon gut gehen", sagte Emil. „Ihr werdet sehen."

„Ich hoffe wirklich, du behältst recht", seufzte Fridolin. „Ich gehe mal wieder runter, ihr zwei habt euch sicher viel zu erzählen und ich muss noch etwas arbeiten."

Er nickte den beiden zu und stieg langsam die Leiter hinunter.

Grete sah sich um. Neben altem Spielzeug, abgelegter Kleidung und anderen Dingen, die aufbewahrt wurden, falls man sie irgendwann noch mal brauchte, standen hier oben ein altes Bett, ein Schrank und ein mottenzerfressener Sessel. Grete setzte sich neben Emil auf das Bett, das offensichtlich vor Kurzem frisch bezogen worden war.

„Wo warst du bloß die letzten Jahre?", fragte sie.

„In Südfrankreich. Wir haben Verwandte dort. Vater hat versucht, eine Anstellung an einer Hochschule zu finden. Allerdings war sein Französisch dafür zu schlecht, sodass er Privatunterricht geben musste. Dafür konnte ich ein gutes Gymnasium besuchen."

Obwohl sie sich seit Jahren nicht mehr gesehen hatten, legte Grete automatisch den Arm um ihn. Sie empfand immer noch dieselbe Zuneigung wie damals, als sie noch gemeinsam in die Grundschule gegangen waren und Fußball gespielt hatten.

Doch Emil hatte sich sehr verändert. Er war zu einem attraktiven Mann geworden, wenn man von seinem schlechten Zustand einmal absah. In seinen Augen lag eine Traurigkeit, die ihn älter erscheinen ließ. Grete wollte bei ihm bleiben, ihn trösten, ihm helfen. Sie schämte sich das erste Mal in ihrem Leben, Deutsche zu sein.

„Das tut mir alles so schrecklich leid."

Emil sah auf den Boden. „Deutschland ist nicht mehr das Land unserer Kindheit."

„Es wird wahrscheinlich noch schlimmer, du musst hier unbedingt weg!"

Er nickte und schwieg. Grete erzählte ihm von ihrer Ausbildung, um das Schweigen zu überbrücken, und er freute sich wohl über die Ablenkung, denn er hörte ihr aufmerksam zu.

„Ich bringe dir ein paar Bücher hoch, damit du etwas zu tun hast", versprach sie.

„Danke", antwortete er mit müder Stimme.

In ihrem Zimmer suchte sie ein paar Romane zusammen und ging wieder hoch auf den Speicher. Emil lag auf dem Bett und starrte an die Decke. Die kleinen Dachfenster waren die einzigen Lichtquellen in dem dunklen Raum. Der Tag war trüb und in dem Halbdunkel war der verstaubte Speicher noch weniger einladend als sonst.

„Wir könnten den Speicher etwas gemütlicher einrichten, wenn du möchtest", bot Grete an.

„Das müsst ihr nicht, ich werde nicht allzu lange bleiben", antwortete Emil. Er wirkte abwesend.

Grete wusste nicht, was sie noch sagen sollte, deshalb verabschiedete sie sich und ging hinunter, um ihrer Mutter beim Kochen zu helfen. Sie machte Pfannkuchen, das war früher Emils Lieblingsspeise gewesen.

Als Grete mit einem Teller zurück auf den Speicher kam, war Emil gerade dabei, einen der Romane zu lesen, die sie ihm gebracht hatte.

„Isst du sie noch gerne?", fragte sie und deutete mit ihrem Kopf auf den Teller mit den Pfannkuchen.

Er nickte und sie sah ihn an diesem Tag zum ersten Mal lächeln. Sie reichte ihm den Teller. Sie hatte die Pfannkuchen dick mit selbst gemachter Erdbeermarmelade bestrichen. Er sog den Duft ein und sie sah, dass er Tränen in den Augen hatte.

„Was ist los?"

„Ach nichts, Erinnerungen werden wach."

Sie streichelte ihm über den Kopf. „Alles wird gut."

Er sah sie mit geröteten Augen an und nickte.

„Komm, iss, bevor sie kalt werden."

Emil schnitt sich einen ersten Bissen ab und Grete riss sich auch ein Stück von einem Pfannkuchen ab. Sie wollte ihn ablenken, ihn aufheitern und fragte: „Weißt du noch, wie ich immer sauer auf die anderen Jungs war, weil sie mich nicht haben mitspielen lassen?"

„Dabei konntest du besser Fußball spielen als ich."

Beide lachten. Sie unterhielten sich eine ganze Weile über ihre Kindheit, dann ging Grete wieder hinunter. Es wurde langsam dunkel. *Heute Nacht haben die Nazis etwas geplant!,* dachte Grete mit bangem Herzen.

Ihre Eltern verriegelten vorsichtshalber alle Türen und schlossen den Dachboden ab. Dann setzten sie sich ins Wohnzimmer, als wäre es ein ganz normaler Abend. Sie hatten ein Gesellschaftsspiel auf den Tisch gestellt und unterhielten sich leise, doch zwischendurch entstanden immer wieder längere Pausen, weil jeder lauschte, ob er etwas hörte.

Gerade als sie dachten, dass es vielleicht doch falscher Alarm gewesen war, hörten sie von draußen laute Gesänge und Grölen. Grete sah vorsichtig durch die Gardinen hinaus. Ein kleiner Trupp von SA-Männern marschierte an ihrem Haus vorbei. Danach wurde es wieder ruhig.

Als in den nächsten zwei Stunden nichts weiter geschah, machte sich bei den Seligs Erleichterung breit.

„Es kommt wohl doch nicht so schlimm, wie ich befürchtet hatte", sagte Fridolin und atmete tief durch. „Lasst uns schlafen gehen."

Das taten sie, doch Grete wälzte sich unruhig in ihrem Bett hin und her. Sie konnte einfach nicht einschlafen, deshalb beschloss sie, noch einmal nach Emil zu sehen. Vorsichtig öffnete sie die Luke zum Dachboden und zog die Treppe herunter. Im Nachthemd und barfuß stieg sie nach oben.

„Emil? Schläfst du?", fragte sie unsicher in die Dunkelheit.

„Was ist los?", fragte er erschrocken.

„Nichts, nichts. Ich kann bloß nicht schlafen und wollte sehen, wie es dir geht."

Er zündete eine Kerze an und der Raum erhellte sich ein wenig.

„Es ist gar nichts Schlimmes passiert", erzählte sie, um ihn zu beruhigen.

„Woher weißt du das?"

„Die Bekloppten von der SA sind nur singend durch die Straßen gezogen."

„Eva meinte, dass es schlimm werden würde. Sie sprach davon, dass sie Synagogen in Brand stecken wollten."

„Hat Onkel Albert das gesagt?"

Er nickte.

„Wie hast du sie überhaupt getroffen?", fragte Grete.

„Wen?"

„Eva."

Er zuckte mit den Schultern. „Zufall."

Sie musterte ihn nachdenklich und erkundigte sich: „Wirst du in Frankreich bleiben?"

Emil rieb sich ratlos die Stirn. „Frankreich oder England. Dorthin würde ich eigentlich gerne zum Studium gehen. Doch wenn man Hitler hört, so möchte er am liebsten ganz Europa regieren."

Grete setzte sich neben ihn aufs Bett und legte ihren Arm um seine Schulter. „Sag mir, wie ich dir helfen kann."

Er erwiderte ihren Blick und versuchte ein Lächeln. „Das werde ich, danke."

Grete hätte ihn am liebsten umarmt und geküsst. Sie wollte ihm helfen, ihn beschützen. *Es ist wie früher*, dachte sie. Schon als kleines Mädchen war sie in ihn verliebt gewesen, hatte ihre Gefühle jedoch nicht richtig einzuordnen gewusst. Und jetzt überkamen sie dieselben Gefühle wieder, nur noch viel stärker.

Er hingegen war zurückhaltend. Natürlich. Was sollte er in solch einer Situation auch tun? Sie redeten noch eine Weile und lachten gemeinsam über ihre Kindheitserinnerungen.

„Es ist schön, wenn du lachst", sagte sie.

„Danke, dass du mich zum Lachen bringst", antwortete er.

Weit nach Mitternacht verabschiedete sie sich von ihm, doch auch als sie in ihrem Bett lag, waren ihre Gedanken bei Emil. Schmetterlinge flatterten in ihrem Bauch und sie war glücklich, dass er hier war.

Gut gelaunt stand Grete am nächsten Morgen auf. Sie zog ein schönes blaues Kleid an und verbrachte viel Zeit damit, ihre Haare zu frisieren. Dann ging sie zur Treppe, um Emil zu fragen, was er gern frühstücken wolle. Erschrocken hielt sie inne. Die Luke zum Dachboden stand offen und die Leiter war herausgeschoben. Aber sie hatte die Luke doch geschlossen!

Von oben hörte sie Emils Stimme und die einer Frau. Ihre Mutter war es nicht. Vorsichtig schlich sie zur Leiter, stieg ein paar Stufen hinauf und sah nach oben. Sie erstarrte vor Schreck. Dort stand Eva.

Emil hielt ihre Hand, während sie auf ihn einredete: „Es ist schrecklich, du darfst auf keinen Fall raus. Die Geschäfte und Synagogen sind verwüstet und verbrannt, sie haben Menschen aus ihren Wohnungen geschleppt und verprügelt. In Deutschland bist du nicht mehr sicher."

Eva sprach schnell, sie zitterte förmlich. Grete wurde zum ersten Mal bewusst, wie hübsch ihre Cousine war. Sie hatte dunkle Haare, große braune Augen und wirkte älter und reifer als neunzehn. Sie war ungeschminkt und trotzdem hatten ihre Lippen und Wangen eine schöne rote Farbe.

„Aber du bist hier", flüsterte Emil.

Sie strich ihm übers Haar und er berührte ihre Lippen so zärtlich mit seinen, dass Grete ein tiefer Schmerz durchzuckte.

Plötzlich erschienen vor ihrem geistigen Auge Bilder aus ihrer Kindheit. War er schon damals in Eva verliebt gewesen? So wie sie in ihn?

Die beiden Cousinen hatten sich immer gut verstanden, doch Grete war oft aufgefallen, dass Eva bevorzugt wurde. Sie selbst war immer geradeheraus und eher skeptisch, während Eva mit ihren wunderschönen Rehaugen und dem hübschen Lächeln die Menschen schnell für sich gewann. Und offensichtlich nicht nur die Erwachsenen damals, sondern auch Emil.

Grete war wie versteinert, während sie die beiden beobachtete.

„Die Welt ist verrückt, Liebster, und wir sind mittendrin."

Emil beugte sich vor und küsste Eva, schüchtern und vorsichtig. Sie hingegen erwiderte seinen Kuss ganz und gar nicht schüchtern, Grete spürte regelrecht ihre Leidenschaft.

Sie fühlte sich wie ein Eindringling und ihr wurde schwindelig. Mit einem dicken Kloß im Hals schlich sie in ihr Zimmer. Sie fühlte sich benommen und ihr war schlecht. Der Mann, in den sie sich erneut verliebt hatte, liebte ausgerechnet ihre Cousine!

Sie sah aus dem Fenster. Die Straße war leer, der Novembertag trüb. Sie wollte jetzt nicht alleine sein. Deshalb ging sie zu ihren Eltern in die Küche. Die beiden unterbrachen ihr Gespräch, als Grete hereinkam, und schauten sie erschrocken und mit Tränen in den Augen an.

„Was ist los mit euch? Ihr seht aus, als ob ihr einen Geist gesehen hättet."

„Das Ende der Welt ist da!", rief ihre Mutter.

„In allen Städten wurden die Synagogen angezündet und Juden aus ihren Häusern vertrieben", berichtete ihr Vater mit belegter Stimme. „Auch bei uns in Heidelberg hat die SA in der Nacht die Synagoge abgebrannt. Man sieht immer noch den schwarzen Rauch über der Altstadt. Als die Feuerwehr angerückt ist, durfte sie nur verhindern, dass das Feuer auf die umliegenden Häuser übergreift. Außerdem wurden die Geschäfte der Juden zertrümmert und Dutzende Männer von der Polizei verhaftet. Ich weiß nicht, wo sie sie hingebracht haben und was sie mit ihnen vorhaben. Es ist furchtbar!"

Grete schwieg entsetzt.

„Was passiert jetzt mit Emil?", fragte sie nach einer Weile.

„Er bleibt hier, bis die Lage ruhiger ist, und dann müssen wir ihn außer Landes bringen. Hat er dir gesagt, dass sie ihm die Papiere abgenommen haben?"

„Nein."

„Wahrscheinlich wollte er dich nicht beunruhigen. Bei der Einreise wurde sein Pass eingezogen, weil ihm zwischenzeitlich die Staatsbürgerschaft aberkannt wurde. Nun müsste er erst eine Ausreiseerlaubnis beantragen. Aber die wird er nicht so einfach bekommen. Deshalb muss er erst einmal hierbleiben. Nicht, dass sie ihn auch noch einsperren. Aber Grete, erzähl niemandem, dass er hier ist. Seinetwegen und auch wegen uns."

Grete schüttelte den Kopf und rief: „Papa, niemand wird dir etwas antun. Du bist der Pfarrer!"

„Sei dir da nicht so sicher. Wusstest du, dass immer mehr Geistliche in die Konzentrationslager gebracht werden? Bisher hauptsächlich Katholiken, aber wir Protestanten werden nicht mehr lange verschont bleiben."

Grete brauchte einen Moment, bis sie begriff, was er gesagt hatte.

„Eva ist oben bei Emil. Möchtest du sie begrüßen?", fragte ihre Mutter.

Grete zuckte mit den Schultern. „Ja, kann ich machen."

Sie trank einen Kaffee, um Zeit zu gewinnen. Dann ging sie wieder nach oben. Was würde sie dort erwarten?

Sie rief schon von unten „Guten Morgen", damit die beiden vorbereitet waren.

„Grete!", rief ihre Cousine mit einem strahlenden Lächeln.

Die beiden jungen Mädchen umarmten sich, und Grete schluckte ihre Trauer hinunter und lächelte zurück.

„Mensch, wir haben uns seit dem Geburtstag von deiner Mutter nicht mehr gesehen, oder?", rief Eva aus. „Wie läuft es mit deiner Ausbildung?"

„Gut. Auch wenn immer mehr Bücher verboten

werden. Das gefällt mir gar nicht. Und meinem Chef auch nicht. Die Gedanken sollten doch frei bleiben."

„Ja", stimmte Eva zu.

„Und bei dir?"

„Der Schichtdienst ist anstrengend", antwortete Eva. „Aber es ist wundervoll, Menschen dabei zu helfen, dass sie gesund werden."

Grete nickte und meinte: „Ja, das kann ich mir gut vorstellen. Aber für mich wäre das nichts."

Plötzlich platzte Eva heraus: „Mensch, jetzt stehen wir drei hier oben auf eurem Dachboden und sind erwachsen. Und vor Kurzem haben wir noch draußen zusammen gespielt."

Bei ihren Worten mussten alle drei unwillkürlich grinsen.

„Erzähl mal, Eva, wie habt ihr beiden euch überhaupt getroffen?", fragte Grete.

„Im Krankenhaus, in dem ich die Ausbildung absolviere." Sie sah Emil an und lächelte. „Wir haben uns zuerst gar nicht wiedererkannt."

Grete beobachtete beide genau und fühlte wieder einen Stich in ihrem Herzen, als sie sah, wie sie zärtliche Blicke austauschten. Sie waren tatsächlich verliebt. Ihre Cousine und Emil. Zwei Menschen, die sie mochte. Die sie zu sehr mochte.

Eifersucht stieg in ihr auf. Doch das durften sie auf keinen Fall bemerken. Also lächelte Grete und fragte: „Kann es sein, dass ihr zwei mir etwas verheimlicht?"

Emil und Eva sahen sich an und dann meinte ihre Cousine: „Wo soll ich anfangen? Am besten setzen wir uns."

KAPITEL 10

Einen Monat zuvor

Am Ende ihrer Schicht eilte Eva zum Ausgang des Krankenhauses, in der Hand hielt sie ein dickes medizinisches Handbuch. Sie warf noch einmal einen Blick darauf und seufzte innerlich. Da hatte sie sich was vorgenommen!

In diesem Moment stieß sie mit einem Mann zusammen, der gerade das Krankenhaus betrat. Ihr fiel das Buch aus den Händen, und obwohl sie versuchte, es wie ein ungeschickter Jongleur aufzufangen, lag der schwere Wälzer kurz darauf auf dem Boden.

Der Mann sammelte ein paar Zettel ein, die herausgefallen waren und sie bückte sich ebenfalls, um mitzuhelfen. Doch da hatte er das Buch schon in der Hand und richtete sich wieder auf. Er war jung, vielleicht in ihrem Alter, hatte große grünbraune Augen und sein

Gesicht war sehr attraktiv, ebenmäßig, mit einer schönen geraden Nase.

Eva stutzte. Diese Augen kamen ihr bekannt vor. Etwas überrascht blickte auch er sie an. Es dauerte einen kurzen Moment, bis er es schaffte, „Entschuldigung" zu sagen.

Sie räusperte sich und versuchte, ihre Stimme wiederzufinden. Doch es kamen keine Wörter heraus, sondern nur ein unverständliches Murmeln. Wieder räusperte sie sich und mit ganzer Kraft stammelte sie: „Ich bin schuld."

Er hielt ihr die Hand hin, um ihr beim Aufstehen zu helfen. Es fiel ihr schwer, den Blick von ihm abzuwenden. Erst als ein Mann hinter ihnen „Macht mal Platz hier!" rief, wurde sie sich ihrer Umgebung wieder bewusst.

Peinlich berührt gingen sie ein paar Schritte zur Seite und der junge Mann überreichte ihr das Buch.

„Sind Sie Ärztin?", fragte er schüchtern.

Sie lachte. „Nein, nein, ich mache eine Ausbildung zur Krankenschwester."

Er lächelte bewundernd. „Das ist ein guter Beruf."

Sie nickte. Er konnte den Blick nicht von ihr abwenden und Eva verlor sich fast in seinen Augen. Eine unbekannte Wärme umschlang sie, die sie für immer spüren wollte. Am liebsten hätte sie ihn umarmt und festgehalten. Sie wusste sofort, dass es ihm genauso ging, er sagte zwar nichts, doch seine Blicke sprachen Bände. Die Welt um sie herum war völlig bedeutungslos, als ob eine Wolke beide verschluckt hätte.

Die Gefühle überwältigten sie, das Sprechen fiel ihr schwer. Schließlich brach er das Eis. Eva, ganz benommen von dieser Wolke, die auch ihre anderen Sinne beeinträchtigte, verstand ihn erst nicht und sah wohl so irritiert aus, dass sein Lächeln breiter wurde. Er räusperte sich kurz und wiederholte noch einmal.

„Emil Rosenbaum", stellte er sich vor. Dabei streckte er ihr die Hand hin.

Sie sah ihn verwirrt an. Immer noch streckte er ihr die Hand entgegen, und als seine Fingerspitzen ihre Handfläche berührten, musste sie lächeln. Seine Finger waren weich und warm und sie wünschte sich, seine Hand würde ewig die ihre halten. Etwas schüchtern ließen sie sich wieder los.

„Rosenbaum?", wiederholte sie. „Emil Rosenbaum? Ich bin Eva."

Er sah sie überrascht an: „Eva?" Seine Augen wanderten von ihren Augen zu ihren Haaren und zu ihrem Mund. „Du meinst ... Sie meinen ... Entschuldigung, haben Sie zufällig eine Cousine namens Grete Selig?"

Sie nickte und plötzlich ging ein breites Lächeln über sein Gesicht.

„Das kann nicht sein, oder? Du bist wirklich die kleine Eva?", fragte er.

Sie nickte und widersprach gleichzeitig: „Nur nicht mehr so klein."

Dann schwiegen beide. Die Welt schien stillzustehen. Für Eva gab es nur noch diesen Jungen, in den sie sich schon als kleines Mädchen verliebt hatte. Seinetwegen hatte sie immer ihre Mutter überredet, ihre Lieblingscousine Grete zu besuchen. Weil sie so viel vom christlichen Glauben wissen, hatte sie ihrer Mutter gesagt. Doch in Wahrheit wollte sie nur mit Grete spielen und den Nachbarsjungen sehen.

„Wie lange ist es her?", fragte er. „Bestimmt zehn Jahre, oder?"

Sie nickte. „Wir sind dann weggezogen und irgendwie hat sich der Kontakt zu Grete nur noch auf Familienfeste beschränkt. Unsere Väter mögen sich überhaupt nicht."

„Grete und ich haben uns auch schon sehr lange nicht mehr gesehen. Ich bin die letzten Jahre …", er machte eine Pause, sah sich vorsichtig um und sprach dann weiter, „… wegen der hiesigen Lage in Frankreich zur Schule gegangen."

Sie strahlte. „Ich liebe die französische Sprache."

Es war das erste Mal, dass er nicht lächelte. „Ich wäre lieber hiergeblieben."

Eva wusste, dass er damit auf die politische Situation anspielte. Sie schämte sich für das, was den Juden angetan wurde, doch sie versuchte, den peinlichen Moment zu überspielen, indem sie fragte: „Und deine Eltern?"

„Mein Vater ist krank, deshalb bin ich hier. Aber wir schaffen es nicht, einen guten Arzt für ihn zu finden, wir sind doch …" Es fiel ihm schwer, das Wort auszusprechen. „Wie es aussieht, wurde gerade wieder eine neue Ordnung erlassen, die es deutschen Ärzten verbietet, Juden zu behandeln."

Eva nickte. „Ja, davon habe ich gehört. Aber nicht alle Krankenhäuser legen das gleich streng aus. Soweit ich weiß, ist die Leitung des Universitätsklinikums weniger vorsichtig. Ich kenne eine Krankenschwester, die dort arbeitet. Soll ich sie mal fragen?"

„Das wäre wunderbar."

„Ich spreche nachher mit ihr. Wo ist dein Vater jetzt?"

„In unserem Haus. Aber es geht ihm nicht gut."

Emil strich sich nervös durch die Haare. Er wollte etwas sagen und setzte zweimal an. Schließlich fragte er: „Hast du Zeit? Wollen wir einen Spaziergang machen? Über die alten Zeiten sprechen?"

Sie nickte. Jede Minute mit ihm war für sie ein kostbarer Schatz und sie wünschte sich, die Zeit würde stehenbleiben und sie könnte für immer mit ihm zusammen sein.

Emil nahm ihr das dicke Buch ab und sie gingen zu einem kleinen Park, der sich unweit des Krankenhauses befand. Zum Glück war um diese Uhrzeit niemand dort, sie waren ganz ungestört.

Der junge Mann war genauso überrascht wie Eva von diesen neuen Gefühlen. Sie überrollten ihn förmlich. Neben ihm lief dieses schöne Mädchen mit dem wunderbaren Lächeln und ihr schien es ebenso zu gehen wie ihm. Diese gegenseitige Zuneigung, die in nur wenigen Momenten ins Unermessliche wuchs, überwältigte ihn. Es war die Einzigartigkeit der ersten Liebe. Er fühlte unglaubliches Glück und gleichzeitig Kraft und eine eigenartige Ruhe, weil sie sich bereits kannten.

„Geht es dir auch so?", fragte er schließlich.

Eva blickte ihn etwas verunsichert an.

„Seitdem ich dich eben getroffen habe, ist alles irgendwie anders", wagte er sich weiter vor. Wie sollte er es erklären? Wie sollte er diesen Ansturm der Gefühle in Worte fassen? Was, wenn sie nicht wie er empfand? Doch sie nickte.

„Geht es dir auch so?", wiederholte er.

Eva errötete. Seine Augen glühten, sie konnte sich in seinen Pupillen sehen. Sie nickte wieder stumm.

Das reichte Emil. Egal wie schlimm seine Lage und die seiner Eltern war, er war gerade der glücklichste Mensch auf Erden. Ganz langsam und behutsam legte er seine Hand auf ihre und zeichnete mit seinen Fingerkuppen kleine Kreise auf ihren Fingern. Die unbekannte Wärme wuchs zu einem prasselnden Feuer.

KAPITEL 11

Gegenwart

„Ich bin jetzt müde", sagte Grete und schloss kurz die Augen. „Ich dachte nicht, dass diese Erinnerungen überhaupt noch in meinem löchrigen alten Kopf sind."

Eva und Ben waren ganz in Gretes Erzählung eingetaucht, doch ihre Worte brachten sie in die Gegenwart zurück.

„Dann gehen wir jetzt. Ruhen Sie sich aus", sagte Eva und versteckte ihr Bedauern hinter einem freundlichen Lächeln.

„Kommen Sie wieder?", fragte Grete.

In ihrem Blick war eine Traurigkeit wie bei einem Kind, das zum ersten Mal alleine in einem dunklen Zimmer schlafen soll.

Eva sah Ben an und er sagte lächelnd: „Wenn wir dürfen."

Sie sahen Erleichterung in den blauen Augen und einen Glanz, der sonst nur bei ihren Erzählungen dort war.

„Ich hoffe, ich langweile Sie nicht mit meinen Geschichten."

„Ganz und gar nicht", schwärmte Eva. „Das ist spannender als ein Krimi im Fernsehen."

Sie streichelte der alten Frau über den Arm. In diesem Moment klingelte es.

„Ich mache auf", rief Eva.

Draußen stand der junge Mann von Essen auf Rädern. Nachdem er Grete alles hingerichtet hatte und wieder gegangen war, brachten Ben und Eva das Geschirr in die Küche, spülten es und trockneten es ab. Eva betrachtete das schöne weiße Porzellan mit dem dünnen goldenen Rand. Vielleicht stammte es noch aus dem Haushalt des Pfarrers. Als einzige Tochter hatte Grete es sicher geerbt. Die Gabeln waren aus Silber und teilweise schon sehr dunkel. Wahrscheinlich war es lange her, dass sie jemand poliert hatte.

Während Eva die richtige Schublade für das Besteck suchte, fand sie eine, die voll war mit altem, sorgfältig gefaltetem Schokoladensilberpapier. In einer anderen Schublade befanden sich Plastiktüten, eingerollt und mit einem Gummiband fixiert.

Sie deutete darauf und Ben meinte: „Meine Großeltern waren genauso."

„Das ist die Kriegsgeneration", antwortete sie mit einem Achselzucken. „Wer weiß, wofür man das noch mal braucht."

Als sie alles weggeräumt hatten, gingen sie zurück ins Wohnzimmer. Grete hatte das Essen nicht angerührt,

sondern sich den Fernseher angemacht und war eingeschlafen. Sie war sicher noch satt von der Torte. Eva
deckte sie mit einer grauen Wolldecke zu, die auf der
Couch lag, und die zwei gingen leise hinaus.

Draußen schlug ihnen ein kalter Wind ins Gesicht.
Eva zitterte in ihrem kapuzenlosen Wollmantel, während
sie zur Haltestelle gingen. Unterwegs blickte Ben zurück
in die Straße, aus der sie gekommen waren, und sagte:
„Es fällt mir schwer, zu glauben, dass der Mann, von
dem sie gesprochen hat, mein Großvater gewesen sein
soll."

Eva sah ihn an. „War er so anders?"

Ben nickte und Eva fuhr fort: „Ich kann es kaum
erwarten, zu erfahren, wie die Geschichte weitergeht.
Was weißt du davon?"

Er zuckte mit den Schultern. „Wenig, früher hat er
gar nicht über die Vergangenheit gesprochen. Ich denke,
er wollte vergessen oder zumindest verdrängen,
außerdem war er mit seinem neuen Leben in Israel
beschäftigt. Mein Vater meinte, dass er meist nur nette
Anekdoten preisgab."

Irgendwie ähnelte Ben darin seinem Großvater, fand
Eva. Bisher hatte er kaum etwas von sich erzählt.

„Wann hast du vor, weiterzureisen?", fragte sie.

„Eigentlich wollte ich in Heidelberg nur einen kurzen
Stopp machen, aber jetzt würde ich sehr gerne von Grete
noch mehr über meinen Großvater erfahren. Ich wusste
nicht, dass ich ihm so ähnlich sehe. Mein Großvater war
ja der Auslöser, warum ich überhaupt hergekommen bin.
Ein paar Tage bleibe ich auf jeden Fall noch."

In diesem Moment kam die Bahn und sie stiegen

ein. Da die Bahn voll war, hielten sich beide an der Stange fest. Dabei berührten sich immer wieder ihre Finger und Eva durchfuhr ein sanfter Schauder.

„Ich finde es erstaunlich, dass sich Grete nach so vielen Jahren noch an all diese Dinge erinnert", meinte Eva.

„Aber dich erkennt sie nicht wieder", bemerkte Ben. „Obwohl du vor ein paar Tagen bei ihr warst."

„Das ist nicht ungewöhnlich", fand Eva. „Immerhin ist sie einhundert Jahre alt. Da funktioniert das Kurzzeitgedächtnis nicht mehr so gut." Nach einer kleinen Pause fragte sie: „Meinst du, das wurde irgendwann eine Dreiecksgeschichte?"

„Das werden wir hoffentlich bald erfahren", antwortete er grinsend.

„Dafür müssen wir aber noch viel Kuchen mitbringen."

„Der nächste geht auf mich", erklärte Ben. „Der Kuchen hier ist wirklich wunderbar."

„Das stimmt, aber du musst unbedingt auch das Brot probieren, denn wir Deutschen backen das beste Brot überhaupt."

„Okay. Das nächste Mal treffen wir uns zum Brotessen."

„Abgemacht. Dann treffen wir uns bei mir. Meine Mutter backt unser Brot selbst und sie hat immer mehrere Sorten da."

Er lächelte, aber sie merkte, dass er etwas überrascht war von diesem Angebot.

„Oder wir gehen in eine Bäckerei", ruderte sie schnell zurück.

„Das machen wir mal zum Frühstück. Darf ich dich jetzt zu Streetfood einladen?", fragte er.

„Ich weiß nicht, sollte ich einfach so mit einem Fremden mitgehen?", scherzte sie.

„Ich habe gesehen, dass es hier ein sehr leckeres Lokal gibt, McDonald's", witzelte er.

Sie lachte. „Dann weiß ich wenigstens, was kulinarisch auf mich zukommt. Aber ich würde doch etwas anderes bevorzugen."

„Okay."

Während sie die Straße entlang schlenderten, erzählte er ihr von der israelischen Küche. „Falafeln sind das wichtigste Streetfood. Wie in Deutschland die Bratwurst, nur gesünder."

Als sie an einem Döner-Imbiss vorbeikamen, der auch Falafeln anbot, schlug Eva vor: „Dann lass uns doch hier etwas kaufen."

Sie betraten das kleine Lokal und Ben bestellte zweimal Falafel.

„Möchtest du nicht etwas Deutsches bestellen? Currywurst oder so?", fragte Eva.

„Ist da Schweinefleisch drin?"

„Kann sein."

„Nein, nein, ich bleibe bei Falafel."

„Ich wusste nicht, dass Falafeln auch in der Türkei beliebt sind", wandte sich Ben an den Verkäufer.

Der Mann grinste und antwortete: „Ich komme aus Palästina. Wir haben die Falafel erfunden. Das Wort kommt von arabisch Filfil, das heißt Pfeffer. Aber hier würzen wir nicht so scharf. Zwar sagen die Juden, sie hätten sie erfunden, aber das ist gelogen. Die nehmen uns eh alles weg, erst das Land und jetzt auch noch unsere Rezepte."

Eva sah Ben betroffen an, wie würde er darauf reagieren? Doch der ließ sich nichts anmerken. Als der Verkäufer merkte, dass sie nicht auf seine Worte eingingen, machte er sich daran, die Falafeln in das Fladenbrot zu packen.

„Zum Mitnehmen", sagte Ben.

Mit dem gefüllten Fladenbrot in der Hand gingen sie weiter.

„Komm, wir suchen uns eine Bank", schlug Eva vor.

Sie gingen hinunter zum Neckar und lehnten sich an ein Geländer.

„Ich gehöre zu der am meisten gehassten Volksgruppe", sagte Ben und biss in sein Fladenbrot.

„Keineswegs, ich kenne einige, die sich unbedingt einen israelischen Mann angeln wollen. Eine Bekannte meinte kürzlich, in Israel gäbe es die bestaussehendsten Männer der Welt!", widersprach Eva.

Er lachte. „Das habe ich noch nie gehört."

„Klar, weil das nur die ausländischen Frauen über euch sagen." Nach einem kurzen Moment des Schweigens fügte sie leise hinzu: „Außerdem stehen wir Deutschen, glaube ich, an der Spitze der unsympathischsten Völker."

„Okay, eins zu eins, wir kommen beide aus verhassten Völkergruppen", gab Ben zurück.

„Guten Appetit!", sagte sie statt einer Antwort und nahm einen großen Bissen.

„Und schmeckt es?", fragte er.

Sie nickte. „Gut. Und dir?"

„Sehr lecker. Erstaunlicherweise fast so gut wie bei meinem Lieblingsimbiss in Tel Aviv. Nur etwas schärfer könnte es sein. – Vielleicht hatte der Verkäufer recht, vielleicht haben wirklich die Araber die Falafel erfunden."

Als sie aufgegessen hatten und auf den Neckar und die vorbeifahrenden Schiffe blickten, sagte Ben nachdenklich: „Wenn ich meinen Eltern erzähle, dass ich ausgerechnet in Heidelberg palästinensische Falafel gegessen habe ..."

„Ich verstehe nicht, warum man sich über Essen auch noch streiten muss. Sieh dir die Italiener an. Sie sind für ihre Küche weltberühmt und keinen interessiert es, dass die Türken die Pizza als ihre Erfindung ausgeben und die Nudeln eigentlich aus China stammen. Vielleicht haben die Italiener beides übernommen, aber dann haben sie es eben perfektioniert."

„Hauptsache, es schmeckt", stimmte Ben zu.

Sie nickte lächelnd und sagte bedauernd: „Ich muss jetzt leider zur Arbeit." Sie verabschiedete sich, doch als sie schon ein paar Schritte gegangen war, rief er ihren Namen.

„Hättest du Zeit und Lust, heute Abend Stadtführerin für einen unerfahrenen Touristen wie mich zu spielen?", fragte er und bei seinem Blick wurde ihr warm.

So ging es also Eva und Grete, wenn sie in Emils Augen blickten, dachte Eva. Ben hatte vermutlich dieselbe Augenfarbe wie sein Großvater. Ein dunkles Grün. Und dazu die olivbraune Haut und die dunkelbraunen Haare, ihr wurde fast schwindelig von Hinschauen, so gut sah er aus. Sie hatte genug Überstunden, um heute früher zu gehen. Dennoch hätte sie gerne erst in ihrem Terminkalender nachgeschaut, um ihn etwas zappeln zu lassen, doch sie war zu benommen von seinem Blick. So antwortete sie nur: „Okay, wir treffen uns am späten Nachmittag. Aber private Fremdenführer sind in Heidelberg teuer."

„Ich habe meine Kreditkarte dabei."

Eva lachte. Nachdem sie wieder den Bismarckplatz als Treffpunkt vereinbart hatten, verabschiedeten sie sich ein zweites Mal.

Am liebsten wäre Eva vor Freude in die Luft gehüpft. Schon lange nicht mehr – oder wohl eher noch nie – war sie solch einem anständigen und dazu so gut aussehenden Mann begegnet. Obwohl sie früher immer die Meinung vertreten hatte, dass die inneren Werte und der Charakter ausschlaggebend waren, war das Äußere auch nicht zu verachten und in Bens Fall ergab beides eine perfekte Kombination. Ihr war klar, dass sie nicht viel Zeit hatten, bevor er weiterreisen würde, doch das war ihr egal. Sie hatte eine Verabredung mit ihm, und zwar auf seine Initiative hin. Während sie das Gebäude der kleinen Regionalzeitung betrat, strich sie sich lächelnd eine blonde Strähne aus dem Gesicht.

Heute war sie dafür verantwortlich, den Veranstaltungskalender aufzufüllen. Dafür musste sie sich die Pressetexte der Veranstalter durchlesen und diese so zusammenkürzen, dass sie in die fünf Spalten passten, die jedem Termin zustanden. Am Nachmittag schrieb ihr Luca eine WhatsApp-Nachricht und fragte, wann sie ins Café Sehnsucht kommen könne, er wollte ihr seine Rechercheunterlagen geben. Sie verabredete sich mit ihm für den morgigen Samstag um elf Uhr.

Während ihrer Arbeit drifteten Evas Gedanken immer wieder zu Ben ab. Sie fragte sich, wie ähnlich er wohl tatsächlich seinem Großvater sah, und fand es schön, dass sie eine Namensvetterin hatte, die solch große Gefühle hatte erleben dürfen. Gleichzeitig war sie ein bisschen neidisch auf sie. Dabei fiel ihr auf, dass sie nicht einmal wusste, wie Eva mit Nachnamen hieß.

Während ihrer Arbeit sah sie immer wieder auf die überdimensionale Uhr über der Tür des Großraumbüros. Kaum hatte es vier Uhr geschlagen, fuhr sie ihren Rechner herunter, rannte auf die Toilette und frischte ihr Make-up auf.

Die Frau, die ihr aus dem Spiegel entgegenblickte, gefiel ihr. Ihre blonden, gestuften Haare fielen ihr locker über die Schultern. Das blaue Strickkleid passte gut zu den hohen Stiefeln und sie fand, dass sie Ben ein ebenbürtiges Gegenüber war. Ihre Augen, die vielleicht ein kleines bisschen zu eng zusammenstanden, glänzten und sie hatte in diesem Moment nichts an ihrem Gesicht auszusetzen. Sie winkte ihrem Spiegelbild zu. Ja, so konnte sie gehen.

Ihr Grinsen verschwand nicht einmal in der Bahn, sie freute sich auf die Begegnung mit Ben und dachte nicht daran, das irgendwie zu verbergen.

Der Bismarckplatz war um diese Uhrzeit voller Menschen. Eigentlich war es kein romantischer Treffpunkt, doch er lag zentral und eins hatte sie von ihrem Vater gelernt: Pragmatik war wichtig. Sie sah sich suchend um, konnte Ben aber nirgends entdecken.

„Hallo, Tourguide", flüsterte es plötzlich hinter ihrem Rücken. Im ersten Moment erschrak sie, dann drehte sie sich um und lächelte ihn an.

Eva schlug vor, zum Schloss zu laufen. Obwohl es kalt war, schien die Sonne, und vielleicht wären sie rechtzeitig für den Sonnenuntergang oben. Sie bestand darauf, die Treppen hochzulaufen, bereute es jedoch sehr schnell, denn sie hatte vergessen, dass ihre schönen Stiefel mit den Absätzen zwar für einen kleinen Spaziergang okay waren, aber nicht für das lange Treppensteigen. Ihr wurde beim Aufstieg trotz der niedrigen Temperaturen sehr warm. Ben dagegen schien das alles nicht anzustrengen. Er genoss einfach die Aussicht.

Eva ärgerte sich, dass sie in letzter Zeit so wenig Sport gemacht hatte. Das letzte Mal, als sie mit Besuchern den Berg hochgelaufen war, lag schon ein paar Jahre zurück und da hatte sie die Stufen nicht einmal gemerkt. Sie versuchte, sich nichts anmerken zu lassen und so wenig wie möglich zu sprechen.

Um sich eine Pause zu gönnen, sagte sie schließlich: „Hier ist ein guter Punkt, um ins Tal zu blicken."

Sie versuchte, ihren Atem zu kontrollieren und nicht zu schnaufen wie ein alter Dackel. Dabei hoffte sie, dass Ben so von der Umgebung begeistert war, dass er nicht bemerkte, wie sehr sie außer Puste war. Schließlich sollte er den Eindruck bekommen, dass sie äußerst sportlich und taff war. Nachdem sich ihr Puls beruhigt hatte, erklärte sie ihm, in welcher Himmelsrichtung sich was befand.

„Anders als deine Heimat, oder?", fragte sie.

Dabei sah sie ihn an, ihre Wangen waren immer noch gerötet, aber sie hatte wenigstens ihre Atmung wieder unter Kontrolle.

Ben nickte. „Oh ja. In Israel ist es sehr hügelig und rote bis sandfarbene Töne überwiegen. Im Sommer muss es hier sehr schön sein."

„Könntest du dir vorstellen, irgendwo anders zu leben?", fragte sie ihn.

Er sah sie nachdenklich an. „Für eine kurze Zeit ja, aber sonst nicht. Ich liebe mein Land." Eva deutete auf die gegenüberliegende Seite des Neckars, wo sich der Philosophenweg und die Anfänge des Odenwalds befanden.

„Es ist wirklich wunderschön!", sagte Ben. Dann erkundigte er sich: „Und du? Könntest du im Ausland leben?"

„Klar. Ich möchte gerne ins Ausland, mal was anderes sehen." Sie wandte ihren Blick von der Landschaft ab, sah ihn an und fügte hinzu: „Ich war zum Beispiel noch nie in Israel."

„Es ist ein sehr kleines, aber abwechslungsreiches Land. Bestimmt würde es dir gefallen."

„Dann kommt es jetzt ganz nach oben auf meine Reiseliste."

Während sie dies sagte, sah sie ihm direkt in die Augen, um zu sehen, ob er sich als Reiseleiter anbieten würde. Er sagte jedoch nichts, wandte sogar eher den Blick etwas ab. Die Sonne sank immer tiefer und der Himmel färbte sich rot. Neben ihnen begannen die Leute, Fotos zu schießen. Auch Ben machte ein paar Fotos, während er und Eva schweigend zusahen, wie der letzte Teil des Feuerballs am Horizont verschwand und das Tal in ein schönes blaues Licht tauchte.

Während sie weitergingen, erzählte sie ihm ein paar Fakten zur Geschichte. *So sind meine Internetrecherchen für den Artikel über das Heidelberger Schloss wenigstens zu etwas gut,* dachte sie. Eva knipste mit seiner Handykamera ein paar obligatorische Fotos von ihm vor der schönen Kulisse und dann umrundeten sie noch einmal das Schloss.

„Eine wunderschöne Ruine", stellte Ben fest.

Eva fiel auf, dass sie noch nie mit einem Mann hier oben alleine gewesen war. Am liebsten hätte sie seine Hand genommen und sich mit ihm an eine der alten Mauern gelehnt, die den Schlossgarten umgaben. Vielleicht unter einer dieser Laternen. Doch Ben machte keinerlei Anstalten in diese Richtung. Das irritierte sie, denn ihr Eindruck war, dass er ebenfalls Interesse an ihr hatte. Wieso geschah dann in diesem perfekten Moment nichts? Wenn er es nicht bemerkte, musste sie ihn wohl darauf stoßen.

„Vor allem ist es ein romantischer Ort", sagte sie.

Ben sah sie an, vielleicht einen Moment zu lang. Sie konnte nicht widerstehen und gab ihm einen Kuss, kurz und zart. Trotz ihrer Absätze musste sie sich dafür auf die Zehenspitzen stellen. Er sah sie überrascht an.

„Entschuldige, es war ein Impuls."

Sie blickte beschämt zu Boden. Hatte sie sich so getäuscht. Er hob mit seiner Hand ihr Kinn, sah sie an und erwiderte den Kuss. Einfach so. Hätte er sie nicht festgehalten, wäre sie umgefallen, denn ihre Beine fühlten sich an wie Pudding.

Sie lehnte sich an ihn und atmete seinen würzigen Duft ein, der sie an Nadelwälder erinnerte. Beide schwiegen, sie genossen die Ruhe und Dunkelheit. Irgendwann lösten sie die Umarmung und liefen Hand in Hand zur Seilbahn, die hinauf aufs Schloss und von dort auch wieder hinunter führte.

„Lass uns mit der Bergbahn fahren", schlug Eva vor und er nickte.

KAPITEL 12

Als sie das grelle Licht der Haltestelle blendete, war die Romantik dahin. Ben wirkte etwas angespannt, fast als ob ihm die letzten Momente unangenehm wären. In Eva dagegen überschlugen sich die Glücksgefühle. Alles erschien ihr viel zu schön, um wahr zu sein. Doch es war wahr, sie hielt immer noch seine Hand, die warm und weich war und deren Finger ganz zart ihre Handfläche berührten, als sie an der Talstation ausstiegen.

Unten bemerkte sie, wie nachdenklich Ben war. Bereute er den Kuss? War sie zu aufdringlich gewesen?

Das Verlangen, etwas zu sagen, war groß, doch sie fand nicht die richtigen Worte. Vielleicht sollte sie einen Scherz machen? Stattdessen fragte sie nur: „Ist alles okay mit dir?"

„Warum?", fragte er.

„Du wirkst so in dich gekehrt, fast traurig."

Er lächelte.

„Nein, nein", sagte er.

Ihre Hände hatten sich wie von allein gelöst. Sie gingen einfach nebeneinander her, als er fragte: „Wann können wir wieder zu Grete?"

Sie zuckte mit den Schultern. „Ich rufe sie morgen Vormittag an. Vormittags habe ich noch einen Termin, aber am Nachmittag können wir sie sicherlich besuchen."

Er nickte. War sein Interesse an ihr rein damit verbunden, dass sie die Treffen mit Grete organisierte? Hatte sie sich die Spannung zwischen ihnen doch nur eingebildet?

Was hast du anderes erwartet?, rief ihr eine innere Stimme zu.

„Reiß dich zusammen, Mädchen", hätte ihre Großmutter gesagt. Eva mochte jedoch keine Spielchen, das hatte ihr noch nie gefallen, sie war da eher wie ihr Vater, deutsch, geradeheraus.

„Wenn es wegen eben ist, wir können das auch einfach vergessen", sagte sie und hoffte, er würde ihr widersprechen.

Ben blieb stehen. „Das eben war schön, aber …" Er stockte.

„Aber du bist verheiratet, oder was?", fragte sie halb im Spaß.

„Nein, das nicht, aber ich habe eine Freundin in Israel."

Das war es also. Wäre auch zu schön gewesen, wenn er die ganze Zeit nur auf sie gewartet hätte.

„Warum hast du das nicht gleich gesagt?"

„Weil ich gerne mit dir zusammen bin."

Eva lief weiter, ihre Gedanken drehten sich. Ben hatte sie schnell wieder eingeholt und sagte: „Da ist noch etwas."

Eva sah ihn an, doch er blickte nur auf den Boden. Welche Bombe wollte er noch platzen lassen? Bevor sie etwas sagen konnte, fuhr er fort: „Außerdem ist meine Familie religiös und ich, na ja, auch."

Sie sah ihn verwirrt an. Wenn er „religiös" sagte, meinte er dann diese ultraorthodoxen Juden mit den Löckchen und lustigen Hüten? Mit dem Judentum kannte sie sich nicht wirklich aus, aber sie hatte mal einen Film gesehen, in dem es um einen Juden in Zürich ging, der sich in eine blonde Schweizerin verliebte.

„Was bedeutet das? Trägst du sonst immer einen dicken Fellhut und einen schwarzen Mantel?", fragte sie daher.

Er schien ihre Gedanken gelesen zu haben und antwortete: „Nicht so religiös, wie du es aus dem Fernsehen kennst."

Sie war erleichtert. „Wie religiös dann?"

„Ich esse koscher, gehe in die Synagoge, bete und werde eine jüdische Frau heiraten."

„Ben, du musst mich nicht heiraten. Das war eben nur ein netter, romantischer Moment." Sie versuchte, die Coole zu spielen.

Er nickte. „Ich möchte dich nicht ausnutzen, du bist schön und intelligent und wenn ich kein Jude wäre, wärst du schon längst meine Freundin."

„Das ist süß, Ben, aber du bist nun mal Jude." Sie machte eine kurze Pause. „Am besten, ich gehe nach Hause, du hättest vielleicht doch eine Gruppenführung buchen sollen. Tschüss."

Sie ließ ihn stehen und ging, doch kurz darauf blieb sie stehen und drehte sich noch einmal um. Er stand immer noch am gleichen Ort und sah ihr hinterher. Ohne darüber nachzudenken, lief sie zurück zu ihm, packte ihn an den Schultern und gab ihm einen leidenschaftlichen Kuss. Nicht wie vorhin, nein, diesmal berührte sie seine Zunge, umspielte sie, wollte fast seine Lippen nicht mehr loslassen. Und Ben erwiderte den Kuss. Dann verließ sie ihn ohne ein weiteres Wort und ging nach Hause. Ihr Herz raste.

Obwohl ihr von Anfang an klar gewesen war, dass dies nicht mehr als eine nette Begegnung werden würde, hatte sie sich doch insgeheim mehr erhofft. Zu schön waren die letzten Stunden in Bens Gegenwart gewesen.

Zu Hause angekommen, setzte sie sich sofort an den Rechner, um zu recherchieren, was gläubige Juden ausmachte. Überhaupt wollte sie mehr über Israel herausfinden, das Land, in dem eine unbekannte Schöne auf Ben wartete. Vermutlich war es besser, wenn sie ihn nicht wiedersah. Er hatte eine Freundin!

Aber da war ja noch Grete. Eva hatte ihm versprochen, dass sie Grete anrufen würde, um einen weiteren Termin zu vereinbaren. Sollte sie dieses Versprechen halten?

Da sie selbst nur zu gern erfahren wollte, wie es mit Emil, Grete und ihrer Namensvetterin weitergegangen war, griff Eva am nächsten Morgen als Erstes zum Telefon und rief die alte Dame an. Wieder einmal schien es ihr, als ob Grete nicht recht einordnen könne, wer sie war. Doch sie freute sich über den Anruf und so machten sie noch für denselben Nachmittag ein weiteres Treffen aus. Danach ging Eva ins Café Sehnsucht. Luca war außerordentlich gut gelaunt. Der erfolgreiche Heiratsantrag schien noch nachzuhallen.

„Entschuldige, dass ich so lange gebraucht habe, bis ich mich gemeldet habe", sagte er. „Ich hatte einiges um die Ohren."

„Das ist nicht schlimm."

Luca griff zu seiner Umhängetasche aus braunem Leder, die auf einem freien Stuhl stand, holte einen Stapel Papiere heraus und reichte ihn ihr.

„Hier, du kannst die Unterlagen gerne behalten."

„Wow, das Material ist ziemlich umfangreich."

„Ja, früher habe ich noch gerne alles ausgedruckt und kopiert. Mittlerweile nutze ich meist ein Tablet, wenn ich recherchiere."

„Tja, die neue Technik macht auch vor Nostalgikern nicht halt", scherzte sie.

Er zuckte mit den Schultern. „Wenn es das Leben leichter macht."

Sie bestellte einen Cappuccino und blätterte durch die Unterlagen. Luca hatte wirklich viele Dokumente zum Leben der Juden im Dritten Reich in Heidelberg sowie zu Widerstandskämpfern zusammengetragen.

„Was genau möchtest du schreiben?", fragte er. „Für das Wochenblatt benötigst du wahrscheinlich keine derart umfangreiche Recherche."

„Das stimmt. Ich habe überlegt, die Lebensgeschichte von Grete meinem Chef als Fortsetzungsgeschichte anzubieten."

„Oder du reichst den Text bei einer überregionalen Zeitung ein", schlug Luca vor.

„Ich wüsste gar nicht, wo ich da anfangen soll."

„Vielleicht könnte ich dir dabei helfen. Ich kenne da ein paar Redakteure", bot er an. „Hast du schon etwas geschrieben, das du mir zum Lesen geben kannst? Dann werfe ich einen Blick hinein. Vielleicht fällt mir jemand ein, zu dem der Text passen würde."

„Ehrlich? Das wäre großartig!"

„Kein Problem. Du klingst sehr begeistert. Bist wohl nicht allzu glücklich, dort wo du gerade arbeitest?"

„Es ist nett, aber ehrlich gesagt nicht das, weswegen ich Journalistin werden wollte."

„Dann musst du dir darüber klar werden, was du mit deiner Arbeit erreichen willst. Wenn du ein Ziel vor Augen hast, wirst du es auch schaffen. Journalismus mag kein einfaches Metier sein, aber alles ist möglich, wenn du dafür kämpfst. Doch das geht eben nur, wenn du ein klares Ziel vor Augen hast. Wenn das Ziel heißt, tiefgründige, gut recherchierte Geschichten über Menschen zu erzählen, die nicht nur an der Oberfläche kratzen – dann setz dich dafür ein."

Eva wusste nicht, was sie darauf erwidern sollte. Seine Worte trafen sie genau dort, wo es schmerzte.

„Ich schicke dir heute noch eine Mail mit meinem Text", sagte sie mit belegter Stimme.

„Ich bin gespannt."

Emily hatte heute tatsächlich Käsesahnetorte gebacken und Eva ließ sich drei Stück für ihren Besuch bei Grete einpacken. Mit Ben hatte sie sich diesmal per WhatsApp direkt vor der Wohnung der alten Dame verabredet.

„Hi", sagte er knapp zur Begrüßung.

„Hi", entgegnete sie genauso einsilbig.

Keiner von beiden wusste so recht, wie er sich verhalten sollte. Ohne eine Umarmung oder ein weiteres Wort betraten sie das Haus. Zum Glück begann Grete mit ihrer Erzählung, noch während Ben die Kuchenteller aus der Küche holte, sodass die unangenehme Stille durchbrochen wurde.

KAPITEL 13

Oktober 1938

Nachdem sie sich wiedergefunden hatten, trafen sich Emil und Eva täglich an öffentlichen Orten. Ihn im Haus seiner Familie zu besuchen, schien ihr zu riskant. Was, wenn jemand sie beobachtete?

Emils Vater lag inzwischen im Universitätsklinikum. Da es in Heidelberg kein jüdisches Krankenhaus gab, waren die Ärzte bereit, in Notfällen weiterhin jüdische Patienten aufzunehmen. Zwar wurde die Heidelberger Universität längst von strammen Nationalsozialisten geführt, doch wehrten sich die Professoren des Universitätsklinikums nach wie vor gegen das Führerprinzip, das vorsah, dass alle Entscheidungen für die Universität alleine vom Dekan getroffen werden sollten.

Leider konnte der Oberarzt Emil kaum Hoffnung machen, dass sein Vater das Krankenhaus gesund verlassen würde, da sein Zustand bereits sehr bedrohlich war. Er war vermutlich zu spät in Behandlung gekommen.

Für heute hatte Emil vorgeschlagen, dass sie sich auf dem Bergfriedhof treffen könnten, das schien ihm sicherer als in der Stadt. Eva fuhr mit dem Fahrrad nach Bergheim und schlenderte über das weitläufige Areal, das an einem Berghang am Rande der Stadt lag. Um diese Uhrzeit verirrte sich selten jemand hierher. Außer ein paar älteren Damen und zwei Gärtnern, die sie am Eingangsportal gesehen hatte, war niemand auf dem Friedhof unterwegs.

Evas Herz pochte. Sie hatte die ganze Nacht nicht geschlafen und nur an Emil gedacht. Ihr war klar, dass sie einen hohen Preis bezahlen würde, wenn diese Liebe aufflog. Ihr Vater nutzte nach wie vor jede Gelegenheit, über die Juden zu hetzen, die für ihn an allem Schlimmen schuld waren, was in der Welt passierte. Die Äußerungen ihres Vaters hatten sie jedoch nie beeinflusst, nicht einmal, als sie ein Kind gewesen war. Zu gut kannte sie ihn und seine aufbrausende Art, vor allem ihrer Mutter gegenüber. Sie war ihm gegenüber seit jeher sehr kritisch eingestellt.

Als Kind hatte sie oft Angst vor ihm und seinen Launen gehabt. Manchmal hatte er ihr Süßigkeiten gebracht und sie umgarnt, am nächsten Tag hatte er sie angeschrien, wenn sie zu laut lachte. Deshalb war sie in seiner Gegenwart stets vorsichtig gewesen.

Onkel Frido bewunderte sie dagegen. Er benahm sich gegenüber Grete und Peter ganz anders als ihr Vater. Solch einen Vater und solch eine Familie hatte sie sich ebenfalls gewünscht. Und obwohl sie die Familie ihrer

Cousine in den letzten Jahren selten gesehen hatte, erinnerte sie sich immer noch an viele der Predigten ihres Onkels und versuchte, das Gehörte anzuwenden.

Oft hatte sie mitbekommen, wie Onkel Frido die Äußerungen ihres Vaters verurteilte. Das hatte sie nur noch mehr darin bestärkt, die Meinung ihres Vaters über die Juden nicht zu teilen. Ihr Onkel hatte seine Konfirmanden stets dazu animiert, selbst nachzudenken und nicht automatisch der Mehrheit nachzulaufen. Der breite Weg führe oft ins Verderben, sagte er. Der enge, steinige Weg hingegen sei zwar nicht schön, aber dafür meist der richtige. Eva war klar, was dies bei der jetzigen politischen Lage bedeutete.

Wenn ihr Vater geahnt hätte, was im Konfirmationsunterricht so erzählt wurde, hätte er vermutlich seine Ansicht darüber, dass „Kinder, Küche, Kirche" die Aufgabenfelder seiner Frau waren, geändert.

Obwohl ihr bewusst war, welchen Gefahren sie sich und Emil durch ihre Treffen aussetzte, hatte sie keine Angst. Im Gegenteil, das große und starke Gefühl der Liebe überflutete sie vollkommen und bestimmte ihr ganzes Sein. Die ganze Nacht fühlte sie sich rastlos, konnte kaum die ersten Sonnenstrahlen erwarten, obwohl sie dann immer noch so lange warten musste, bis ihre Schicht vorbei und endlich Nachmittag war. Jetzt war sie den Weg, der zum Seiteneingang des Friedhofs führte, fast gerannt, um ihren Geliebten endlich zu sehen.

Emil ging es ähnlich, nur war seine Angst größer als ihre. Er hatte sich im Schatten eines Mausoleums versteckt und horchte auf Schritte. Als er etwas hörte und um die Ecke blickte, schlug sein Herz gleichzeitig aus Angst, jemand anderes könnte ihn entdecken, und aus Ungeduld, sie endlich zu sehen.

Eva. Sie war wirklich gekommen. Emil ging ihr entgegen, nahm sie an der Hand und führte sie weiter.

„Du bist da", flüsterte er.

Sie nickte. Ihre Wangen waren gerötet vom schnellen Laufen. Emil trug eine braune Hose aus dickem Stoff und einen dunklen Rollkragenpullover, der ihm sehr gut stand. Seine kurzen dunklen Haare waren in einem langen Seitenscheitel gekämmt und umrahmten sein Gesicht perfekt. Seine Frisur erinnerte Eva an Fotografien aus Modekatalogen, die sie ab und zu im Krankenhaus anschaute. Für Eva war Emil der attraktivste Mann, den sie je gesehen hatte.

Gemeinsam verließen sie den Friedhof über den Seitenausgang und spazierten außerhalb der Friedhofsmauern den Steigerweg entlang, der den Berg hinaufführte. Am Waldrand setzten sie sich auf eine Bank.

Sie berührte sein Gesicht, die hohen Wangenknochen, strich über seinen Mund. Sie liebte jeden Teil seines Gesichts. Sie wusste nicht, wie sie ohne ihn auch nur einen Tag länger aushalten sollte. Er strich ihr über das dunkle, lockige Haar, welches sie zu einem lässigen Dutt gebunden hatte, sodass es von vorne eher aussah, als ob sie einen Bob trüge.

„Wir haben uns erst vor ein paar Tagen getroffen und ich habe das Gefühl, dass wir uns seit Ewigkeiten kennen", sagte sie, während sie ihn ansah.

„Wir kennen uns ja auch seit unserer Kindheit. Ich war schon damals in dich verliebt", gestand er.

„Das ist lange her, aber ich habe auch das Gefühl, dich gut zu kennen, ich vertraue dir und ich liebe dich.

Ich möchte immer mit dir zusammenbleiben." Sie wurde rot.

Er lächelte immer noch, aber er wirkte nachdenklich. Vielleicht hätte sie diese kindische Bemerkung nicht machen sollen. Das Gesetz zur *Reinhaltung der deutschen Rasse* verbot ihnen, in Deutschland zu heiraten. Mittlerweile kannte sie sich mit diesen Verordnungen bestens aus. Die körperliche Vereinigung zwischen Juden und Ariern wurde laut den Gesetzen von 1935 mit Zuchthaus bestraft. Aber die Schergen ihres Vaters würden Emil sicher totschlagen, wenn sie wüssten, dass sie sich trafen.

Eva sah ihn unschlüssig an. Er blickte ihr tief in die Augen und näherte sich ganz langsam ihren vollen Lippen, um sie zu küssen. Eva wusste nicht, ob sie die Augen schließen sollte. Was würde passieren? Noch nie hatte sie ein Mann geküsst. Ganz leicht und zaghaft berührten seine Lippen ihre.

Sie spürte seinen Atem, seinen Duft. Er roch nach Seife und ganz leicht nach Rasierwasser. Sein Gesicht wirkte glatt und ebenmäßig. Er roch nach Mann und das gefiel ihr. Eva schloss die Augen und atmete tief ein, um sich diesen Moment einzuprägen.

„Ich habe das Gefühl, als wäre mein ganzes Leben unbedeutend. Bis du aufgetaucht bist", flüsterte sie.

Sie war es nicht gewohnt, Katz und Maus zu spielen, sich zu zieren und ihre Gefühle zu verbergen, um einen Mann zappeln zu lassen. Dafür fehlte ihr die negative Erfahrung, die Abgeklärtheit, die man erst später im Leben entwickelt. Für beide waren Liebe und Leidenschaft neu, unverbraucht und sie waren bereit, alles für dieses Gefühl zu geben, das süchtig machte.

Nachdem sie eine Weile schweigend die Zärtlichkeiten des anderen genossen hatten, holte Eva zwei Butterbrote aus ihrer Tasche.

„Um meinen Vater steht es nicht gut. Ich fürchte, ich werde ihn hier begraben müssen", sagte Emil traurig, nachdem sie einen Moment geschwiegen hatten.

„Und dann gehst du zurück nach Frankreich?", fragte Eva.

Er zuckte mit den Schultern. „Frankreich oder England. Meine Mutter meint sogar, wir sollten vielleicht nach Palästina gehen."

Traurig sagte Eva: „So weit weg …"

„Aber erst mal muss ich einen neuen Reisepass bekommen."

„Warum? Haben sie ihn dir weggenommen?"

„Ja, bei der Einreise. Es gibt da wohl ein paar neue Verordnungen, die von jedem Beamten anders gehandhabt werden. Ich habe mit Mitgliedern der jüdischen Gemeinde gesprochen. Einigen wurde der Pass ebenfalls eingezogen, andere haben einen Judenstempel darauf erhalten. Es ist alles ein großes Chaos. Die Behörden kommen nicht mehr nach mit den ständigen Reichsverordnungen und den neuen Bestimmungen. Ich habe gehört, dass manche Juden Schwierigkeiten hatten, eine Ausreisegenehmigung zu erhalten. Am nächsten Tag sind die Behörden dann plötzlich froh um jeden Juden, der ausreisen möchte."

In das herrliche Gefühl der ersten großen Liebe mischte sich bei Emils Worten eine große Trauer. Eva wusste, dass er nicht bei ihr bleiben konnte, und es zerriss ihr das Herz.

„Es tut mir schrecklich leid. Ich schäme mich so für mein Land", sagte sie.

„Es ist auch mein Land, aber sie wollen uns hier nicht."

„Aber das ist die Führung, die meisten Menschen denken bestimmt wie ich, viele meiner Kollegen finden ganz schlimm, was passiert", antwortete Eva.

Emil seufzte. Sie legte ihm den Finger auf die Lippen und küsste ihn, dabei hielt sie fest seine Hand. „Ich werde dich hier rausbringen, egal wie", versprach sie.

Ihre dunklen Augen funkelten, so fest entschlossen war sie.

„Ich glaube dir", flüsterte Emil.

Und wieder verloren die Umstände an Bedeutung, nur sie beide zählten, ihre Berührungen, ihre Liebe. Die schien in diesem Moment unbesiegbar.

KAPITEL 14

Gegenwart

„Ich habe sie um diese Liebe beneidet", sagte Grete leise. In ihren Augen standen Tränen. „Sie hatten das Privileg oder Glück ..." – für einen Moment hinderten ihre Emotionen sie daran, weiterzusprechen – „... diese Gefühle miteinander zu teilen. Wahrscheinlich empfindet man so nur bei der ersten Liebe, wenn man noch jung ist."

„Oder vielleicht auch, weil die Umstände so schwierig waren", warf Eva ein. „Es war das Einzige, was ihnen Halt gab."

Grete schien den Gedanken nicht nachvollziehen zu können. Sie schwieg, lehnte sich etwas nach hinten und fuhr per Fernbedienung den Sessel in eine bequemere Position.

„Es gab so viele Opfer in diesem Krieg", meinte

Grete traurig. „Meinen Bruder Peter sah ich das letzte Mal 1937. Er war kein Mann, der einfach den Mund hielt bei all dem Unrecht, das geschah. Zweimal wurde er verhaftet. Schließlich überredete mein Vater ihn, zu fliehen. Aber er konnte auch im Ausland nicht stillhalten, er wollte etwas bewegen. Deshalb schloss er sich einer Gruppe Kommunisten an, die er aus Mannheim kannte. Gemeinsam reisten sie in den Spanischen Bürgerkrieg, um gegen General Franco zu kämpfen. Das taten damals viele junge Kommunisten. Nach dem Krieg in Spanien hat es ihn irgendwie nach England verschlagen. Er begann ein Studium, aber dann trat er freiwillig dem Militär bei. Wie wir später erfahren haben, ist er beim Einfall der Alliierten in Italien gefallen." Grete hatte Tränen in den Augen. „So viele verloren ihr Leben wegen dieses kleinen, verrückten Mannes."

Da Grete erschöpft wirkte und noch nicht einmal den Kuchen probiert hatte, reichte Eva ihr einen Teller.

„Der Käsekuchen ist ganz frisch", sagte sie.

Während die alte Dame den Kuchen genoss und Ben seinen Kaffee trank, sah Eva immer wieder zu ihm hin. Er saß auf einem alten Stuhl aus glänzendem Holz mit einem geblümten Polster. Sie selbst saß auf der Couch.

Sie hatte in der Nacht lange über seine Worte nachgedacht. War die Religion nur eine Entschuldigung, um ihr eine Abfuhr zu erteilen, oder befand er sich wirklich in einem Interessenkonflikt? Sie hatte viele Fragen an ihn, doch sie waren aus anderen Gründen hier.

„Früher habe ich auch sehr guten Käsekuchen gebacken", erklärte Grete, nachdem sie die letzte Gabel in den Mund gesteckt hatte.

Eva nahm ihr den Teller ab und sagte: „Der war bestimmt sehr lecker, ich hätte ihn gerne probiert."

Grete nickte und sagte: „Oh ja, es war ein altes Familienrezept."

Eva fragte behutsam: „Was ist eigentlich aus Ihrer Cousine geworden?"

Gretes Augen wurden glasig. „Ich weiß es nicht. Es gab nach dem Krieg so viele Verschollene, es war einfach unmöglich, etwas über sie herauszufinden. Als Emils Versteck bei uns aufzufliegen drohte, nahm sie unter einem falschen Vorwand das Auto ihres Vaters, packte Emil ein und brachte ihn an die Schweizer Grenze. Ab da verlor sich ihre Spur. Die Alliierten flogen in dieser Nacht einen Bombenangriff auf Mannheim, aber einige Flieger kamen vom Weg ab und bombardierten stattdessen Basel und das Umland. Vielleicht traf eine der Bomben den Mercedes mit Eva."

Mitfühlend sahen Ben und Eva die alte Dame an.

„Dann ist Eva vielleicht gestorben, als sie meinen Großvater gerettet hat?", fragte Ben.

„Ich glaube, sie ist geflohen und wollte nie wieder etwas mit ihrer Familie zu tun haben", sagte Grete.

„Wie kommen Sie denn darauf?", fragte Eva.

„Vor fünfunddreißig Jahren wurde mein Vater posthum für seinen Einsatz bei der Rettung von Juden geehrt. Er hat ein paar jüdischen Familien aus unserem Viertel in Zusammenarbeit mit anderen Pfarrern Kontakte verschafft, die ihnen bei der Ausreise geholfen haben. Er hat uns Kindern damals nichts davon erzählt, wahrscheinlich um uns zu schützen, aber später haben wir es erfahren. Außerdem hat er Emil in unserem Haus versteckt und in Peters Zimmer kamen häufiger für ein paar Tage Juden unter, die auf der Durchreise waren. Jedenfalls gab es damals eine Art feierlichen Gottesdienst und ich bin mir sicher, dass ich Eva dort in der letzten Reihe gesehen habe."

„Warum glauben Sie, dass sie zu diesem Gottesdienst gegangen ist?", wollte Ben wissen.

„Sie liebte und schätzte meinen Vater. Er hatte sein Leben für Emil eingesetzt."

Ben und Eva überschlugen sich fast mit ihren Fragen: „Woher wussten Sie, dass sie es war? Und warum hat sie sich nicht bei Ihnen gemeldet, sie waren schließlich verwandt und befreundet?"

Grete blickte zum Fenster hinaus und es schien, als versuchte sie, sich in diese Zeit zurückzuversetzen. „Da war diese Frau, sie saß ganz hinten in der Kirche und trug ein schwarzes Tuch über ihrem Haar und eine dunkle Brille. Überhaupt war sie dunkel angezogen, ob wegen der Veranstaltung oder weil sie nicht auffallen wollte, kann ich nicht sagen. Als Tochter des Geehrten konnte ich natürlich während des Gottesdienstes nicht aufstehen und zu ihr gehen. Sobald der Pfarrer das letzte Wort gesprochen hatte, lief ich nach hinten, aber sie verließ bereits schnellen Schrittes die Kirche. Ich eilte ihr hinterher und rief: *Eva, Eva!* Wäre es nicht Eva gewesen, hätte sie sich vielleicht kurz umgedreht oder gar nicht, doch sie blieb stehen und sah mich an. Sie war recht weit weg, bestimmt ein- bis zweihundert Meter, deshalb konnte ich sie nicht wirklich erkennen. Aber sie war es, das habe ich gespürt. Ich ging weiter auf sie zu, doch sie drehte sich um und lief davon. Ich versuchte, sie einzuholen, aber an der Straße stieg sie in ein Auto und fuhr davon. Sie war nicht bereit, mit mir zu sprechen."

„Wie schade!", rief Eva.

„Obwohl sie in die Kirche gekommen war", ergänzte Ben.

„Sie war nicht bereit", wiederholte Grete.

Die alte Frau sah müde aus, ihre Augen waren gerötet und Eva fragte sich, ob sie diesmal zu lange geblieben waren. Während sie überlegte, wie sie sich am besten verabschieden konnten, wandte sich Grete plötzlich an sie: „Sind Sie beide ein Paar?"

Eva lächelte verlegen und schüttelte den Kopf. Ben sah erst Eva an und schüttelte dann ebenfalls den Kopf.

Grete schien ihnen nicht zu glauben. „Man muss ja nichts überstürzen", sagte sie. Dann fragte sie Ben: „War Emil glücklich?"

Ben dachte nach. „Ich hoffe, dass er glücklich war. Schließlich hatte er es geschafft, den Zweiten Weltkrieg ohne KZ zu überleben. Er hatte eine Familie und finanziell ging es ihm gut."

Eva sah, dass Ben sich bewusst war, dass er nicht wirklich einschätzen konnte, ob sein Großvater glücklich gewesen war. Er kannte ihn zu wenig, war viel zu jung, um zu wissen, wie es um sein Inneres gestanden hatte.

„Es freut mich, zu hören, dass es ihm gut ergangen ist", sagte Grete.

Ben lächelte und nickte ihr freundlich zu. Anschließend spülte er das Geschirr, während Eva sich noch kurz mit Grete unterhielt.

Im Gegensatz zu den letzten Tagen wurden sie heute von warmen Sonnenstrahlen begrüßt, als sie auf die Straße traten. Eva blieb kurz stehen, um die Sonne zu genießen. Die Wärme tat ihr gut und hob ihre Laune schlagartig an. Ben jedoch wirkte nachdenklich.

„Ich muss dann mal weiter", sagte sie zum Abschied.

Er nickte und blieb an der Straßenecke stehen. „Viel Spaß", wünschte er.

Ein seltsamer Abschiedssatz, dachte sie. Sie drehte sich noch einmal um. Er stand immer noch unentschlossen an der Ecke und sah ihr nach, als hoffte er, sie würde noch einmal den Tourguide für ihn spielen.

Was hatte er erwartet? Nachdem er ihr klargemacht hatte, dass es für sie keinerlei Zukunft gab, wollte sie ihm aus dem Weg gehen. Wenn sie noch mehr Zeit mit ihm verbrachte, würden sie sich sicherlich trotz der Freundin in Israel näherkommen und sie wäre nach seiner Abreise am Boden zerstört. Zwar empfand sie schon jetzt etwas für ihn, aber das musste er nicht wissen. Mit hoch erhobenem Kopf ging sie zur Haltestelle.

Während sie zu Hause ihren Laptop hochfuhr, war sie Ben sogar dankbar, dass er die beginnende Romanze beendet hatte. Er war ja nur ehrlich gewesen und das hätte er nicht sein müssen. Die Freundin in Israel hätte nichts von seinem Urlaubsflirt erfahren. Doch warum hatte er ihr von seiner Religiosität erzählt? Stand die wirklich einer Beziehung zu einer Nichtjüdin im Weg?

Eva wischte die Gedanken beiseite, nahm Lucas Unterlagen aus ihrer Tasche und breitete sie auf ihrem Schreibtisch aus. Doch während sie versuchte, darin zu lesen, musste sie immer wieder an Ben denken. Wie schade, dass er nicht hier lebte, so religiös war und kein Single. Sie fand es seltsam, dass es für ihn ein Problem war, dass sie keine Jüdin war, heutzutage gab es doch jede Menge gemischte Beziehungen. Außerdem wollte sie ihn ja nicht gleich heiraten.

Doch vielleicht mochte er sie wirklich und hatte ihr die Wahrheit gesagt, um sie nicht zu verletzen?

Sie öffnete die Textdatei mit der Reportage über Grete und fasste zusammen, was sie heute gehört hatte. Als sie fertig war, schrieb sie eine E-Mail an Luca und hängte das Dokument an. Sie wollte schon auf Senden drücken, als ihr ein Gedanke kam. Vielleicht würde Luca einen tieferen Einblick in ihren Schreibstil bekommen, wenn sie noch den Link zu ihrem Blog einfügte, in dem sie jahrelang Texte über Urlaubsreisen und Ausflüge geschrieben hatte. Seit sie als Volontärin arbeitete, lag der Blog brach. Aber einige der Beiträge fand sie immer noch großartig. Kurz entschlossen fügte sie den Link in die E-Mail ein.

Es war bereits dunkel, als ihr Telefon klingelte. Es war Ben. Sie seufzte und überlegte kurz, ob sie den Anruf einfach ignorieren sollte. Besser wäre das wohl gewesen, doch sie konnte nicht widerstehen. Wahrscheinlich wollte er noch einmal mit Grete sprechen und brauchte sie als Vermittlerin.

„Hallo, Eva. Hier ist Ben."

„Ich weiß", sagte sie.

Er druckste erst etwas herum, doch dann platzte er heraus: „Ich würde mich gerne noch einmal mit dir treffen."

„Warum? Ich dachte, du hast bereits alles gesagt."

„Bitte gib mir noch eine Chance."

„Du musst dich nicht erklären. Das hast du schon getan."

„Bitte lass uns zusammen einen Kaffee trinken."

Sie seufzte. „Wann?"

„Jetzt?", fragte er.

Sie dachte nach. Sollte sie so schnell nachgeben? Andererseits wusste sie nicht, wie lange er noch in Heidelberg bleiben würde.

„Wo?", fragte sie.

Er schlug das Café Sehnsucht vor, ihr Lieblingscafé. Dabei war sie sich sicher, dass sie es ihm gegenüber noch nie erwähnt hatte.

„Woher kennst du das Café?", fragte sie.

„Ich hab einfach mal bei Trip Advisor geschaut. Es sah aus wie ein Ort, an dem es dir gefallen könnte."

Sie musste schmunzeln. „Wir treffen uns in dreißig Minuten dort", sagte sie.

Er mochte sie, das war klar, sonst hätte er nicht angerufen. Was er gesagt hatte, war also nicht nur eine Ausrede gewesen, um sie loszuwerden. Aber was wollte er ihr nun sagen? Sie war gespannt darauf, es zu erfahren.

KAPITEL 15

Sie sah ihn schon von der anderen Straßenseite aus. Er saß am Fenster und nippte an einer Teetasse. Dabei notierte er etwas in ein Buch oder Heft. Immer wieder blickte er aus dem Fenster. Ob er sie schon entdeckt hatte?

Eva überquerte die Straße und betrat das Café. Es war viel los an diesem Abend. Fast alle Tische waren besetzt, es roch nach warmem Essen, Tee und Kaffee. Sobald er sie entdeckte, stand Ben auf und begrüßte sie.

„Schön, dass du gekommen bist." Er wirkte wie ein Schuljunge bei seiner ersten Verabredung. Etwas unbeholfen nahm er ihr den Mantel ab. Eva schmunzelte belustigt.

„Was möchtest du trinken?", fragte er. Er klang aufgeregt.

„Ich nehme einen Tee, aber ich habe auch großen Hunger."

„Bestell dir, was du möchtest", entgegnete er.

„Entschuldige, aber was ist eigentlich los mit dir?"

„Wie meinst du das?"

„Mal umgarnst du mich und dann bist du im nächsten Moment total abweisend."

„Das tut mir leid." Er sah sie erschüttert an. „Ich gebe zu, ich habe mich wie ein Idiot benommen."

„Das stimmt."

Laura kam, um sie zu bedienen. Sie begrüßte sie freundlich und sagte: „Eva, die Küche hat heute mal was Neues probiert: hausgemachte Falafel. Die kann ich nur empfehlen, sie sind super lecker!"

Eva grinste und erklärte: „Ben hier kommt aus Israel, dem Falafel-Land, und außerdem haben wir gerade gestern eine Portion verspeist."

Laura lächelte. „Dann Pfälzer Kartoffelsuppe, mit oder ohne Würstchen?", schlug sie vor.

„Für mich bitte mit Würstchen", sagte Eva.

„Ich nehme nur die Suppe, ohne Würstchen."

Nachdem Laura gegangen war, sah Eva Ben fragend an. „Wenn du gläubig bist und dich koscher ernährst, wie kannst du dann überhaupt in einem normalen Restaurant essen?"

Er lachte und meinte: „Du hast dich wohl informiert? Ich bin zwar kein ultraorthodoxer Jude, aber ich bin gläubig. Wenn ich im Ausland bin, versuche ich die Regeln, so gut es geht, einzuhalten, mich aber nicht verrückt zu machen. Sonst dürfte ich nur Wasser trinken."

Eva grinste. Im gleichen Moment brachte Laura ihren Tee.

„Ich habe tatsächlich ein bisschen über das

Judentum recherchiert", sagte Eva. „Aber das mit der Freundin konnte ich nicht recherchieren."

Er räusperte sich. Hätte sie das nicht erwähnen sollen? Zu spät, manchmal war ihre Zunge einfach schneller als ihr Verstand. Vielleicht hätte sie ihm die Gelegenheit geben sollen, das Thema von sich aus anzusprechen.

„Ja, ich habe tatsächlich eine Freundin in Israel. Wir sind seit einem Jahr zusammen und na ja, sie ist ganz nett und wir verstehen uns gut."

„Und ihr wollt bald heiraten?", fragte sie.

Er schüttelte den Kopf. „Am Anfang schien es so, als wäre sie die perfekte Frau für mich. Sie studiert Gartenbau und hat ein echtes Händchen für Pflanzen. Aber irgendwie gehen uns in den letzten Monaten die Gesprächsthemen aus ..." Er hielt inne und sah sie an. „Sie fand meine Reise nach Deutschland auch ziemlich beknackt. Sie kann gar nicht verstehen, dass ich das Land meiner Vorfahren besuchen möchte, nach allem, was die Nazis uns angetan haben. Und dann habe ich dich getroffen." Er lächelte schüchtern. „Schon in der Straßenbahn fand ich dich klasse. Du warst so mutig. Und du bist wunderschön."

Sie lachte. „Yeah, Wonderwoman."

„Als du dann noch von Grete erzähltest, fühlte es sich an wie Schicksal, dass wir uns begegnet sind." Er wirkte unsicher. „Ich hoffe, ich erschrecke dich nicht?"

„Ich höre zu", antwortete Eva schlicht.

„Mir gefällt alles an dir, dein Lachen, dein Humor, deine Neugier. Was soll ich sagen, ich habe mich in dich verliebt."

Eva sah ihn mit großen Augen an. „Und jetzt?"

„Ich glaube, du magst mich auch."

Da Eva nicht wusste, was sie darauf sagen sollte, nippte sie nur verlegen an ihrem Tee.

„Aber da ist dieses große Problem, dass ich nur eine jüdische Frau heiraten kann."

„Warum sprichst du überhaupt von heiraten? Wir kennen uns doch kaum", wandte sie ein.

„Natürlich, aber ich fände es unfair dir gegenüber, eine Beziehung mit dir anzufangen, die keine Zukunft hat. Und ich weiß auch nicht, ob ich es übers Herz bringen würde, mich wieder von dir zu trennen, wenn wir erst mal zusammen sind."

Sie wusste nicht, was sie darauf sagen sollte. Alles wirkte banal, wenn es um etwas so Grundsätzliches ging, wie es der Glaube offensichtlich für Ben war. Aber neben allem, was er gesagt hatte, hallte der eine wichtige Satz in ihrem Kopf nach. *Ich habe mich in dich verliebt.*"

„Hast du dich wirklich in mich verliebt?", fragte sie.

Wieder nickte er. In diesem Moment kam Alex mit der Suppe und verschaffte ihnen eine Bedenkpause.

„Und wie gehen wir jetzt damit um?", fragte Eva schließlich.

Ben sah sie traurig an. „Ich weiß nicht, deshalb benehme ich mich ja so seltsam. Mal denke ich: Lass uns den schönen Moment genießen! Und im nächsten Augenblick habe ich dann wieder ein schlechtes Gewissen."

„Wenn ich das richtig sehe, haben wir zwei Probleme. Zum einen hast du eine Freundin und zum anderen dürftest du aus religiösen Gründen nichts mit mir anfangen."

Er nickte.

„Wenn ich Jüdin wäre, was würdest du dann tun?"

„Mit meiner Freundin Schluss machen", sagte er, ohne auch nur einen Moment zu zögern.

Sie musste unwillkürlich lächeln und gab zurück: „Nun, das müsstest du eigentlich ohnehin, denn wenn du dich in andere Frauen verlieben kannst, ist die Basis vielleicht nicht so gut."

„Du bist wirklich sehr direkt", bemerkte er und zwang sich zu einem Lächeln.

„Das habe ich von meinem Vater geerbt, entschuldige."

„Nein, nein, ich schätze das sehr und du hast recht."

Er tat ihr irgendwie leid, denn er wirkte ziemlich unglücklich mit der Situation.

„Es ist aber auch nichts Ungewöhnliches, dass man sich in jemand anderen verguckt. Das passiert häufig", sagte Eva. „Zumindest in längeren Beziehungen. Da muss man sich dann überlegen, ob es die neue Person wert ist, dass man dafür die alte Beziehung einfach beendet."

„Ist es dir schon einmal passiert?", erkundigte er sich.

„Nein."

Sie nahm einen Löffel Suppe, dann korrigierte sie sich: „Obwohl, in der ersten Klasse habe ich meinen Freund verlassen, weil ein anderer immer mit mir seine leckeren Kekse geteilt hat."

Ben lachte. „So, so, mit Süßigkeiten kann man dich also erobern."

Sie grinste und zuckte mit den Schultern. Eine ganze Weile sagten sie nichts, sondern löffelten schweigend ihre Suppe. Doch die wichtigste Frage spukte die ganze

Zeit in Evas Kopf herum und ließ ihr keine Ruhe. Sie betrachtete ihn genauer. In seinem sonst glatt rasierten Gesicht waren Stoppeln zu erkennen. Das stand ihm gut. Überhaupt, äußerlich gefiel ihr wirklich alles an ihm. Das dichte, kurze Haar, sein Lächeln ...

Sie seufzte: „Der zweite Aspekt, diese Sache ist nicht so schnell zu lösen."

„Nein", antwortete er bedauernd.

Eva hatte plötzlich das Bedürfnis, über etwas Belangloses zu sprechen und fragte: „Gibt es in Israel auch koschere Würstchen?"

Ben nickte.

„Das hier sind übrigens Hähnchenwürstchen", erklärte sie. „Hättest du ruhig essen können."

Er lachte. „Von Fleisch lasse ich hier lieber die Finger."

„Du bist ein Mann mit Prinzipien, das finde ich gut."

„So bin ich aufgewachsen, aber die meisten Israelis beachten die koschere Ernährungsweise nicht."

„War Emil auch so gläubig?"

Ben schüttelte den Kopf. „Eher nicht, aber meiner Mutter ist das wichtig und sie hat auch meinen Vater bekehrt."

Eva lächelte und Ben erzählte von seinen Eltern, seiner behüteten Kindheit. Sie berichtete von sich. Dann verglichen sie ihre Eltern miteinander und ehe sie sichs versahen, war das Café Sehnsucht dabei, zu schließen. Ben bezahlte und sie traten hinaus auf die Straße. Es war dunkel und es waren kaum Menschen unterwegs.

„Lass uns noch einen Spaziergang machen, ich bringe dich nach Hause", schlug er vor.

„Und dann?", fragte sie kokett.

„Ich möchte in deiner Nähe bleiben und da laufe ich auch gerne mit dir nach Hause oder hoch zum Schloss."

Eva lachte und hängte sich bei ihm ein. „Darf ich das?"

Er sah sie an. „Sehr gerne."

„Wir müssen ja kein Paar sein, wir können diese Zeit, in der du da bist, einfach genießen." Er sah sie an, ohne etwas zu sagen. Was er wohl dachte? „Ich meine nicht in sexueller Hinsicht, aber vielleicht wie ein altes Ehepaar?", fügte sie hinzu.

Er lächelte. „Wie ein altes Ehepaar."

Er nahm ihre Hand und hielt sie fest. Seine Finger verwoben sich mit ihren und sie fühlte sich geborgen. Es fühlte sich an, als würden plötzlich kleine Ameisen ihren Arm emporkrabbeln und sie bekam Gänsehaut. Schweigend gingen sie die drei Kilometer bis zu ihr nach Hause.

Als sie die Alte Brücke überquerten, blieb Eva stehen und flüsterte: „Lass uns ein Erinnerungsfoto machen."

Und so machten sie ihr erstes Selfie mit dem beleuchteten Schloss im Hintergrund, als Beweis, dass sie gemeinsam hier gewesen waren. Es war kalt und außer ein paar betrunkenen Studenten war kaum jemand unterwegs. Der Vollmond spiegelte sich im dunklen Wasser.

Nachdem sie die Fotos geknipst hatten, meinte Eva: „Ein altes Ehepaar gibt sich auch ab und zu einen Kuss."

Er nickte, beugte sich vorsichtig zu ihr hinab und berührte ganz zart ihre Lippen. Er schmeckte nach Pfefferminztee, seine Hände umfassten ihr Gesicht.

„Du bist wunderschön", sagte er.

Sie gab ihm noch einen Kuss, nahm seine Hand und sie gingen weiter. Sie ahnte in diesem Moment, wie es Eva und Emil innerlich ergangen sein musste.

Am nächsten Morgen trafen sie sich wieder bei Grete, die ihnen den nächsten Abschnitt der Geschichte erzählte.

KAPITEL 16

Ende Oktober 1938

Eva wohnte mit ihren Eltern seit zwei Jahren in einem schönen Einfamilienhaus. Nach dem Röhm-Putsch im Jahr 1934 war die gesamte Führungsriege der Sturmabteilung verurteilt, fast zweihundert der wichtigsten Männer hingerichtet, und die Einsatzgebiete der SA eingeschränkt worden. Hitlers einst so mächtige Schlägertruppe war nun hauptsächlich dafür gut, den militärischen Nachwuchs auszubilden. Doch das hatte Alberts Karriere eigentlich nur genutzt, denn dieser war in der neuen SA schnell zum Obergruppenführer aufgestiegen und hatte auf diesem Weg einen Posten als stellvertretender Polizeichef erhalten. Seitdem ging es ihnen gut. Evas Mutter war nun eine Dame, sie musste sich nicht mehr ums Geld sorgen.

Eva half gerade ihrer Mutter dabei, einen Teppich zu reinigen, als der Vater hereinkam.

„Siehst du, Hanne, der Führer hat sein Versprechen gehalten, uns geht es gut."

Evas Mutter sah ihren Mann an und lächelte. „Ich habe immer an dich geglaubt, Albert."

Eva wurde ganz schlecht. Sie ertrug es kaum, dass ihre Mutter so abhängig von ihrem Vater war und keine eigene Meinung hatte. Sie konnte es sich nicht verkneifen, zu sagen: „Wir wohnen in einem fremden Haus und die Möbel gehören uns nicht, nicht einmal dieser Teppich hier."

Albert, der stolz wie ein Pfau in seiner Uniform im Türrahmen stand, fragte gereizt: „Was meinst du damit?"

Bevor Eva weitersprechen konnte, antwortete ihre Mutter rasch: „Nichts, nichts, alles ist gut, du kommst zu spät zur Versammlung, mein Schatz."

„Das alles habt ihr mir zu verdanken! Ohne mich würden wir immer noch in der kleinen Bruchbude wohnen und du, Hanne, würdest bei deiner Schwester um milde Gaben betteln." Er lächelte siegessicher. „Wir haben jetzt sogar mehr Geld als deine Schwester und ihr hochnäsiger Mann."

Johanna nickte bei seinen Worten und lächelte ihn beschwichtigend an. Eva dagegen hätte ihn am liebsten angeschrien und wäre hinausgerannt, doch sie hielt sich zurück. Stattdessen konzentrierte sie sich darauf, den schönen Wollteppich nur ganz leicht zu befeuchten und dann den Schmutz sanft herauszureiben. Sie hasste es, in einem Haus zu leben, das die Vorbesitzer nicht freiwillig verlassen hatten.

Nachdem ihr Vater hinausgegangen war, sah sie ihre Mutter an und sagte: „Mama, im Krankenhaus gibt es Zimmer für Krankenschwestern. Wenn ich dort wohnen würde, müsste ich nicht immer so viel durch die Gegend fahren."

Ihre Mutter sah sie entsetzt an. „Was? Du willst uns verlassen?"

Eva verdrehte die Augen. „Nein, natürlich nicht, aber ich arbeite so oft bis spät am Abend und dann ist es einfach zu gefährlich, noch nach Hause zu fahren."

Ihre Mutter wandte ein: „Dein Vater würde das nicht gutheißen."

„Ab und zu hört er aber auf dich. Es wäre wirklich sicherer."

„Du hast doch hier alles, was du brauchst."

Ihre Worte trieben Eva Tränen der Wut in die Augen.

Ihre Mutter nickte verstehend und sagte: „Ich weiß, was der Grund ist. Du magst das Haus nicht."

„Richtig! Ich mag es nicht, warum auch, es ist ein gestohlenes Haus. Wie soll ich mich hier wohlfühlen? Stört es dich etwa nicht?"

Sie sah ihre Mutter vorwurfsvoll an.

„Dein Vater sagt, es ist nicht gestohlen. Wir zahlen schließlich Miete."

„An wen zahlt ihr Miete? An die jüdischen Besitzer? Die mussten es bestimmt völlig unter Wert verkaufen, um dann aus diesem schrecklichen Land zu fliehen."

Ihre Mutter protestierte. „Deutschland ist kein schreckliches Land, wir bekommen nur, was uns gehört. Seit der Führer an der Macht ist, herrscht endlich Ordnung hier."

Eva nickte. „Indem er deutsche Juden rausekelt und wie Menschen zweiter Klasse behandelt."

„Sie haben es bestimmt nicht anders verdient", antwortete ihre Mutter leise und widmete sich wieder dem Teppich, als wäre nichts geschehen.

Eva beobachtete sie dabei. Ihre Mutter war so glücklich, endlich in einem Traumhaus zu leben, dass sie die äußeren Umstände einfach ausblendete. Plötzlich fühlte sich Eva furchtbar einsam, fast wie eine Waise. Ihrem Vater hatte sie sich noch nie wirklich nah gefühlt, aber jetzt war auch noch ihre Mutter, die sich immer so liebevoll um sie gekümmert hatte, plötzlich wie eine Fremde für sie. War sie schon immer so gewesen? Hatte sie noch nie eine eigene Meinung gehabt?

In diesem Moment wurde Eva bewusst, dass ihre Eltern in diesem furchtbaren Spiel zu den Bösen gehörten. Tiefe Traurigkeit erfasste sie. Etwas in ihr zerbrach, als ihr klar wurde, dass ihre Mutter nur an sich dachte und ihr das Leid der Unterdrückten egal war. Sie unterstützte sogar dieses Unrechtsregime. Ihre Beziehung würde nie mehr so sein wie früher.

„Soll ich den Teppich ganz alleine reinigen?"

Vorwurfsvoll sah Johanna ihre Tochter an. Eva fragte sich, ob ihre Mutter irgendetwas von ihrer Gefühlswelt wahrnahm.

„Komm, hilf mit", mahnte sie.

Eva wischte lustlos an dem Teppich herum. Ihr wurde schmerzlich bewusst, dass sie sich ihrer Mutter nicht anvertrauen konnte, niemals. Sie durfte niemals von Emil erfahren.

Nachdem der Teppich gereinigt war, murmelte Eva: „Ich gehe kurz spazieren."

Ziellos irrte sie durch die Stadt und mit einem Mal fand sie sich in der Straße wieder, in der sie als Kind mit Emil und Grete gespielt hatte. Langsam ging sie weiter, bis sie zu dem Haus der Rosenbaums kam. War Emil vielleicht daheim? Aber es war zu gefährlich, zu ihm zu gehen.

Am Straßenende stand die Kirche, die in ihrer Kindheit ihr zweites Zuhause gewesen war. Ob es Zufall oder Fügung war, plötzlich entdeckte sie dort Onkel Frido, der gerade zum Pfarrhaus ging. Sie lief auf ihn zu und er umarmte sie zur Begrüßung. Ihr Onkel schien um Jahre gealtert, seit sie ihn das letzte Mal gesehen hatte. Er war blass und dünn und hatte viele Falten auf der Stirn. Dennoch strahlte er sie an.

„Evchen, wie geht es dir?"

Sie lächelte zurück: „Gut, Onkel Frido."

„Wie läuft es in deiner Ausbildung?"

„Es ist anstrengend, aber es macht mir Spaß."

„Du musst uns mal wieder besuchen kommen", sagte er.

„Sehr gerne."

„Und deine Eltern?" Sie merkte, dass es ihm bei dieser Frage schwerfiel, zu lächeln. Eigentlich wollte sie nur sagen: *„Es geht ihnen gut"*, doch sie schaffte es nicht. Stattdessen kamen ihr die Tränen.

„Evchen, was ist los? Sind sie krank?"

Eva lehnte sich an ihren Onkel und begann zu schluchzen.

„Komm."

Fridolin führte sie in die Kirche, die menschenleer war.

„Was ist los, Eva, ist jemand krank?", fragte er noch einmal leise. Sie schüttelte den Kopf.

Er reichte ihr sein gebügeltes weißes Taschentuch.

„Danke", schluchzte sie und versuchte, den Tränenfluss zu stoppen.

Ihr Onkel saß schweigend neben ihr und sagte nichts. Als erfahrener Seelsorger wusste er, dass Schweigen manchmal Gold ist.

Nachdem Eva sich beruhigt hatte, bekannte sie: „Ich halte es nicht mehr aus mit meinen Eltern."

Er streichelte ihr übers Haar. „Das verstehe ich, ein feinfühliger Mensch wie du."

„Da ist noch etwas", sagte sie.

Sie erzählte ihm von Emil und er nickte verstehend.

„Komm, lass uns ein wenig spazieren gehen", schlug ihr Onkel vor. „Etwas frische Luft wird uns guttun."

Während sie durch menschenleere Straßen gingen, sagte er: „Ich wollte Emils Vater so gerne helfen, aber es gab nichts, was ich hätte tun können. Wie geht es ihm?"

„Schlecht. Er wird das Krankenhaus wohl nicht lebend verlassen."

„Ich werde alles tun, was in meiner Macht steht, um wenigstens seinem Sohn beizustehen. Es ist, als ob wir uns in der letzten Zeit mitten in der Hölle befänden", sagte Frido gequält und blickte nach vorn. „Die wenigsten Menschen scheinen den Ernst der Lage und diese Unmenschlichkeit zu begreifen."

Eva nickte.

„Ihr könnt euch gerne im Pfarrhaus treffen, wenn ihr ungestört sein wollt", schlug ihr Onkel vor. „Wir haben doch den Schuppen hinter dem Haus. Ich lege euch den Schlüssel unter einen Stein."

„Wirklich?", fragte Eva.

„Aber gebt euch nicht dem Fleisch hin", warnte ihr Onkel.

„Onkel, natürlich nicht", antwortete Eva sofort.

Doch es würde ihr schwerfallen, sehr schwer, sich an dieses Versprechen zu halten, das wusste sie, denn in den letzten Tagen hatte sie bei jeder kleinen, unbedeutenden Berührung ihrer Hände oder Schultern eine Leidenschaft und ein unbändiges Verlangen gespürt, ihm körperlich nah sein.

Am Abend traf sie Emil wieder auf dem Bergfriedhof. Sie sah schon von Weitem, dass er niedergeschlagen war.

„Was ist passiert?"

„Mein Vater ist gestorben. Sie konnten nichts mehr für ihn tun", erzählte er mit belegter Stimme.

Sie nahm ihn in den Arm, um ihn zu trösten. Die meiste Zeit schwiegen sie und Eva streichelte nur still seine Hand.

Wolken kündigten Regen an, deshalb verabredeten sie sich für den nächsten Tag im Pfarrhaus. Eva wartete schon, als Emil sich in den Schuppen schlich. Sie sagten sich Gedichte auf und versuchten, nicht von der Realität zu sprechen, dafür war die kurze Zeit, die sie miteinander hatten, viel zu kostbar. Sie träumten gemeinsam von einer Zukunft in einem anderen Land oder in einem Deutschland ohne Hitler. Er würde Anwalt werden und sie Ärztin und gemeinsam würden sie für die Unterdrückten einstehen.

Während sie sprachen, berührte Emil immer wieder ihre Hand und streichelte sie mit seinen langen Fingern. Eva fühlte sich wie unter Strom, sie wusste nicht, wie sie diesem Verlangen noch lange widerstehen sollte.

Am Abend begann sie, ihre Wünsche nach mehr Berührung niederzuschreiben. Die Vorstellung, wie er mit seinen Fingern nicht nur ihre Hand berührte, sondern andere Teile ihres Körpers, lähmte sie beinahe beim Schreiben. Es fühlte sich fast so an, als ob er da wäre. Als sie fertig war, steckte sie den Zettel ein und überlegte hin und her, ob sie ihn Emil geben sollte oder nicht. Bei ihrem nächsten Treffen im Schuppen zwischen Holzscheiten und Werkzeug auf einer ausrangierten Bank steckte sie ihm den Zettel zu.

„Lies das, wenn du alleine bist. Aber lach nicht über mich“, sagte sie und sah ihn fast ängstlich an.

Er küsste ihre Hand. „Das würde ich niemals tun.“

Bei ihrem nächsten Treffen hatte sich Emil verändert. Seine Augen glitzerten, als er sich neben sie auf die alte Bank setzte. Eva bot ihm Kekse an, doch er lehnte ab.

Stattdessen sah er ihr in die Augen und sagte: „Seit ich dein Gedicht gelesen habe, träume ich jeden Augenblick davon, wie es ist, dich zu berühren. Ich wünsche mir nichts mehr als das.“

Sie nahm seine Hand und fragte leise: „Es geht dir also genauso?“

Er nickte. „Ich wünsche mir noch viel mehr, ich wünsche mir, so mit dir zusammen zu sein wie ein Mann mit seiner Frau.“

Röte stieg ihr ins Gesicht. „Wenn wir verheiratet sind“, flüsterte sie.

Er seufzte. „Hier können wir nicht heiraten.“

„Wir werden hier auch ganz sicher nicht leben. Das

ist nicht mehr unsere Heimat. Wir brauchen das hier nicht, wir brauchen nur uns", antwortete sie bestimmt. Er lächelte, doch sie merkte, dass er nicht glücklich damit war. Er gab ihr einen Zettel und sie sah ihn fragend an.

„Lies ihn, wenn du allein bist", sagte er.

Sie genossen noch eine Weile die Nähe des anderen, dann verließ er als Erster den Schuppen. Kurz darauf ging Eva zu ihrem Onkel, der gerade in der Sakristei Papiere sortierte.

„Er ist weg, Onkel. Danke."

Er sah sie an. „Evchen, pass auf dich auf."

Sie errötete, doch sie nickte. Nachdem sie sich verabschiedet hatte, ging sie langsam die Straße hinunter. Den Zettel hielt sie fest in der Hand. An der nächsten Parkbank entfaltete sie das Blatt, das er wohl aus einem Heft herausgerissen hatte. Sie fuhr mit der Hand sanft über die Seite und las dann die Worte, die er in seiner wunderschönen Handschrift geschrieben hatte.

Meine Geliebte,

Durch deinen Brief machst du mich zum glücklichsten Mann. Wir empfinden dasselbe. Jeden Moment träume ich davon, neben dir zu liegen und dich zu berühren, deinen Hals, deine Brüste, deinen Bauch. Ich stelle mir uns vor, nackt am Neckarufer, und nur der Mond ist unser Zeuge. Ich spüre deinen warmen, weichen Körper und lasse dich nie wieder los. Und wir lieben uns. Nicht nur mit Worten, sondern wie es Liebende tun. Ich atme deinen Duft ein, während ich deine Brüste küsse, und gleite weiter an deinem Körper hinunter, bis ich an der Stelle bin, wo wir uns vereinen. Ich möchte dich jetzt spüren und weiß, es geht

nicht. Es ist nur ein Traum der Zukunft. Doch die Zukunft
wird kommen, bestimmt. Wir müssen geduldig sein.

Du bist die Einzige, die ich liebe.

E.

Während sie die Zeilen las, entstanden Bilder in ihrem Kopf und eine Art Fieber erfasste sie. Sie wusste nicht, wie lange sie es noch aushalten würde, nur seine Hand zu halten. Doch was konnte sie sonst tun?

Ihr Kopf sagte ihr ganz klar: *Hör nicht auf deine Gefühle, das ist zu gefährlich.* Doch das Fieber drängte sie, ihn sofort zu sehen, egal wo, und genau das zu tun, wovon er geschrieben hatte. Alles andere um sie herum nahm sie nicht mehr wahr.

KAPITEL 17

Anfang November 1938

Die nächsten Tage erlebte Eva in einer Art Traumzu-
stand. Die schwere Arbeit und alles andere erledigte sie,
ohne innerlich wirklich involviert zu sein. Ihre Eltern
wollten über das Wochenende verreisen, es gab eine
Veranstaltung der Partei im Schwarzwald für treue
Mitarbeiter samt Gattinnen. Eva blieb alleine zu Hause.
Ihre Mutter, die noch nie an einer solchen Veranstaltung
teilgenommen hatte, war furchtbar aufgeregt. Sie packte
den Koffer so voll, als ob sie mehrere Wochen abwesend
sein würde, und redete unaufhörlich auf Eva ein.

„Mama, beruhige dich, ihr seid nur bis übermorgen
weg", versuchte Eva, sie zur Vernunft zu bringen.

Ihr Vater verdrehte nur die Augen. Als die Eltern
weg waren, atmete Eva auf. Endlich war sie allein!

Ihr Blick schweifte durch das Haus, in dem sie sich

so unwohl fühlte. Obwohl alles elegant und geschmackvoll war, hatte sie das Gefühl, die alten Holzmöbel würden sie misstrauisch beobachten. Wer hatte wohl vorher hier gewohnt? Und wo waren die einstigen Bewohner jetzt? Wie war es ihnen ergangen? All diese Gedanken ließen sie nicht zur Ruhe kommen. Während sie den schweren Teppich betrachtete, den sie kürzlich gemeinsam mit der Mutter gereinigt hatte, kam ihr eine Idee. Ihr Herz schlug auf einmal so stark, dass sie ihre Hand darauflegen musste, um es zu beruhigen.

Es war bereits nach Mitternacht. Kaum ein Licht brannte in den Nachbarhäusern, als Eva gemeinsam mit Emil das Haus über den Hintereingang betrat. Vorsichtig schloss sie die Tür auf, zog Emil hinein, sah sich noch einmal um und verschloss dann die Tür. Sie hatte bereits alle Fensterläden geschlossen, daher konnte sie das Licht anschalten. Mit einem Seufzer lehnte sie sich gegen die Wand. Geschafft!

„Und deine Eltern sind wirklich nicht da?", fragte er. Sie schüttelte den Kopf. „Du weißt, was passieren würde, wenn sie mich hier finden würden."

Sie legte den Finger auf seine Lippen. „Das werden sie nicht."

Sie nahm seine Hand und führte ihn in ihr Zimmer. Er sah sie unsicher an, wie ein Kind, das nicht weiß, was es erwartet. Sie lächelte und gab ihm einen Kuss. Das erste Mal, seit sie sich trafen, hatte sie keine Angst, dass jemand sie entdecken könnte, sie fühlte sich frei und unbeobachtet. Emil hatte immer noch seinen Mantel und die Mütze an. Sie knipste ihre Nachttischlampe an. Seine Wangen waren gerötet und sein Atem ging schnell.

„Danach sehne ich mich schon so lange", flüsterte

sie in sein Ohr und begann, sich auszuziehen, bis sie schließlich nur noch in ihrer Unterwäsche und dem leichten Unterkleid vor ihm stand.

Emil starrte sie wortlos an. Eva hatte das Gefühl, ihr Herz würde gleich herausspringen und sie war angespannt, denn er hatte bisher nicht reagiert und das verunsicherte sie.

Doch jetzt, als würde er gerade erst wach werden, kam Emil auf sie zu. Er streichelte ihren Hals und dann ihre Schultern. Dabei fielen die dünnen Träger des Unterkleides herab und entblößten ihre Brüste.

Emil schluckte und sah sie unsicher an. Doch Eva nahm seine Hand und legte sie auf ihre linke Brust. In diesem Moment schien seine Schüchternheit zu verfliegen. Hastig zog er Hemd und Hose aus und Eva streifte ihr Unterkleid ab. Dann half sie auch Emil, die letzten Kleidungsstücke loszuwerden. Eva konnte in Emils Augen dasselbe Feuer entdecken, das in ihr loderte. Keinem der beiden reichten die schüchternen Küsse mehr aus.

Er begann, ihre Schulter zu küssen, dann die Brüste und Eva seufzte schon in dem Moment, als seine Lippen ihre Brustwarze berührten. Sie hielt sich an ihm fest, legte ihren Kopf auf seinen, während er sie immer weiter liebkoste.

Sie gaben sich einander hin ohne Hintergedanken, nur in der Erwartung, mehr vom anderen zu bekommen. Sie liebten sich immer wieder und entdeckten neue Orte an ihren Körpern, die sie nur durch eine kleine Berührung zur Ekstase führten. Eva wünschte, dass diese Nacht niemals enden möge, doch schließlich schliefen sie erschöpft auf ihrem engen Bett ein. Es war bereits zehn Uhr, als die Sonnenstrahlen durch die dunkelgrünen Fensterläden schienen und Evas Nasenspitze kitzelten. Als sie ihre Augen öffnete, sah sie, dass Emil sie beobachtete.

„Guten Morgen", sagte er.

„Guten Morgen", erwiderte sie.

„Das war die schönste Nacht meines Lebens", hauchte er, fast als hätte er Angst, jemand könnte mithören und ihnen das Glück verderben. Sie nickte.

„Ich möchte dich so gerne heiraten, damit wir uns nicht mehr verstecken müssen", seufzte er.

Eva strich ihm durchs Haar. „Das ist leider nicht möglich, das weißt du."

„Wir müssen einen Weg finden, diese Nacht soll doch nicht die erste und letzte bleiben!", rief er aufgebracht.

„Nein, das wird sie nicht."

Als ob er ihr nicht glauben könnte, begann er wieder, sie zu küssen, und sie genoss jede seiner Berührungen. Als sie erneut auf ihren kleinen Wecker sah, war es schon zwölf Uhr.

„Ich mache uns etwas zu essen", sagte sie.

Er gab ihr einen Kuss auf die Nase und ging ins Badezimmer, um sich frisch zu machen. Sie machte überall im Haus die Fensterläden auf, damit die Nachbarn nicht misstrauisch wurden. Draußen waren nicht viele Menschen unterwegs, dennoch mussten sie sehr vorsichtig sein, keiner durfte ihn sehen. Sie folgte ihm ins Bad, wo er sich gerade die Zähne putzte, und ließ Wasser in die Badewanne laufen.

„Komm", forderte sie ihn auf und deutete auf die Wanne.

Emil war sehr schlank, dennoch waren unter seiner Haut deutlich die Muskeln zu erkennen. Er hatte kaum Brusthaare und das gefiel ihr. Sie musste an ihren Vater denken. Wenn er im Unterhemd im Garten arbeitete, konnte sie sehen, dass er einen richtigen Teppich auf seinem Körper trug.

Der warme Dampf des fließenden Wassers war einladend. Sie stieg ein. Das warme Wasser war wohltuend, sie tauchte ihren Kopf unter und er küsste sie, während sie unter Wasser war. Später saßen sie sich gegenüber und er streichelte ihre Füße. Sie wusch ihm die Haare und seifte ihn ein, dabei stieg der Duft der Lavendelseife in ihre Nase. Sie bespritzen sich gegenseitig mit Wasser wie zwei kleine Kinder.

Nachdem sie fertig waren, gingen sie in die Küche und Eva briet Eier und machte Kaffee, während er Honigbrote schmierte. Beide hatten einen riesigen Appetit.

„So wird es sein, wenn wir verheiratet sind", sagte Emil und strahlte sie an.

Eva nickte und trank einen Schluck von ihrem Kaffee. Eine Weile hing jeder seinen Gedanken nach. Eva beobachtete ihn und war einfach nur unglaublich glücklich über diese letzten Stunden, die sie gemeinsam verbracht hatten.

Als sie dabei waren, das Geschirr abzuräumen, räusperte er sich und fragte leise: „Würdest du mit mir nach Frankreich gehen?" Dabei sah er ihr tief in die Augen, als ob er darin die Antwort finden würde.

Es dauerte eine gefühlte Ewigkeit, bis sie ihm antworten konnte, obwohl sie darüber in den letzten Tagen schon oft nachgedacht hatte.

Sie nickte und sagte: „Ja, ich würde dich begleiten. Aber vielleicht wird es hier auch bald besser. Diesen verrückten Zwerg wird doch einer aufhalten können!"

Zweifelnd sah er sie an. „Glaubst du das wirklich?"

Eva wurde plötzlich traurig, sie zuckte mit den Schultern. „Die Menschen können doch nicht so dumm sein und einfach alles tun, was er sagt. Dieser Schrecken muss einfach bald ein Ende haben", antwortete sie. Doch eigentlich glaubte sie es selbst nicht so richtig.

„Eva, sie wollten meinen Vater nicht einmal behandeln, und er hat sogar im Ersten Weltkrieg gedient." Emil liefen Tränen übers Gesicht und Eva setzte sich auf seinen Schoß und hielt ihn fest. „Zum Glück ist meine Mutter schon in Frankreich." Er küsste sie. Seine Worte und seine Verzweiflung rührten sie so sehr, dass ihr ebenfalls die Tränen kamen.

Er bat: „Bitte weine nicht. Ich bin froh, hier zu sein. Sonst hätten wir nicht diese wunderschöne Zeit gehabt. Für dich lohnt es sich, zu sterben."

Bei seinen Worten lächelte er, doch Eva fuhr ein Stich durchs Herz. Sie liebkosten sich noch ein wenig, dann räumten sie auf, damit ihre Eltern bei ihrer Heimkehr nicht bemerkten, dass sie Besuch gehabt hatte. Eva bezog ihr Bett neu und versorgte die schmutzige Wäsche. Später lagen sie gemeinsam auf dem weichen Teppich im Wohnzimmer, der noch nach der Seife roch, mit der sie ihn kürzlich gereinigt hatte. Sie empfand dabei so etwas wie Genugtuung oder Wiedergutmachung. Sie lag mit einem Juden auf dem Teppich, den diese unbekannte jüdische Familie hatte zurücklassen müssen. Emil erzählte sie nichts von diesen Gedanken, sie wollte ihn nicht bekümmern.

Sie drehte ihren Kopf zu ihm und sah ihn an. Zwischen ihnen war alles anders geworden. Ein Band war zwischen ihnen entstanden, unsichtbar und doch stark. Sie wussten, dass sie zusammengehörten, und nichts würde sie jemals trennen.

Sie liebten sich noch einmal an diesem Nachmittag, auf dem Teppich, der Evas Mutter so wichtig war. Es fühlte sich ein wenig nach Rache an und Eva grinste bei dem Gedanken. Als es dunkel wurde und die Familien in ihren Häusern beim Abendessen saßen, verabschiedeten sie sich.

Sie küssten sich zärtlich, dann zog Emil sich seine Mütze tief ins Gesicht und verschwand in der Dunkelheit.

Eva schloss die Tür hinter ihm, räumte noch ein wenig auf und legte sich schließlich ins Bett. Es fühlte sich leer an ohne ihn, doch sie spürte noch seinen Geruch in ihrer Nase und auf ihrem Körper. Vor ihrem inneren Auge spielte sie noch einmal den gemeinsamen Tag ab. Schon die Erinnerung daran löste in ihr eine tiefe Sehnsucht nach ihm aus. Egal was passieren würde, diesen Tag konnte ihnen niemand mehr nehmen. Mehr Glück brauchte sie nicht, als mit ihm zusammen zu sein. Sie fühlte sich vollständig, so als ob jemand ein fehlendes Puzzleteil hinzugefügt hätte.

Doch dann dachte sie an ihr Gespräch über die Flucht ins Ausland. Jetzt, wo Emil nicht da war, überkamen sie Ängste und Zweifel. Weggehen hieße, alles hinter sich zu lassen, die Familie, das Bekannte. Obwohl sie immer wieder davon geträumt hatte, in einem unbekannten Land ein schönes gemeinsames Leben mit ihm zu beginnen, fühlte es sich in diesem Moment unheimlich an. Hatte sie wirklich die Kraft, das durchzuziehen? Sie, die gehorsame Tochter und verantwortungsbewusste Krankenschwester? Sie seufzte. Vielleicht würde doch noch alles besser werden in Deutschland. Einige der Ärzte gaben die Hoffnung nicht auf. Ein Oberarzt hatte einmal zu ihr gesagt: „So dumm kann Deutschland nicht sein. Dieser Hitler wird sich nicht lange halten."

Andererseits gab es viele wie ihren Vater. Die Versammlungen der NSDAP waren gut besucht und viele vertrauten ihrem Führer voll und ganz.

Als ihre Eltern am nächsten Tag zurückkamen, erzählten sie begeistert von ihrer Reise. Vor allem ihre Mutter fühlte sich wie eine große Dame.

„Albert, ich muss mich neu einkleiden. Alle waren besser gekleidet als ich. Oder möchtest du, dass deine Frau in Lumpen auftritt?"

Er lachte und zog ein paar Geldscheine aus seiner Hosentasche. „Hier Herzchen, kauf dir was Schönes."

Dann sah er Eva an. „Brauchst du auch was zum Anziehen?"

Eva schüttelte den Kopf. „Ich bin die meiste Zeit in der Klinik, da reicht mein weißer Kittel."

Er lachte. „Da ist ja dann die Mutter besser angezogen als die Tochter."

„Hör auf, Albert, jahrelang hab ich alte und gebrauchte Sachen getragen, jetzt will ich auch mal ein Stück vom Kuchen haben."

Eva beobachtete beide und wieder überkam sie das Gefühl, zwei Fremde vor sich zu haben, deren Gespräche sie immer weniger ertragen konnte. Der Gedanke, mit Emil wegzugehen, fühlte sich auf einmal an wie eine Erlösung.

Am Montag, es war der siebte November, trafen sie sich wieder in Fridos Schuppen. Es war sehr schwierig für beide, sich körperlich nicht nahezukommen. Nachdem sie einmal erlebt hatten, wie schön es war, körperlich verbunden zu sein, kostete es sie viel Kraft, nicht wieder übereinander herzufallen. Aber Eva wollte das Vertrauen ihres Onkels auf keinen Fall missbrauchen. So verbrachten sie die nächste Stunde etwas verkrampft und debattierten sogar über das Wetter und die nahende Weihnachtszeit, nur um sich abzulenken. Als sie gehen wollte, hielt Emil sie an der Hand fest.

„Können wir uns woanders treffen?", fragte er.

„Bitte nicht wieder auf dem Friedhof."

„Vielleicht irgendwo im Wald?"

Sie ging in Gedanken ihren Wochenplan durch. „Ich habe am Sonntag frei, doch da sind zu viele Menschen unterwegs. Vielleicht nächsten Montag? Aber dann erst abends um acht?"

Er nickte. „So lange wir alleine sind."

Sie lächelte und ging.

Der Geruch von Zigaretten schlug ihr wie eine Wand entgegen, als sie durch die Tür ihres Elternhauses trat. Lautes Debattieren war zu hören. Ihre Mutter war in der Küche.

„Was ist hier los?", fragte Eva sie.

Ihre Mutter verdrehte die Augen und murmelte: „Dein Vater und seine Kumpanen."

Dann ging sie in den Garten, um die Grünabfälle auf den Kompost zu bringen.

Eigentlich wollte Eva nur schnell eine Suppe in der Küche essen und dann rasch in ihr Zimmer gehen, doch ohne es zu wollen, hörte sie das Gespräch der vier Männer mit.

„Denen ging es gut genug hier bei uns". „Weg mit dem Ungeziefer." Die Parolen verdarben Eva den Appetit. Sie kannte die Männer nicht und sah sie auch nicht, denn die Küchentür war nur einen Spalt breit offen. Eine tiefe Stimme sagte: „Beruhigt euch, Männer, die Anweisung von oben ist klar. Mittwochnacht werden wir uns wie folgt organisieren. Bis 22 Uhr haben sich alle Männer der Standarte im Vereinshaus zu versammeln. Dort warten wir ab, bis Goebbels seine Rede in München beendet hat. Danach ziehen wir in Gruppen durch die Stadt. Der Studentensturm wird sich um ein Uhr an der Synagoge versammeln und diese entzünden. Die restlichen Gruppen teilen sich die Geschäfte der Juden auf."

Ein Schauder lief Eva über den Rücken.

„Das ist eine großartige Chance für uns als SA!", hörte sie ihren Vater sagen. „Endlich dürfen wir wieder zeigen, was wir können. Der Führer vertraut uns wieder."

„Besser so", sagte ein anderer. „Wir sind immer noch über eine Million Mann im Deutschen Reich."

„Und die werden am Mittwoch alle auf der Straße sein!"

Eva wurde schlecht, als hätte sie etwas Verdorbenes gegessen. Doch sie beherrschte sich. Es war wichtig, ja lebenswichtig, zu hören, was sich da zusammenbraute. Doch irgendwann hielt sie es nicht mehr aus, sie musste in den Garten rennen, um sich zu übergeben. Ihr ganzer Körper zitterte. Vielleicht war das hier auch alles nur ein schlechter Traum. Hatte sie sich verhört?

Als sie in die Küche zurückkam, waren die Stimmen der Männer wieder leiser geworden. Sie schienen noch weitere Details zu besprechen. In diesem Moment kam Johanna zurück in die Küche.

„Eva, was ist los, du siehst so blass aus?"

„Ach nichts, ich hab mir wohl im Krankenhaus eine Magengrippe eingefangen. Ist schon wieder besser."

„Soll ich dir einen Tee machen?"

Sie nickte dankbar.

Um in ihr Zimmer zu gehen, musste sie an den SA-Leuten vorbei, die am Wohnzimmertisch saßen. Der Geruch von Männerschweiß gemischt mit Tabak sorgte erneut für Übelkeit. Hätte sie sich nicht bereits übergeben, wäre es wahrscheinlich in diesem Moment passiert.

Ihr Vater blickte kurz auf und bedeutete ihr mit seinem Blick, dass sie rasch gehen sollte. Sie konnte nur erkennen, dass die Männer Karten studierten und sich anscheinend die Gebiete aufteilten.

In ihrem Zimmer zog Eva sich um und legte sich ins Bett, aber sie konnte nicht schlafen. Die ganze Nacht überlegte sie, was sie tun sollte. Emil und seine Freunde mussten irgendwie gewarnt werden. Konnte das Unrecht noch irgendwie verhindert werden? Doch so sehr sie auch nachdachte, ihr fiel nichts ein. Die einzige Person, an die sie sich wenden konnte, war ihr Onkel Frido. Nur mit ihm konnte sie offen sprechen. Gleich morgen früh würde sie das tun.

Sie schluchzte, als ihr bewusst wurde, dass dieses Land nicht mehr ihre Heimat war und es auch nicht mehr sein würde. Sie musste es so bald wie möglich mit Emil verlassen.

KAPITEL 18

Gegenwart

„Mich wundert, dass Emils Vater und er überhaupt noch einmal nach Deutschland zurückgekehrt sind", sagte Eva.

„Sie konnten ja nicht ahnen, was passieren würde. Sie wollten einfach das Haus verkaufen, um endgültig alle Verbindungen zu Deutschland abzubrechen. Es fällt einem schwer, zu glauben, dass Menschen zu solchen Grausamkeiten fähig sind. Und nach außen hin versuchten die Nazis bis zur Reichskristallnacht, ihre eigentlichen Pläne für die Juden zu verschleiern. Deshalb sind ja so viele in Deutschland geblieben – so lange, bis es zu spät war. Als Emils Vater noch in Heidelberg wohnte, sprach mein Vater oft mit ihm über die Nazis und über das, was noch kommen könnte. Doch er sagte immer wieder, es werde schon nicht so schlimm werden."

Eva schüttelte nachdenklich den Kopf. In der Rückschau, mit dem Wissen, was passiert war, war es tatsächlich unbegreiflich. Aber damals hatten die Leute das gesamte Ausmaß des Schreckens nicht absehen können.

Plötzlich unterbrach Grete das bedrückte Schweigen. Mit einem strahlenden Lächeln sagte sie: „Ich habe Lust auf ein leckeres Mittagessen, statt diesem gelieferten Zeug." Sie zeigte auf das Essen, das ein junger Mann vom Essen auf Rädern vor Kurzem vorbeigebracht hatte. „Es gibt ein gutes Restaurant nicht weit von hier, wer kommt mit?"

Verdutzt sahen sich Eva und Ben an, dann lachten sie und Eva fragte: „Schaffen Sie das denn zu Fuß?"

„Nein", erwiderte Grete, „aber ich habe ein Auto."

„Sie fahren noch Auto?", fragte Ben überrascht.

„Natürlich nicht, aber einer von euch hat bestimmt einen Führerschein."

Wieder blickten Ben und Eva sich an und nickten. Grete überlegte, wo sie Schlüssel und Fahrzeugschein hingelegt hatte. Nachdem sie sich unschlüssig umgesehen hatte, meinte Ben: „Bestimmt in der Kommode im Flur."

Eva sah rasch nach und nahm beides an sich.

Kurz darauf saßen sie in einem alten Mercedes. Die beigefarbenen Polster waren etwas eingestaubt, aber das Auto war insgesamt gut in Schuss. Eva erklärte sich bereit, es zu fahren, da sie sich in Heidelberg besser auskannte als Ben. Grete saß zufrieden auf dem Rücksitz.

„Gurte gibt es nur vorne", fiel Ben auf. „Fahr vorsichtig."

Eva nickte. Sie schaltete das Navigationsprogramm ihres Handys ein und startete den Motor.

„Früher war ich eine leidenschaftliche Fahrerin", erklärte Grete. „Seit fünfzehn Jahren bin ich nicht mehr gefahren. Aber ich wollte den Wagen einfach nicht abmelden. Manchmal fährt Karl mich damit spazieren. Ein Benz ist einfach das beste Auto, das muss man sagen."

Sie seufzte und fuhr mit ihrer Hand über das Polster.

Das Restaurant, von dem sie erzählt hatte, war mittlerweile ein hippes veganes Café.

„Vegan?", fragte die alte Frau.

„Ohne tierische Produkte", erklärte Eva.

Entsetzt rief Grete: „Wie damals im Krieg!"

„Es gibt aber so leckere Rezepte, dass man gar nicht merkt, dass sie ohne Milch oder Fleisch zubereitet sind", tröstete Eva.

Grete sah nicht begeistert aus.

„Also ich finde es gut", sagte Ben. „In veganen Restaurants habe ich es viel leichter, etwas zu essen zu finden. Aber wir können gerne woanders hingehen."

Grete schüttelte den Kopf. „Jetzt sind wir schon mal da und ich habe Hunger."

Nachdem sie die Speisekarte betrachtet hatten, bestellte sie eine Kürbissuppe, Ben und Eva nahmen beide einen Burger.

„Das schmeckt wirklich gut!", rief die alte Dame, nachdem sie mehrmals nachgesalzen hatte. Sie war offensichtlich glücklich. „Ich habe schon ganz vergessen, wie schön es ist, rauszukommen. Immer nur vor dem

Fernsehapparat sitzen und auf den Tod warten, ist nicht schön."

„Wir könnten doch einen kleinen Ausflug mit ihrem Auto machen", schlug Eva vor.

Die Augen der alten Dame strahlten. „Wirklich? Ich hätte Lust, auf den Königstuhl zu fahren und mir Heidelberg von oben anzusehen."

„Dann machen wir das", sagte Eva. Als sie Bens fragenden Blick sah, erklärte sie: „Das ist der Berg oberhalb des Schlosses. Man kann mit der Bergbahn hochfahren, aber auch mit dem Bus oder mit dem Auto. Von dort oben hat man einen tollen Blick auf Heidelberg und ins Neckartal."

„Und man kann toll wandern!", fügte Grete hinzu. „Früher konnte ich das zumindest."

„Das geht auf mich", sagte Ben, als Grete bezahlen wollte.

Die alte Dame grinste schelmisch und meinte: „Es ist lange her, dass mich ein gutaussehender Mann eingeladen hat, da kann ich nicht Nein sagen."

Die beiden fielen in ihr fröhliches Lachen ein.

Während sie den Berg hinauffuhren, fragte Eva sich, ob die alte Limousine es wirklich bis nach oben schaffen würde. Es mussten einige schmale und steile Serpentinen überwunden werden. Zum Glück schien die Sonne, auch wenn das Thermometer nur fünf Grad anzeigte. Heute am Sonntag hatten viele Ausflügler dieselbe Idee gehabt und Eva schwitzte beim Navigieren den Berg hinauf ziemlich. Zum Glück kam ihnen auf der ganzen Strecke kein anderes Fahrzeug entgegen und sie musste nur geduldig mit den Wagen hinter ihr sein, die von der „Sonntagsfahrerin" vermutlich ziemlich genervt waren.

Oben angekommen, hakte Grete sich bei Ben und Eva unter und gemeinsam gingen sie langsam zu der Aussichtsplattform neben der Bergbahnstation. Vor ihnen erstreckte sich das Rhein-Neckar-Tal. Heidelberg, Mannheim und die umliegenden Gemeinden waren gut zu erkennen.

„Von hier oben sieht es so aus, als hätte sich fast nichts verändert", stellte Grete fest.

Eva stellte sich neben Ben, ihre Arme berührten sich. Am liebsten hätte sie seine Hand gehalten oder sich an ihn gekuschelt. Doch das durfte sie nicht, schließlich waren sie kein Paar. Sie stellte sich vor, wie er ihre Hand hielt und zärtlich streichelte. Vielleicht sollte sie mutig sein und seine Hand suchen?

„Wo ist der Friedhof, auf dem sich Emil und Eva getroffen haben?", fragte Ben in diesem Moment.

„Der Bergfriedhof? Der liegt am Hang des Gaisbergs", sagte Grete. „Das ist der Nachbarberg. Aber ich glaube, den sieht man von hier aus nicht."

Sie blickte immer noch in die Ferne.

„Den Friedhof würde ich mir gerne ansehen", sagte Ben.

Eva lächelte Ben an und sagte: „Das können wir ein anderes Mal machen." Aus dem Augenwinkel bemerkte sie, dass Grete sie genau beobachtete.

„Sie mögen sich, wusste ich es doch", stellte die alte Dame unverblümt fest.

Ben räusperte sich.

„Liebe ist etwas Schönes, vor allem wenn sie von beiden Seiten kommt. Traurig ist nur die einseitige Liebe, sie ist wie eine Einbahnstraße, voller Einschränkungen", murmelte Grete bedrückt. Plötzlich schien sie ganz schwach und kraftlos. „Jetzt müsste ich mich setzen", stammelte sie.

Ben sah sich um. In einigen Metern Entfernung standen zwei Bänke, auf denen japanische Touristen saßen.

„Ich frage mal, ob Sie sich dort setzen dürfen", sagte Ben und ging hinüber.

„Lassen Sie ihn nicht gehen", warnte Grete Eva, als er außer Hörweite war.

Eva atmete die kalte Luft tief ein und seufzte: „Wenn das so einfach wäre. Er möchte nicht hier leben und außerdem hat er eine Freundin."

„So wie er Sie die ganze Zeit anschaut, wird er die andere nicht lange als Freundin behalten", meinte Grete lächelnd.

„Das ist nicht das einzige Problem. Er ist sehr religiös."

Gretes Blick wurde ernst. „Das ist tatsächlich ein Problem, kein unüberwindbares, aber ein Problem. Aber wenn Sie sich lieben, dann finden Sie einen Weg."

„Wir kennen uns erst ein paar Tage."

„Oft reicht ein Moment, um sich zu verlieben und zu wissen, dass es der Richtige ist", beharrte die alte Dame.

„Wieso sind Sie sich da so sicher?"

„Ähnlich wie Eva habe ich Emil auch seit unserer Kindheit geliebt, natürlich anders als mit neunzehn. Aber schon damals stand für mich fest, dass ich ihn heiraten möchte. Ihn oder keinen."

Eva fragte mitfühlend: „War es schwer für Sie, zu akzeptieren, dass er ihre Cousine liebte?"

Gretes Blick schweifte wieder in die Ferne. „Es war furchtbar."

In diesem Moment winkte Ben ihnen zu. Sie gingen zu einer der Bänke und die Touristen machten Platz für Grete, die sich bedankte und sich dann hinsetzte. Ben und Eva standen neben der Bank und Eva lehnte sich unwillkürlich an Bens Brust. Er legte seinen Arm um sie. Sie versuchte, sich einzureden, dass es eine unschuldige Berührung war. Aber war es das wirklich? Seine Nähe fühlte sich gut an. Aber bei dieser Berührung würde es bleiben.

Nach ein paar Minuten klagte Grete: „Mir ist kalt und ich bin müde."

„Dann fahren wir gleich zurück", tröstete Eva sie. *Immerhin ist sie einhundert Jahre alt*, dachte sie. *Das waren heute sicher viele Eindrücke für sie.*

Im Auto döste Grete sofort ein. Ben hatte Angst, dass der Ausflug zu anstrengend für sie gewesen sein könnte, und schaute immer wieder nach hinten.

„Ich hoffe, sie atmet noch."

Eva blickte besorgt in den Rückspiegel. Bei Grete angekommen, wachte diese jedoch gleich auf. Sie brachten sie zu ihrem Sessel, fuhren diesen in eine liegende Position, stellten ihr Kuchen und Tee hin und verabschiedeten sich.

„Kommt ihr wieder?"

Es war so ein Flehen in ihrer Stimme, dass es Eva schmerzte, diese alte, einsame Frau alleine zu lassen. Aber sie brauchte jetzt Ruhe. Sie streichelte Grete über die blasse Wange und nickte. „Ja, ich komme auf jeden Fall wieder."

Zufrieden mit der Antwort, schloss die alte Dame die Augen und begann, leise zu schnarchen.

„Hättest du Lust, mit mir zum Bergfriedhof zu spazieren?", fragte Ben. „Es ist noch früh."

„Klar", sagte Eva.

Sie fuhren mit der Straßenbahn zur Haltestelle Bergfriedhof. Die Sonne schien immer noch und wenn man nur in den wolkenlosen blauen Himmel geblickt hätte, so hätte es auch ein heißer Sommertag sein können. Die kalte Luft in ihren Gesichtern belehrte sie jedoch eines Besseren.

Während sie nebeneinanderher gingen, ergriff Ben plötzlich Evas Hand. *Wie ein altes Ehepaar,* gingen Eva erneut ihre Worte durch den Kopf. Ben musste wissen, was er tat, schließlich war er es, der eine Freundin hatte und religiös war. Die Geschichte der beiden Liebenden, die sie von Grete gehört hatte, ging Eva nicht aus dem Kopf.

Auf dem Friedhof angekommen, sahen sie sich zuerst den jüdischen Teil an.

„Ich glaube, die Treffen der beiden fanden in dieser Richtung statt", sagte Eva und deutete zum Seiteneingang. „Wenn ich Grete richtig verstanden habe, kamen sie durch dieses Portal." Nachdenklich fügte sie hinzu: „Wenn Eva gewusst hätte, dass ihre Cousine Emil auch liebte, hätte sie ihr sicher nicht so viel erzählt. Dann wüssten wir kaum etwas über deinen Großvater."

Ben nickte.

Während sie an alten, verwitterten Grabmalen vorbeigingen, flüsterte Eva ergriffen: „Hier fanden also ihre ersten Treffen statt."

Es war eigenartig, aber sie hatte gerade das Gefühl,

ein Teil der Geschichte dieser Liebenden zu werden. Noch verrückter war der Umstand, dass diese Leidenschaft sich auf sie übertrug.

Schließlich verließen sie den Friedhof durch den Seiteneingang und traten auf einen Weg, der auf der einen Seite weiter den Berg hinauf und auf der anderen nach unten, immer an der Friedhofsmauer entlang, zurück in die Stadt führte.

Während sie dort unschlüssig standen, umarmte Ben Eva plötzlich. Sie küssten sich und es fühlte sich nicht mehr so an, als ob sie ein altes Ehepaar wären. Es fiel ihr schwer, den Wunsch nach mehr körperlicher Berührung zu unterdrücken. Voller Verlangen schmiegte sie sich eng an ihn und ließ ihre Finger unter seine Jacke gleiten. Ben wehrte sich nicht, vielmehr spürte sie, dass er wohlig erschauderte.

Wie damals bei Eva und Emil war Eva in diesem Moment alles andere egal, die Mitmenschen, die guten Vorsätze. Ob Ben die Kraft hatte, aufzuhören? Sie hoffte, dass er es nicht tat.

Die Störung kam von außen, in Form einer Familie mit zwei Kindern, die gerade den Weg entlangspazierte, und sie zwang, auseinanderzugehen und tief Luft zu holen. Sie fühlten sich wie nach einer wilden Karussellfahrt, gerade ausgestiegen und noch etwas wackelig auf den Beinen.

Der kleine Junge blieb verwundert stehen.

Eva räusperte sich und sagte leise: „Hallo."

Der Kleine drehte sich sofort um und rannte zu seinen Eltern. Peinlich berührt blickten sie ihm hinterher und sahen dann einander an. Als ob sie langsam zu Bewusstsein kämen und sich für ihr kindliches Benehmen schämten, trauten sie sich nicht, einander direkt in die Augen zu sehen.

„Lass uns etwas trinken gehen", schlug Eva schließlich vor.

Ben nickte und sie gingen schweigend den Weg hinab. Beide waren in Gedanken versunken und jeder hatte die Hände in die Jackentaschen gesteckt, als ob sie Angst hätten, bei der kleinsten Berührung wieder diesen machtvollen Gefühlen ausgeliefert zu sein.

In einem Café bestellten beide einen Tee und nachdem sie einander eine Weile einfach nur angesehen hatten, brach Ben das Schweigen.

„Eine rein platonische Beziehung werden wir wohl kaum schaffen", sagte er. Eva nickte und trank einen Schluck Tee. „Was denkst du?", fragte er leise.

Sie zuckte mit den Schultern. „Ben, die Einschränkung kommt von dir, du musst dich entscheiden."

Er dachte einen Moment nach, dann sagte er traurig und nicht wirklich überzeugt: „Vielleicht sollte ich schneller als geplant abreisen."

Sie nickte. „Wenn du denkst, dass es das Beste ist ..."

„Ich weiß gerade nicht, was das Beste ist! Am liebsten würde ich mit dir verschwinden und dich die ganze Nacht lieben!"

Er klang aufgebracht, fast wütend.

„Oder den ganzen Tag", sagte sie in dem Versuch, die Anspannung durch einen Spaß zu lösen, doch er lächelte nicht.

„Ich kann mein bisheriges Leben nicht einfach vergessen", sagte er. „Es ist da und ich bin Teil davon."

Während er sprach, wurde ihr bewusst, in welchem Zwiespalt er steckte. Sie konnte ihm nicht böse sein, dafür war er zu ehrlich mit ihr. Obwohl sie diese nicht nachvollziehen konnte, versuchte sie, seine Haltung zu respektieren.

„Es tut mir leid, ich weiß, dass es für dich schwierig ist. Deshalb akzeptiere ich es, wenn du sagst, dass du gehen willst." Sie seufzte. „Auch, wenn ich mir natürlich etwas anderes wünschen würde. Mit dir entdecke ich ganz neue Gefühle, die ich nur vom Hörensagen gekannt habe. Ich hatte keine Ahnung, dass sie tatsächlich existieren."

„So geht es mir auch", antwortete er leise.

„Ich kann aber natürlich nicht mit deinem Glauben konkurrieren." Ben sagte nichts und Eva versuchte, sich nicht in Emotionen zu verlieren. „Lass uns morgen noch einmal zu Grete gehen, damit du dich verabschieden kannst. Ich glaube, es würde ihr das Herz brechen, wenn du einfach so nicht mehr kommen würdest."

Er nickte. Dann legte er vorsichtig seine Hand auf ihre. „Danke, Eva."

Sie bezahlten und brachen auf. Jetzt war es endgültig. Die großen Gefühle, die sie doch erst entdeckt hatten und die gerade dabei waren, zu wachsen, mussten erstickt werden. Eva wusste, dass sie dies viel Kraft kosten würde. Aber es musste sein. Traurig ging sie nach Hause.

Am Abend erhielt sie eine WhatsApp-Nachricht von Luca: „Ich habe deine Texte gelesen! Du hast einen tollen Schreibstil."

„Danke", schrieb sie zurück.

„Mir ist noch etwas anderes eingefallen … eine befreundete Redakteurin hat mir kürzlich etwas von einer frei werdenden Stelle erzählt. Für mich passt das momentan nicht, aber vielleicht für dich? Aber da müsstest du bereit sein, umzuziehen."

„Das schließe ich nicht aus", antwortete Eva.

„Okay. Soll ich mich mal für dich nach weiteren Details erkundigen?"

„Das wäre super!"

Ein Umzug wäre wirklich nicht das Schlechteste, dachte Eva, als sie sich am nächsten Tag mit Ben vor Gretes Wohnung traf. *Eine neue Umgebung wird mir sicherlich helfen, auf andere Gedanken zu kommen.*

Die alte Dame freute sich, als ihre jungen Zuhörer erneut mit Torte bei ihr eintrafen, und begann gleich wieder, zu erzählen.

KAPITEL 19

November 1938

Nachdem Eva mit Frido gesprochen hatte, erzählte sie Emil alles und bat ihn, bei ihrem Onkel und ihrer Tante Schutz zu suchen.

„Aber nur vorübergehend", wandte Emil ein.

„Ja, denn sobald sich die Lage beruhigt hat, musst du ausreisen."

„Wirst du mit mir kommen?", fragte er.

Sie blieb ihm die Antwort schuldig und fügte hinzu: „Niemand darf erfahren, dass du bei Frido wohnst. Stell dir vor, was passieren würde, wenn mein Vater davon wüsste."

„Das wird nicht geschehen", beruhigte Emil sie.

Im Morgengrauen des neunten November zog Emil auf den Dachboden der Familie Selig.

„Das ist meine Pflicht als Christ und als Mensch", sagte der Pfarrer zur Begrüßung. „Für deinen Vater konnte ich nicht viel tun, deshalb tue ich jetzt etwas für dich, mein Junge."

„Sie sind meine Schutzengel", antwortete Emil. Die Anspannung und die Last der letzten Monate waren ihm anzumerken.

„Für alle anderen werden wir das nicht sein können", rief Eva verzweifelt und vergrub ihr Gesicht an Emils Schulter.

„Wir müssen Grete einweihen", sagte ihr Onkel.

Die beiden nickten. „Wir haben uns zwar aus den Augen verloren, aber Sie werden sicher wissen, ob wir ihr vertrauen können", meinte Emil.

Eva sah ihn missbilligend an. „Emil, das ist unsere Grete. Natürlich können wir ihr vertrauen."

„Grete hilft, wo sie kann. Sie verabscheut das Regime genauso sehr wie wir", versicherte der Pfarrer.

Die Reichskristallnacht machte allen deutlich, dass die Lage schlimmer war, als sie jemals gedacht hätten. Zwei Wochen nach diesem furchtbaren Ereignis saßen Eva, Grete und Emil auf dem Dachboden und spielten *Mensch ärgere dich nicht* auf einem alten Teppich, der schon vor Jahren hätte weggeworfen werden sollen. Es war fast wie früher. Sie waren auf das Spiel konzentriert, lachten miteinander und ärgerten sich, wenn ihre Männchen rausgeworfen wurden. Sie versuchten, den grausamen Alltag zu verdrängen, versuchten zu vergessen, dass noch vor wenigen Tagen die jüdischen Läden und Synagogen gebrannt hatten.

Plötzlich sah Eva auf die Uhr und rief erschrocken: „Ich muss zur Arbeit."

Sie umarmte Grete, doch Emil legte sie lediglich unsicher ihre Hand auf den Arm. Er sah ihr sehnsüchtig hinterher, als sie die Treppe hinunter verschwand. Grete setzte ein gezwungenes Lächeln auf, doch innerlich schmerzte sie sein schmachtender Blick. Insgeheim war sie froh, dass Eva gehen musste, denn jetzt musste sie ihn nicht mehr mit ihr teilen. Sie schlug noch ein weiteres Spiel vor, um ihn abzulenken, und erzählte von ihrer Ausbildung in der Buchhandlung.

„Was möchtest du studieren, Emil?"

Er lachte ironisch. „Hast du vergessen, dass ich nicht studieren kann?"

„Im Ausland kannst du es", widersprach sie.

„Dafür müsste ich im Ausland sein und auch noch genug Geld dafür haben. Ich weiß nicht."

„Das wird schon klappen", versuchte sie, ihn zu überzeugen. Da er sich nicht aufmuntern ließ, schlug sie vor: „Lass uns runtergehen, dann können wir noch ein bisschen Radio hören, ein paar neue Lieder."

Grete versuchte wirklich alles, um Emil zum Lachen zu bringen, und es gelang ihr auch immer wieder. Als Emil ihr erzählte, dass Eva einige Tage nicht kommen konnte, überkam sie eine Art Glücksgefühl.

In den nächsten Tagen nahm sie sogar Urlaub, um so viel Zeit wie möglich mit ihm zu verbringen. Ihr Chef ließ sich darauf jetzt in der Vorweihnachtszeit nur ein, weil Grete ihm gleich zwei Aushilfskräfte besorgte. Ihre Freundinnen waren froh darüber, dass sie sich ein wenig dazuverdienen konnten.

Jeden Tag holte Grete neue Bücher aus der Bibliothek und Emil freute sich immer, wenn er sie die Leiter hochsteigen hörte.

„Was würde ich ohne dich nur machen?“

„Theologische Fachliteratur meines Vaters lesen?“, witzelte Grete.

Sie kümmerte sich nun mehr um ihr Äußeres. Bei Eva war alles von Natur aus perfekt. Große Augen, lange Wimpern, schöne Haut, dicke, lockige Haare. Grete war ebenfalls attraktiv, aber sie brauchte mehr Schminke, um dies zur Geltung zu bringen. Sie entsprach dem Bild der propagierten arischen Frau. Blond, blaue Augen, groß und schlank, etwas blass. Sie hatte einige Verehrer, doch keiner von ihnen gefiel ihr.

Emil war dagegen ganz anders. Schon in der Grundschule war ihr das aufgefallen, er war feinfühlig, lustig und intelligent. Und aus dem hübschen Jungen war ein sehr gut aussehender junger Mann geworden.

Ihre Mutter bemerkte, dass Grete sich plötzlich sogar fürs Backen interessierte.

„Mein Liebling, dass du uns jetzt so oft besuchst und hier backst, hat das einen bestimmten Grund?“, erkundigte sie sich mit einem Lächeln.

Grete sah sie an. „Mama, warum fragst du?“

„Weil ich nicht möchte, dass dein Herz gebrochen wird.“

„Warum sollte es denn gebrochen werden?“ Sie lächelte zurück. „Papa und du wart auch erst gute Freunde.“

Ihre Mutter verdrehte die Augen. „Du weißt genau, was ich meine! Außerdem war dein Vater von Anfang an in mich verliebt. Er hat nur so getan, als ob er mein bester Freund sei.“ Sie schmunzelte bei der Erinnerung an damals. Dann sah sie wieder Grete an und wurde ernster. „Emils Herz scheint mir dagegen schon vergeben zu sein."

„Da wäre ich mir nicht so sicher", antwortete Grete trotzig und rührte den Teig so heftig, dass es spritzte.

„Mit Kuchen alleine kann man keinen Mann halten", warnte ihre Mutter sie.

Grete verkniff sich eine pampige Antwort. Stattdessen rührte sie noch heftiger. Am liebsten hätte sie ihrer Mutter geantwortet: *„Woher willst du das wissen, hast doch seit der Schulzeit nur Papa gekannt"*, doch sie biss sich auf die Lippe.

Als der Kuchen im Ofen war, ging sie in ihr Zimmer und richtete noch einmal ihre Haare. Sie betrachtete sich im Spiegel. Warum sollte es nicht möglich sein, dass Emil sich in sie verliebte? Vielleicht war sie nicht auffallend schön wie Eva, aber sie war hübsch und lustig und intelligent. Alles Komplimente, die ihr andere junge Männer schon gemacht hatten. Ein paar besuchten den Buchladen regelmäßig und ließen sich von ihr beraten, doch sie hielt sie immer auf Abstand.

Der Kuchen duftete herrlich, als sie ihn aus dem Backofen nahm. Sie kochte Kaffee und brachte beides hoch zu Emil. Sie setzten sich zusammen auf sein Bett und aßen den Kuchen, der noch ein bisschen warm war. Grete erzählte ein paar Anekdoten aus der Lehre und Emil grinste. Es gefiel ihr, Emil so zu sehen, denn dann vergaßen sie alles um sich herum.

„Ich wusste gar nicht, dass du so gut backen kannst", lobte er.

Sie lächelte und sagte geheimnisvoll: „Ich kann viele Dinge."

Er antwortete nachdenklich: „Wahrscheinlich wäre

ich jetzt auf der Universität und würde mit dir über Soziologie diskutieren, wenn dieser Verrückte nicht an die Macht gekommen wäre."

„Das wäre schön!"

„Andererseits ist ein Studium im Moment auch nicht erstrebenswert. Sie haben überall die Lehrpläne verändert und angepasst, damit der Führer …"

Sie unterbrach ihn und äffte ihn nach, sodass Emil sich das Lachen nicht verkneifen konnte.

Als die Tage vergingen, ohne dass Eva kam, merkte Grete, dass Emil deshalb litt. Sie musste viel Energie aufwenden, um ihm ein Lächeln zu entlocken. Eines Abends schlug sie bei Einbruch der Dunkelheit vor: „Komm, lass uns kurz in den Garten gehen. Da sieht uns keiner und du kannst mal frische Luft atmen."

„Ist das nicht zu gefährlich?", wandte Emil ein.

„Es ist stockfinster, wer soll dich sehen? Das wird dir guttun."

Sie zogen dicke Mäntel an und gingen vorsichtig durch die Küchentür in den Garten, der tatsächlich schwer einzusehen war. Dann holte Grete eine Packung Zigaretten heraus. Emil sah sie überrascht an.

„Mein neuestes Laster", erzählte sie. „In der Buchhandlung haben in der letzten Zeit alle mit dem Rauchen begonnen. Sonst hält man die Entwicklungen im Land gar nicht mehr aus."

Sie zündeten sich Zigaretten an und setzten sich hinter den Schuppen. Die einzigen Lichter waren die Sterne über ihnen und die Glut der Zigaretten. Sie konnte Emil kaum erkennen, nur seine Umrisse.

„Es ist schon lange her, dass ich geraucht habe",

sagte Emil nachdenklich. „Das letzte Mal in Frankreich."

„Manchmal muss das einfach sein."

Er lächelte und sagte: „Danke, Eva."

„Ich bin Grete", entgegnete sie enttäuscht.

„Entschuldige bitte, danke Grete."

„Liebst du Eva?", wollte sie wissen.

Es fiel ihr nicht schwer, ihm solche Fragen im Dunkeln zu stellen, wo sie seine Reaktion nicht sehen, sondern nur an seiner Stimme erkennen konnte.

Er sagte eine Weile nichts, sie wusste, dass er einen tiefen Zug nahm, weil der Stummel rot aufleuchtete. „Ja", sagte er dann schlicht, und sie spürte den Zigarettenrauch, den er ausatmete, in ihrem Gesicht.

Obwohl sie diese Antwort befürchtet hatte, traf sie sie wie ein Messerstich. Es war kein zögerndes Ja, sondern ein lautes, klares. Er liebte Eva und bekannte sich zu ihr.

„Dir ist schon bewusst, dass ihr Vater solch eine Beziehung nicht zulassen wird, er …" Sie traute sich kaum, es auszusprechen.

„Das wissen wir", antwortete er erschöpft. „Niemand in Deutschland wird unsere Beziehung zulassen. Das ist doch schon lange verboten. Wenn ihr Vater davon erfährt, würde er seine Tochter verstoßen, vielleicht sogar …" Er stockte.

Grete legte ihren Arm um ihn und seufzte. Er lehnte seinen Kopf an ihre Schulter und so rauchten sie gemeinsam. Gretes Herz raste.

„Ich danke dir für alles", sagte er nach einer Weile.

Sie küsste ihn auf die Stirn und wusste nicht wie, aber bereits im nächsten Moment waren ihre Lippen zu seinen gewandert. Ihr Kuss fühlte sich selbstverständlich an und sie wurde mutiger, doch Emil wich zurück.

„Entschuldige, Grete. Das …"

Er fand nicht die passenden Worte.

„Ich verstehe", antwortete sie und versuchte, sich die Enttäuschung nicht allzu sehr anmerken zu lassen.

KAPITEL 20

Ende November 1938

In dieser Nacht überkamen Grete viele unterschiedliche Gefühle: Zorn, Eifersucht, aber auch Liebe und Schmerz. Die Liebe zu Emil konnte sie nicht einfach ausblenden. Sie versuchte, den Zorn auf seine Liebe zu Eva zu beherrschen, was ihr einigermaßen gelang, doch am schwierigsten war es, die Eifersucht auf die beiden zu unterdrücken. Dieses Gefühl der Missgunst breitete sich rasend schnell in ihr aus. Eva wurde für sie immer mehr zum Feindbild. Die bis vor Kurzem geliebte Cousine kam ihr plötzlich fremd und gemein vor. Schließlich hatte sie ihr Emil weggeschnappt, den wichtigsten Menschen in ihrem Leben! Gerade sie, deren Vater ein grausamer SA-Mann und mitverantwortlich für Emils Leid war. Wie konnte er bloß die Tochter solch eines Übeltäters lieben?

Trotz seiner Liebe zu Eva schätzte Emil Gretes Gegenwart und freute sich immer, sie zu sehen. Das spürte Grete und deshalb glomm in ihr noch ein Funke Hoffnung, dass Emil sich für sie entscheiden könnte.

Ihr Vater drängte sie, wieder zur Arbeit gehen. Sie tat dies, doch die ganze Zeit über dachte sie an Emil und konnte sich nicht konzentrieren. Daher beschloss sie, sich krank zu melden und wieder zu ihren Eltern zu fahren. Überhaupt war ihr nicht mehr klar, wozu sie noch eine Ausbildung absolvieren sollte. Es quälte sie, beim Gang durch die Stadt die zerstörten Läden der jüdischen Kaufleute zu sehen. Wenn sie an den Geschäften vorbeikam, in denen sie früher eingekauft hatte, fragte sie sich, ob sie dort jemals wieder ihre Lieblingsseife oder ein Taschentuch kaufen würde. Die Auslagen waren mit Holzbrettern zugenagelt, die Türen geschlossen. Sie wäre sofort mit Emil ins Ausland geflohen, wenn er sie darum gebeten hätte.

An einem Kiosk kaufte sie eine ausländische Zeitschrift für Emil und eine Tafel Schokolade. Er würde sich bestimmt darüber freuen. Ihre ganzen Aufmerksamkeiten mussten einfach etwas in ihm bewirken! Tatsächlich hatte sie das Gefühl, dass ihr Emil in den letzten zwei Tagen zugewandter war. Vielleicht konnte sie ihn doch noch für sich gewinnen. Evas Mutter war krank und Eva musste im Krankenhaus viele Schichten übernehmen, deshalb hatte sie schon lange nicht mehr zu Besuch kommen können. Das war Gretes Chance. Alles sprach gegen eine Beziehung zwischen Eva und Emil. Ihre Cousine würde niemals ihre Familie verlassen. Bei Emil und Grete jedoch passte einfach alles, da war sie sich sicher.

Nach einem Blick auf die Uhr beeilte sie sich, die Bahn zu erreichen, um Emil schneller wiederzusehen. Ihre Eltern waren nicht zu Hause und sie lief hastig die Treppen hinauf, um in den Speicher zu gelangen. Leise kletterte sie die Leiter hoch, weil sie Emil überraschen wollte. Doch plötzlich stockte sie. Was sie sah, schnürte ihr die Kehle zu.

Emil und Eva lagen eng umschlungen auf dem alten Bett. Er küsste zärtlich ihren Hals, während ihre Cousine die Augen geschlossen hatte und kurz aufstöhnte. Dann sah Grete zu, wie Evas Hände an seinem Rücken entlangwanderten. Auch er atmete schnell. Obwohl sie sich nur küssten und umarmten, sah Grete die Entzückung, eine Art Entrücktsein in ihren Gesichtern. Sie schienen zu einem Menschen verschmolzen zu sein.

Zum Glück hielt sie sich an der Leiter fest, sonst wäre sie vielleicht vor Schreck runtergefallen. Sie konnte sich nicht rühren, war wie eingefroren. Etwas, was sie bislang ausgeblendet hatte, hallte jetzt durch ihren Kopf.

Er wird dich niemals lieben, Grete. Er liebt nur Eva.

Jetzt wusste sie es: Sie hatte keine Chance gegenüber dieser Frau, die ihr plötzlich völlig fremd geworden war. Ihr wurde kalt, ihr Herz wurde kalt. Die zwei Liebenden wurden zu Fremden, sie wirkten plötzlich wie zwei Schauspieler in einem schlechten Film. Schnell stieg Grete die Leiter hinab und ging in ihr Zimmer. Ihr war schlecht. All ihre Hoffnungen und Träume der letzten Tage waren verschwunden, es war, als ob sie niemals da gewesen wären. Sie nahm die Zeitschrift und die Tafel Schokolade und warf beides in den Müll. Eine ganze

Weile saß sie regungslos auf ihrem Bett, unfähig zu denken oder zu fühlen.

Später hörte sie, wie sich Eva von ihren Eltern verabschiedete, die gerade heimgekommen waren.

„Ach, ich glaube, Grete ist auch da", hörte sie ihre Mutter sagen.

„Wirklich? Ich habe sie gar nicht gesehen."

„Aber hier ist ihr Mantel."

Grete legte sich rasch ins Bett und tat so, als würde sie schlafen. Sie hörte, wie sich die Tür öffnete und kurz darauf wieder schloss. Vermutlich hatte ihre Mutter nur einen Blick hineingeworfen, denn sie hörte, wie diese sagte: „Grete hat sich hingelegt. Sie ..." Mehr verstand sie nicht, da die beiden Frauen sich entfernten.

Grete öffnete die Augen und starrte die nächsten zwei Stunden nur an die Decke. Später, als sie sich etwas beruhigt hatte, verließ sie ihr Zimmer und ging zu ihren Eltern.

„Gretchen, bist du krank?", fragte ihre Mutter besorgt.

„Ach, nur sehr müde", antwortete sie.

„Holst du Emil zum Essen runter?", fragte ihr Vater. „Wir schließen die Fensterläden und ziehen die Gardinen zu."

„Damit er ein bisschen Gesellschaft hat", sagte ihre Mutter.

„Hat er doch, Eva war ja bei ihm", entwich es Grete.

Ihre Eltern sahen sie überrascht an. Am Blick ihrer Mutter konnte sie erkennen, dass sie genau wusste, was in ihr vorging.

„Du kannst ihm Bescheid geben, wenn du hochgehst. Wir müssen ja noch den Tisch decken", sagte Elisabeth bestimmt.

„Ich helfe dir, Mama."

Sie hoffte, dass ihre Mutter das Thema nicht noch einmal aufgreifen würde. Sie tat es nicht, doch ihr besorgter Blick verriet, was sie dachte.

Als Emil in die Küche kam, begrüßte er Grete mit einem strahlenden Lächeln: „Hallo, Grete."

Sie lächelte gequält.

„Eva war vorhin da, hast du sie noch gesehen?", fragte er.

„Nein, ich hatte Kopfweh und hatte mich hingelegt."

„Das tut mir leid!", rief er. „Meine Mutter riet mir immer, viel zu trinken, wenn ich Kopfschmerzen hatte."

„Mütter wissen eben Bescheid", sagte Gretes Mutter schnell, damit ihre Tochter nichts erwidern musste.

Bei Tisch unterhielten sie sich leise. Frido hatte das Radio angeschaltet, es lief beschwingte Orchester-Musik, die gar nicht zu Gretes Stimmung passte.

„Ich habe mich erkundigt, Emil. So wie es aussieht, gibt es keine Möglichkeit mehr für Juden, aus Deutschland auszureisen."

Bedrücktes Schweigen entstand im Raum.

Nach kurzer Pause fügte Frido hinzu: „Auf legalem Wege jedenfalls."

„Wie meinst du das?", fragte Grete.

„Ich habe nachgedacht", erklärte ihr Vater mit leiser Stimme. „Vielleicht gibt es Wege, wie du an Papiere kommen kannst. Gefälschte Papiere."

Emil sah ihn aufmerksam an. „Wie?", fragte er.

„Ich habe einen Brief von Peter erhalten", sagte der

Pfarrer. „Er ist gerade in Holland. Ich überlege, dorthin zu fahren und ihn zu besuchen. Ich kann mir vorstellen, dass seine kommunistischen Kontakte helfen könnten."

„Die Kommunisten sind bekannt für ihre illegalen Druckereien", bemerkte Grete. „Und hatte Peter nicht in Mannheim Kontakt zu einigen Druckerlehrlingen?"

Ihr Vater nickte und versicherte: „Emil, wir werden alles unternehmen, um dich so schnell wie möglich außer Landes zu schaffen."

Der junge Mann lächelte, aber es war ein lebloses, gezwungenes Lächeln. Als Grete sah, wie blass er wurde, fragte sie sich, ob er überhaupt gehen wollte.

„Noch hat zwar niemand Verdacht geschöpft, dass du hier wohnst, aber ich habe Angst, dass es doch jemand mitbekommt und uns verpfeift", flüsterte Frido.

„In welches Land wirst du fliehen?", fragte Grete.

„Nach Frankreich, das kenne ich, da ist meine Mutter."

„Wenn ich die Schwachköpfe von der SA höre", wandte Grete ein, „dann träumen sie davon, alle Länder um uns herum einzunehmen und ein großes deutsches Reich zu gründen. Sie sprechen sogar von Russland, Polen und Frankreich!"

Die Pfarrersleute sahen sich an und Elisabeth sagte: „Wie soll das denn gehen? So viel Macht hat Deutschland doch gar nicht."

Frido seufzte. „Mittlerweile glaube ich, dass alles möglich ist."

KAPITEL 21

Gegenwart

Grete machte eine Pause. „Viel mehr gibt es nicht zu erzählen", sagte sie.

„Das heißt, die Papiere waren irgendwann fertig und dann ist er geflohen?", fragte Eva.

„So ähnlich", antwortete sie. „Nun ja, ganz so schnell ging es nicht. Mein Vater traf Peter tatsächlich in Holland und er nannte ihm einige Namen von Menschen in Mannheim, die ihm helfen könnten. Doch das Kontaktieren dieser Leute war sehr gefährlich. Außerdem waren einige von ihnen bereits in Konzentrationslagern. Am Ende dauerte es über ein Jahr, bis mein Vater Kontakt zu einem Fälscher hatte, der im Untergrund tätig war." Grete seufzte und gähnte. „Kinder, ich bin müde."

Eva nickte verständnisvoll, sie wollte die alte Dame

nicht überfordern. Irgendwie hatte sie jedoch den Eindruck, dass das nur eine Ausrede war und Grete nicht alles erzählen wollte.

„Danke für Ihre Zeit, Grete", sagte sie.

Ben machte einen Schritt auf die alte Frau zu. „Grete, ich wollte mich verabschieden."

Sie sah ihn überrascht an. „Warum?"

„Ich werde bald zurück in meine Heimat reisen."

„Aber …" Sie wollte etwas sagen, doch sie biss sich auf die Lippe. „Wenn Sie hier sind, habe ich das Gefühl, ein Stück von Emil wäre hier."

Ben lächelte und tröstete sie: „Ich habe nur etwas von Emils Genetik, mehr nicht. Der richtige Emil lebt in Ihren Erinnerungen."

Seine Worte schienen die alte Dame zu berühren. Als sie sich verabschiedet hatten, hörte Eva, wie Grete etwas murmelte, aber sie konnte nicht verstehen, was es war. Sie sah die alte Frau fragend an, doch diese schien nicht mit ihnen zu sprechen.

„Irgendwie klingt das nicht plausibel", sagte sie beim Hinausgehen.

„Findest du? Das Leben ist manchmal weniger abenteuerlich, als man denkt."

„Ich weiß nicht, ist nur so ein Gefühl. Wenn sich alle drei so geliebt haben, dann hätten sie doch wenigstens Versuche wagen können, Emil nach dem Krieg zu kontaktieren."

„Vergiss nicht, dass es nach dem Krieg sehr schwer war, Angehörige ausfindig zu machen. Wenn nicht beide am richtigen Ort suchten …"

Eva schüttelte den Kopf: „Grete ist aber in der Region geblieben. Was hat denn dein Opa erzählt? Ist e wirklich nach Frankreich geflohen und dann einfach weiter nach Palästina?"

Ben überlegte: „Nein, er ist in der Schweiz geblieben."

„Aber seine Mutter war doch in Frankreich!" Eva ließ das keine Ruhe.

„Ja, sie hatte es geschafft, in den unbesetzten Teil Frankreichs zu fliehen. Ich weiß nicht, warum mein Opa nicht zu ihr reiste. Später fuhr sie mit dem Schiff nach Südamerika, bis sie nach dem Krieg endlich nach Palästina reisen konnte, wo sie meinen Opa wiedertraf. Dort bekam sie eine schlimme Grippe und starb kurz nach ihrer Ankunft", erzählte Ben bekümmert.

„Wie furchtbar!", rief Eva. „Deine Familie hat so viel Schlimmes erlebt."

Er nickte. „Deshalb dürfen wir nicht vergessen, was passiert ist."

Sie nickte stumm. Ohne nachzudenken, schmiegte sie sich an ihn. Sie brauchte jetzt jemanden, an den sie sich lehnen konnte. Er drückte ihre Hand.

„Wann fliegst du zurück?", wollte sie wissen.

„Ich muss schauen, wie ich das Ticket umbuchen kann. Abflug wäre in einer Woche, aber ich werde versuchen, den Flug auf morgen vorzuverlegen."

Sie blieb stehen. „Du musst noch nicht gehen. Schau dir doch Berlin an oder das Schloss Neuschwanstein."

Ben sah sie an und antwortete mit belegter Stimme: „Ich glaube, ich würde mich dort sehr einsam fühlen. Ein anderes Mal. – Musst du jetzt zur Arbeit?"

Sie nickte. Eng aneinandergeschmiegt liefen sie die letzten Meter zur Haltestelle, von wo aus sie zur Arbeit und er in seine AirBnB-Wohnung fahren würde. Ihre

Schritte wurden automatisch langsamer, als ob sie noch ein bisschen Zeit gewinnen wollten. Doch schließlich war der Zeitpunkt des Abschieds gekommen. Sie standen zwischen Wartenden und Ungeduldigen und sahen sich an. Eva schaute auf die Anzeigetafel. Ihre Bahn fuhr in zehn Minuten.

„Ich weiß nicht, wie man sich verabschiedet." Ihre Augen füllten sich mit Tränen. Ben streichelte ihr übers Haar.

„Ich auch nicht."

Der Gedanke, ihn wahrscheinlich nie wiederzusehen, war schwer zu ertragen. Eva wollte ihm alles Gute wünschen, doch das erschien ihr lächerlich. Stattdessen umarmte sie ihn. Ein letztes Mal wollte sie ihm nah sein. Ihr Gesicht vergrub sie in seiner dicken Jacke und Ben breitete sein Arme schützend über ihrem Rücken aus. Als sie hochsah, fanden ihre Lippen automatisch zueinander. Die Menschen um sie herum waren ihnen egal. Alle Schwierigkeiten verblassten in diesem Moment.

Als Eva die Augen wieder öffnete, fuhr ihre Bahn gerade ein. Doch das war plötzlich unwichtig, genauso wie ihre Arbeit, zu der sie viel zu spät kommen würde. Sie ließ die Bahn fahren, merkte aber gleichzeitig, dass der Abschied für sie beide immer schwieriger werden würde.

Sie machte einen kleinen Schritt zurück, sah ihm tief in die Augen und flüsterte: „Ich liebe dich."

Bevor er etwas erwidern konnte, wurden sie von einer Gruppe pubertierender Jugendlicher gestört, die sich zwischen ihnen durchschoben. Für Eva war das ein klares Signal, dass sie jetzt gehen musste. Sie drehte sich um und stieg einfach in die Bahn, deren Türen sich bereits schlossen, obwohl diese nicht zu ihrer Arbeit fuhr.

Die nächsten Tage waren schwieriger als gedacht. Eva versuchte, sich durch die Arbeit abzulenken, doch ihre Gedanken kreisten ständig um Ben. War er schon in Israel? Mit ihrem Text über Emil, Eva und Grete kam sie nicht weiter. Irgendwie war das Ende so unbefriedigend.

Am Sonntagnachmittag saß sie bei ihren Eltern im Wohnzimmer und sah gelangweilt eine Naturdoku im Fernsehen, als ihr Telefon klingelte. Es war Karl Beier.

„Tante Grete geht es nicht gut, sie ist im Krankenhaus und möchte Sie unbedingt sprechen.“

„Woher haben Sie meine Nummer?“

„Ich habe bei Ihrer Zeitung angerufen. Tante Grete hat explizit nach Ihnen gefragt.“

Eva versprach, sofort zu kommen.

Grete lag in einem Einzelzimmer. Sie wirkte sehr fragil und war blass, ganz anders als das letzte Mal, als sie bei ihr gewesen waren. Herr Beier war nicht da.

Die Krankenschwester, bei der Eva nach der alten Dame fragte, sagte: „Gehen Sie nur rein. Es ist zwar schon spät, aber wir wissen nicht, wie lange Frau Selig noch hat.“

Grete schlief, und während Eva noch überlegte, wie sie auf sich aufmerksam machen sollte, rief die Schwester in einem harschen Tonfall: „Frau Selig, Ihr Besuch ist da, Zeit, aufzuwachen.“

Eva schaute die Schwester wütend an. Was fiel ihr ein, so mit einer Hundertjährigen zu reden? Bevor sie etwas sagen konnte, öffnete Grete die Augen. Sie wirkte verwirrt.

„Sie sind im Krankenhaus, weil es Ihnen nicht gut ging", erklärte Eva.

„Wenn etwas ist, klingeln Sie", sagte die Schwester und verließ das Zimmer.

Eva lächelte Grete freundlich an und hoffte auf eine Reaktion der alten Dame.

„Bevor ich sterbe, wollte ich Ihnen alles erzählen", murmelte sie.

Da war also tatsächlich noch mehr! Eva holte sich einen Stuhl und setzte sich ganz nah an das Bett, denn Gretes Stimme war leise und zittrig.

KAPITEL 22

Sommer / Herbst 1940

Inzwischen lebte Emil fast zwei Jahre auf dem Dachboden. Nur selten war er in den letzten Monaten an der frischen Luft gewesen und wenn, dann nur nachts, beim Schuppen hinter dem Haus. Die Welt hatte sich verändert. Deutschland befand sich im Krieg. Im Krieg mit der Welt. Hitlers Truppen waren in Polen einmarschiert, hatten Teile Frankreichs besetzt, ebenso wie die Niederlande, Belgien, Luxemburg, Dänemark und Norwegen. Um die Juden in Deutschland und in den besetzten Gebieten stand es sehr schlecht, das wusste er aus den Berichten von Grete, Eva und Herrn Selig. Er konnte nur hoffen, dass seine Mutter nicht in die Hände der Nazis gefallen war.

Grete hatte Emil in den vergangenen Monaten kaum noch auf dem Dachboden besucht und er ahnte, warum.

Auch Eva kam seit den Novemberpogromen nur noch selten vorbei, da sie Angst hatte, dass ihr Vater sie beschatten lassen könnte.

Emil hatte ihr gesagt, dass sie übertreibe. Es bereitete ihm beinahe körperliche Schmerzen, wenn er sie mehrere Tage nicht sah. Doch dann hatte ihr Vater Eva mit seinem Verdacht konfrontiert, dass sie einen heimlichen Liebhaber habe und deshalb so oft außer Haus sei. Sie hatte natürlich alles abgestritten, aber er ließ sich nicht beirren.

„Weißt du eigentlich, dass du gesehen wurdest?", fragte ihr Vater sie geradeheraus. „Hans hat dich gesehen. Am Bergfriedhof, mit einem jungen Mann. Schon vor einiger Zeit."

„Vielleicht hat er mich verwechselt?"

„Das glaube ich nicht."

In der Tat war das unwahrscheinlich. Hans war einer der SA-Männer ihres Vaters, der schon mehrmals um ein Rendezvous mit ihr gebeten hatte. Bisher hatte sie ihn immer abgewiesen. Zum Glück hatte Hans keine Ahnung, dass der junge Mann ein Jude gewesen war, sonst hätte er ihn schon damals verprügelt.

„Denk nicht, dass ich dich nicht im Blick habe", warnte ihr Vater sie.

Seitdem besuchte Eva Emil nur noch, wenn ihr Vater nicht in der Stadt war. Und sie machte stets große Umwege, bis sie sich sicher war, dass ihr niemand folgte.

Zu ihrem Glück hatte ihr Vater seit Kriegsbeginn immer häufiger im Ausland zu tun. Er reiste sogar als Sondergesandter der SA nach Polen, um die dortigen Polizeitruppen auszubilden. Dennoch waren die gemeinsamen Zeiten viel zu kurz und ihre Tante achtete sehr darauf, dass die jungen Leute nicht zu viel Zeit ungestört verbrachten. Eva wusste, dass sie sich nur Sorgen um sie machte. Nicht auszudenken, wenn sie schwanger würde! Aber sie sehnte sich danach, Emil wieder ganz nahe zu sein.

Bei den Pfarrersleuten ging der Alltag weiter. Da viele Gemeindemitglieder das Ehepaar besuchten, um in dieser schweren Zeit Trost zu suchen, mussten sie vorsichtig sein. Emil war sehr einsam und je länger er alleine mit seinen Gedanken auf dem Dachboden zwischen alten, ausrangierten Möbeln saß, desto stärker ergriffen ihn Verzweiflung und Traurigkeit.

Er fühlte sich fast wie ein zu Tode Verurteilter. Kraft gab ihm Eva bei ihren seltenen Besuchen, sie hielt ihn am Leben, sie war wie ein Feuer, das alles erhellte und wärmte. Doch auch Grete mit ihrer witzig-intelligenten Art war ihm in den ersten Wochen zu einer unersetzlichen Freundin geworden. Ihre täglichen Besuche fehlten ihm. Natürlich verstand er sie. Sie schien mehr für ihn zu empfinden als Freundschaft, und das konnte er ihr nicht geben. Es war tragisch, dass ihre Beziehung deshalb so gestört worden war. Grete hatte seine Tage im Versteck erträglich gemacht. Dank ihrer Berichte über das Leben draußen und über ihre Arbeit, dank der Gespräche mit ihr, hatte er das Gefühl gehabt, nicht so eingesperrt zu sein. Und jetzt war all das weg.

Den ganzen Tag wartete er auf etwas oder jemanden. Eva war in den letzten zwei Wochen nur einmal gekommen und Grete hatte ihn überhaupt nicht in seinem Versteck besucht. Sie fehlte ihm mehr, als er gedacht hätte.

Natürlich kamen der Pfarrer oder seine Frau täglich,

um nach ihm zu sehen. Sie blieben jedoch meist nicht lange und brachten ihm nur etwas zu essen oder frische Wäsche. Anfangs wusste er sich zu beschäftigen, machte Turnübungen, las viel, schaute durch das kleine Dachfenster. Er war froh, überhaupt ein Versteck zu haben. Doch das reichte ihm langsam nicht mehr. Irgendetwas musste doch geschehen!

Und nun setzte schon wieder der Herbst ein und die Tage wurden immer kürzer. Alles war dunkel und trist.

Emil lag auf dem alten Bett, ungewaschen und ungekämmt, und fragte sich, warum er überhaupt noch lebte und ob er nicht einfach auf die Straße gehen sollte. Gefängnis oder Tod waren bestimmt auch nicht viel schlimmer als das Leben, das er seit zwei Jahren führen musste.

In diesem Moment hörte er Gretes Stimme aus dem ersten Stock. Plötzlich hatte er das Bedürfnis, mit ihr zu sprechen, ihre Gesellschaft zu genießen. Vielleicht war es einfach sein Überlebensinstinkt, der ihn antrieb.

Schnell zog er sich an, wusch sich über einer kleinen Schüssel, die Gretes Mutter ihm gebracht hatte, und ging hinunter.

Grete war überrascht, als er plötzlich in ihrem Zimmer stand.

„Ich habe dich sehr vermisst", sagte er und blickte traurig zu Boden. Wären beide zehn Jahre älter gewesen und hätten etwas mehr Erfahrung gehabt, wäre dieses Gespräch wahrscheinlich anders verlaufen. Doch sie waren jung und unbedacht.

Ihr überraschter Gesichtsausdruck verwandelte sich in ein Lächeln. „Ja?", fragte sie. Obwohl sie nicht gerade der romantische Typ war und mit beiden Beinen auf der

Erde stand, berührte sie dieser Satz. Sie war verliebt und das war genau das, was sie hören wollte, dass es ihn nach ihr verlangte.

Er nickte. „Es ist einsam dort oben."

Er sah sie an und Grete strahlte. Er empfand also ebenfalls etwas für sie! Warum sonst würde er sagen, dass er sie vermisste? Am liebsten hätte sie ihn umarmt. Sie stellte keine weiteren Fragen. Für sie war klar, dass er sich für sie entschieden hatte. Sie ging zu ihrem Schrank und nahm einen Stapel Bücher heraus.

„Die warten auf dich", sagte sie.

Emil strahlte und umarmte sie. „Danke."

Sie beobachtete ihn lächelnd, wie er sich wie ein kleiner Junge freute. Sie blieben in ihrem Zimmer, blätterten durch die Romane und er fühlte sich wieder frei. Grete setzte sich direkt neben ihn, Arm an Arm, wie siamesische Zwillinge. Ihre Gesellschaft tat ihm gut, ihre Aufmerksamkeit und das Gespräch. In seinem Kopf tauchten Sätze auf wie: *Was würde Eva denken?, Warum machst du das?* Doch er blendete sie aus, wollte sie nicht hören. *Wir sind Freunde, ich tue nichts Schlimmes. Ich werde sonst verrückt,* antwortete er sich selbst im Geiste.

„Ist etwas?", fragte Grete.

„Nein, nein."

Ab diesem Tag besuchte Grete Emil wieder, aber nur, wenn Eva nicht da war, was häufig der Fall war. Sie wusste von ihren Eltern, wann ihre Besuche stattfanden, so kam sie nicht einmal in Versuchung, auf ihre Rivalin zu treffen. Sie baute sich ihre Traumwelt mit Emil auf, obwohl außer einer Umarmung und einem Kuss auf die Wange beim Abschied bislang nichts Körperliches passiert war. Sie war so verliebt, dass sie jedes nette Wort so interpretierte, als ob es ein Liebesbeweis wäre. Jede gemeinsam verbrachte Minute war Emils Bekenntnis zu ihr. Die Beziehung zu Eva war einfach eine Jugendromanze, die demnächst scheitern musste.

Mittlerweile war es Herbst geworden und die Situation im Land hatte sich weiter verschlechtert. In ganz Baden waren die Juden in der vergangenen Woche deportiert worden. Am Morgen des 22. Oktober wurden dreihundert Heidelberger Juden aus ihren Unterkünften getrieben und in Sonderzügen fortgeschafft. Lediglich ein paar Schwerkranke blieben.

„Pfarrer Maas von der Heiliggeistkirche konnte einige der älteren Leute retten", erzählte Herr Selig, als er eines Abends zusammen mit Emil und Grete im Dachgeschoss saß.

„Wie hat er das angestellt?", erkundigte sich Emil.

„Er hat Medikamente besorgt, die die alten Leute für kurze Zeit so benebelt haben, dass sie als nicht transportfähig eingestuft wurden. Du siehst, wenn man nur will, kann jeder von uns etwas bewirken. Wir könnten noch so viel mehr tun. *Ich* könnte noch so viel mehr tun." Der Pfarrer seufzte.

„Sie tun schon genug", sagte Emil.

„Es gibt immer noch mehr, das getan werden könnte." Der Pfarrer schwieg einen Moment. „Aber das Wichtigste ist jetzt, dich aus Deutschland rauszuschaffen. Ich habe mich schlaugemacht. Es wird nicht einfach. Selbst die Schweiz hat ihre Grenzen für Flüchtlinge geschlossen."

„Das ist ja furchtbar!", rief Grete.

„Ja, aber wir werden einen Weg für Emil finden. Es gibt immer einen Weg."

In den nächsten Wochen, war Emils mögliche Flucht das beherrschende Thema im Hause Selig. Welche Möglichkeiten konnte es für ihn geben Deutschland unerkannt zu verlassen? Und wohin konnte er überhaupt noch fliehen? Doch Grete beteiligte sich nicht an den Überlegungen ihrer Eltern. Sie genoss die Besuche bei Emil und versuchte, nicht über die Zukunft nachzudenken. Wahrscheinlich gab es auch keinen Weg zur Flucht, so redete sie sich ein, und Emil war doch hier bei ihnen am sichersten.

Eines Tages traf Grete bei einem ihrer Besuche im Flur des Elternhauses auf Eva. Ihre Cousine strahlte. Ihre dunklen Locken hatte sie zu einem Dutt gebunden, einige lose Strähnen umrahmten ihr Gesicht. Ihre Lippen leuchteten rot, als ob sie Lippenstift benutzt hätte.

„Grete, liebste Cousine!", rief Eva aus und umarmte sie. „Du bist die Erste, die es wissen soll."

Grete starrte sie an. „Was?"

„Emil und ich haben uns eben verlobt." Aufgeregt plapperte sie weiter. „Ich weiß, es ist verboten, aber wir werden gemeinsam ins Ausland gehen und dort sind wir dann endlich frei von all diesen schrecklichen Verboten!"

Für Grete waren Evas Worte wie ein Todesstoß. Sie fühlte sich, als würde sie neben sich stehen. Sie brauchte all ihre Kraft, um zu fragen: „Wessen Idee war das?"

Eva, überglücklich wegen ihrer Verlobung, bemerkte nicht das blanke Entsetzen hinter Gretes aufgesetztem Lächeln.

In diesem Moment kamen ihre Eltern nach Hause. Kaum hatten sie die Haustür geschlossen, überraschte Eva sie ebenfalls mit der vermeintlich guten Nachricht.

Statt sich mit ihr zu freuen und ihr zu gratulieren, reagierten die zwei jedoch eher verhalten.

„Lasst uns hochgehen, der Flur ist für solche Gespräche nicht geeignet", warnte Gretes Vater und sah durch die Gardine hinaus. Es war schon fast ein Reflex, sich umzusehen und aufzupassen, was man sagte.

Wie eine kleine Ameisenarmee folgten die anderen dem Pfarrer auf den Dachboden, seine Frau, Eva und ganz hinten Grete. Sie befand sich immer noch in einer Art Schockzustand, versuchte jedoch verzweifelt, sich nichts anmerken zu lassen. Eva dagegen strahlte. Sie war glücklich über die Verlobung und alles andere schien sie nicht zu beunruhigen.

Emil war über den großen Zulauf überrascht und sah sie fragend an. Gretes Vater sprach als Erster: „Eva hat mir gerade von eurer Verlobung berichtet."

Emil wirkte nicht so euphorisch wie Eva, aber er nickte und lächelte.

„Ihr zwei liebt euch", sagte Frido. „Das weiß ich. Und Evas Liebe hat dich vor schlimmen Dingen bewahrt."

Grete sah Emil an, dieser schaute jedoch nur zu ihrem Vater.

„Aber wisst ihr, was das bedeutet?", fragte Frido.

Emil fragte mit Bitterkeit in der Stimme: „Weil ich Jude bin und kein Mensch?"

„Nicht in unseren Augen und auch nicht in Gottes Augen", entgegnete Frido. „Ich will das nie wieder hören! Aber ihr beide geht eine große Gefahr ein."

„Wir können doch nicht so weiterleben", antwortete Eva mit Tränen in den Augen.

„Eva, du müsstest deine Familie und dein Land

verlassen, um mit Emil zusammen zu sein, und du wärst immer auf der Flucht", warf Grete ein. „Dein Vater würde euch beide töten, wenn er euch erwischt." Ein wenig hatte sie Gewissensbisse, weil sie diese Worte nicht uneigennützig sprach, aber sie rechtfertigte sich damit, dass es stimmte.

„Hierzubleiben ohne Emil ist auch nicht besser. Und meinen Vater und seine Taten kann ich nicht länger ertragen", gab Eva zurück.

Grete sah von Eva zu Emil. Emil wirkte hilflos und völlig von anderen abhängig. Ihre Liebe verwandelte sich in Abscheu. Sie fühlte sich verraten, weil Emil sich mit Eva verlobt hatte und ihr doch immer wieder Hoffnungen gemacht hatte – zumindest hatte sie es so empfunden.

Sie sagte nichts mehr, sondern verließ leise den Dachboden. Ihre Mutter bemerkte es und folgte ihr.

„Gretchen!", sagte sie, als sie alleine waren. „Nimm es dir nicht so zu Herzen. Du bist jung, du wirst den richtigen Mann noch kennenlernen, glaub mir."

„Es ist alles in Ordnung, Mama, ich backe uns einen Kuchen", erwiderte Grete und setzte ihr bestes Lächeln auf. Sie ging in die Küche und zog eine Schürze an.

„Willst du in solch einen Schlamassel geraten wie Eva? In ein paar Jahren wirst du dich kaum an ihn erinnern, glaube mir", fuhr Elisabeth fort.

Grete lächelte ihre Mutter erneut an und suchte die Zutaten für den Teig zusammen. Als der Kuchen im Ofen war, kam Eva herunter.

„Hier riecht es aber gut", rief sie.

„Grete backt Kuchen", erklärte ihre Tante.

„Grete kann einfach alles", sagte Eva bewundernd und sah zu ihrer Cousine.

Diese lächelte gezwungen. Sie fragte sich, ob Eva wirklich nicht merkte, wie es ihr ging. Oder war es ihr einfach egal, weil sie nur an sich dachte? Wahrscheinlich war es Letzteres. Und das war einmal ihre Lieblingscousine gewesen!

Als Gretes Mutter die Küche verließ, sammelte Eva all ihren Mut zusammen und fragte: „Stimmt was nicht, Grete? Findest du es auch schlimm, dass wir uns verlobt haben?"

Was sollte sie sagen? Die Wahrheit? Die wollte sie bestimmt nicht hören.

Grete tat, als hätte sie nichts gehört und sagte: „Das nächste Mal backe ich einen Kuchen mit Äpfeln."

Eva spürte, dass irgendetwas absolut nicht in Ordnung war, aber sie wusste nicht, wie sie Grete zum Reden bringen sollte. Deshalb beließ sie es dabei und nickte nur.

KAPITEL 23

Dezember 1940

Anfang Dezember besuchte Grete wieder einmal ihre Eltern. Sie saß gerade in der Küche, als ihr Vater im Wintermantel hereinkam, das Gesicht gerötet von der Kälte, doch er lächelte. So fröhlich hatte sie ihn schon lange nicht mehr gesehen.

„Warum bist du so gut gelaunt?", fragte sie.

Er setzte sich zu ihr an den Esstisch und nahm etwas aus der Innentasche seines Mantels. Es war ein Reisepass.

Grete nahm das Dokument und schlug es auf. Darin war ein Foto von Emil. Allerdings stand daneben ein anderer Nachname. Meier. Emil Meier.

„Ich habe es geschafft, Grete", sagte ihr Vater. Begeisterung schwang in seiner Stimme mit. „Ich habe ihm einen gefälschten Ausweis besorgt."

Gretes Magen zog sich zusammen. Sie lächelte gezwungen und fragte: „Ich dachte, du musstest den Plan mit dem Ausweis aufgeben?"

„Zunächst ja. Ein paar Kontakte von Peter wurden längst deportiert. Wer weiß, ob sie noch leben. Ein anderer ist zwar noch hier, aber sie hatten keinen Zugang mehr zu einer Matrizenmaschine. Doch mittlerweile konnten sie eine neue Maschine besorgen. Und das ist das Ergebnis", er deutete auf das Dokument. „Die Schweizer kontrollieren immer stärker im Grenzgebiet, um jüdische Flüchtlinge aufzugreifen und zurück nach Deutschland zu schicken. Aber mit diesem Ausweis kann er unbehelligt ausreisen."

„Dann wird er uns also verlassen?", murmelte Grete.

„Du klingst traurig. Grete. Es ist das Beste für uns alle."

Für euch und Eva vielleicht, dachte Grete trotzig.

Ihr Vater nahm den Ausweis und stand auf. Er ging zum Küchenschrank und entfernte die unterste Schublade. „Nun können wir alles planen. Grete, am besten gehst du zu Eva und berichtest ihr. Sag ihr, dass alles geregelt ist. Wir müssen einen Termin ausmachen, wann sie mit ihren Papieren zu uns kommen kann."

Er befestigte den Ausweis mit Klebeband auf der Unterseite der Schublade und schob diese dann zurück.

„Ich werde unterdessen herausfinden, mit welchem Zug sie am besten in die Schweiz gelangen."

Am Nachmittag besuchte Grete ihre Cousine im Krankenhaus. Eva war so euphorisch, als sie die gute Nachricht hörte, dass sie gleich am nächsten Tag versuchen wollte, ins Pfarrhaus zu kommen. Auch Grete besuchte am folgenden Tag wieder ihre Eltern.

Doch als ihre Cousine tatsächlich auftauchte und sich die Familie im Dachgeschoss versammelte, zog sie sich zurück. Zum Feiern war ihr nicht zumute. Sie ging alleine in die Küche und versank in ihren düsteren Gedanken. Und dann tat sie etwas, das sie später bitterlich bereuen würde.

Am nächsten Morgen klingelte es und Frido öffnete die Tür des Pfarrhauses. Ob es Eva war? Sie hatten vereinbart, dass sie heute mit ihrem Reisepass zu ihnen kommen würde und er dann Emil und Eva zum Bahnhof bringen würde. Doch es war nicht Eva, die vor der Tür stand.

„Albert?", sagte der Pfarrer überrascht.

„Lange nicht gesehen", antwortete sein Schwager. Ohne weitere Umschweife schob er sich an Frido vorbei ins Haus, ging in die Küche und machte es sich am Küchentisch bequem.

Frido stand in der Tür zur Küche und beobachtete ihn einen Moment. Er durfte sich seine Nervosität nicht anmerken lassen. Wusste Albert etwa, was hier vorging? Oder war es ein Zufall, dass er gerade heute auftauchte?

„Kann ich dir etwas zu trinken anbieten …", setzte der Pfarrer an.

„Sparen wir uns die Höflichkeiten, Frido. Es ist doch unnötig, dass wir uns etwas vormachen. Du konntest mich noch nie leiden."

Albert deutete auf den leeren Platz auf der anderen Seite des Tisches. Zögerlich setzte sich Frido ihm gegenüber.

„Ich kann dich ebenso wenig leiden. Immer schon wolltest du den Leuten deine Flausen von Nächstenliebe in den Kopf setzen. Auch meiner Eva."

„Nächstenliebe ist eines der wichtigsten Gebote, die uns die Bibel lehrt. Wo kämen wir hin, wenn sich niemand mehr um den Nächsten sorgen würde?"

„In eine bessere Welt, Frido. Es gibt faule Glieder in der Gesellschaft, die müssen ausradiert werden, sonst gehen wir alle zugrunde. Aber das ist eine Arbeit für Menschen, die stark sind. Wir dürfen uns nicht von unseren Gefühlen leiten lassen, wenn wir unser Volk erhalten wollen."

„Was willst du in meinem Haus, Albert?"

„In letzter Zeit verhält sich meine Tochter ungewöhnlich. Ich kann es noch nicht beweisen, aber ich kann mir vorstellen, dass wieder einmal du dahintersteckst."

Den letzten Satz ließ er im Raum stehen. Erwartete er eine Antwort? Frido hielt die Stille aus und schwieg. Schließlich fuhr sein Schwager fort: „Frido, wir haben dich und deinesgleichen schon lange im Blick. Bisher haben wir dich geschont, weil du ein Pfarrer bist und dein Verein von Glaubensspinnern noch immer den einen oder anderen Fürsprecher hat. Außerdem hat meine Frau ein gutes Wort für dich eingelegt. Aber wir können auch anders. Verstehst du, was ich meine?"

Wieder trat Stille ein. Als Albert merkte, dass sein Schwager nicht antworten würde, stand er auf, warf ihm einen stechenden Blick zu und ging hinaus.

Frido merkte, dass er zitterte. Er nahm ein Küchentuch und tupfte sich den Schweiß von der Stirn. Vom Fenster aus beobachtete er, wie Albert in seinen schwarzen Mercedes stieg. Ein junger SA-Mann, der am Wagen gewartet hatte, stieg auf der Fahrerseite ein und der Wagen brauste davon.

Er trank einen Schluck Wasser. Dann ging er zur Schublade und zog sie bis zum Anschlag heraus. Wo steckte nur Eva? Zum Glück war sie nicht aufgetaucht, als ihr Vater hier gewesen war. Frido tastete an der Unterseite der Schublade entlang, doch er konnte den Reisepass nicht finden. Er nahm die Schublade ganz heraus, drehte sie um und sah im Schrankgestell nach. Doch nirgendwo fand er das wichtige Dokument. Er suchte weiter, guckte in Schränke und Schubladen, doch er konnte nichts finden. Und auch Eva tauchte nicht auf.

Erst gegen siebzehn Uhr, als es bereits dämmerte, stand sie plötzlich vor der Tür.

„Eva!", rief Frido. „Komm schnell ins Haus."

Als sie in den Flur trat, flüsterte er: „Hat dich jemand gesehen?"

„Das glaube ich nicht", antwortete sie. „Aber wir müssen sofort aufbrechen." Sie lief zur Treppe zum Dachboden und stieg hinauf.

„Heute fährt kein Zug mehr."

„Ich weiß. War mein Vater heute hier? Mutter sagte mir so etwas."

„Ja, und ich fürchte er hat einen Verdacht."

Eva war an der Klappe angekommen, die zum Dachboden führte. Sie nahm einen Autoschlüssel aus ihrer Jackentasche und zeigte ihn ihrem Onkel. „Hier!"

„Was ist das?"

„Ich habe das Auto meines Vaters genommen."

„Kind, kannst du denn überhaupt fahren?"

„Ja, ich habe ein bisschen geübt. Emil und ich müssen sofort aufbrechen."

„Das geht nicht, Evchen. Der Reisepass für Emil ist verschwunden."

„Wie kann das sein?"

„Ich weiß es nicht, Evchen. Ich weiß es nicht!"

„Aber wir müssen verschwinden. Jetzt, da ich den Wagen habe, umso mehr."

„Ach Kind."

Einen Moment schwieg ihr Onkel. Dann sagte er mit stockender Stimme: „Vielleicht gibt es noch eine Möglichkeit."

Er erzählte ihr von einem Fluchtweg, von dem ihm Pfarrer Maas berichtet hatte. Bisher hatte er diese Möglichkeit ausgeschlossen, weil sie ihm zu gefährlich erschien. Er war so erleichtert gewesen, als der Drucker sich bei ihm gemeldet hatte und er den gefälschten Reisepass erhalten hatte. Aber jetzt war eine legale Ausreise nicht mehr möglich und es galt, zu handeln. Frido holte die Landkarte von Lörrach, die er sich bereits vor einigen Wochen besorgt hatte, und zeigte Eva und Emil, wie sie vorgehen mussten.

Unter Tränen verabschiedeten sich die Pfarrersleute von dem jungen Paar. Nun blieb ihnen nichts anderes mehr übrig, als für die beiden zu beten und zu hoffen, dass die Flucht gelang.

Zwei Tage später tauchte Albert wieder im Pfarrhaus auf. Doch diesmal kam er nicht alleine, sondern in Begleitung mehrerer Männer der Gestapo, die sich sofort daran machten, das Haus zu durchsuchen.

„Wenn ich nur irgendeinen Beweis dafür finde, dass du etwas mit Evas Verschwinden zu tun hast, wird es nicht gut für dich enden, Schwager. Das verspreche ich dir", zischte Albert.

Frido ging unruhig auf und ab. Er hoffte, dass sie alle Spuren von Emils Anwesenheit verwischt hatten. Plötzlich kam einer der Männer der Geheimpolizei ihm triumphierend entgegen. In der Hand hielt er den verschwundenen Ausweis.

KAPITEL 24

Gegenwart

„Ich war es, die den Pass versteckt hat. Ich hoffte, dass
Emil dann nicht gehen würde. Und so habe ich durch
meine kindische Eifersucht zwei Menschenleben in
Gefahr gebracht und meinen Vater ins KZ."

Grete weinte und es dauerte einen Moment, bis sie
weitersprechen konnte: „Du bist die Erste, der ich das
erzähle. Doch dieser Stein liegt mir seit damals schwer
im Magen und in letzter Zeit ist es noch schlimmer
geworden."

Eva betrachtete die alte Frau. Sie tat ihr leid. Ihre
Haut war fast durchsichtig, die kleinen Adern waren gut
zu sehen. Ihr Haar wirkte jetzt im Krankenhaus noch
dünner als vor ein paar Tagen. Überhaupt wirkte sie
zerbrechlicher und kränklicher. So lange hatte sie diese
Last mit sich herumgetragen.

Eva umarmte sie und sagte: „Sie waren doch noch so jung, fast ein Kind."

„Das ist keine Entschuldigung. Ich habe aus Eifersucht gehandelt und dadurch alle in Gefahr gebracht."

„Ich denke, Ihr Vater würde Ihnen verzeihen. Und Emil und Eva haben es doch geschafft, das sichere Ausland zu erreichen. Emil hatte ein erfülltes Leben, und ich bin mir sicher, Eva auch."

„Falls sie nicht doch auf der Flucht gestorben ist."

„Ach was, Sie haben sie doch selbst gesehen."

„Wer weiß, ob sie das wirklich war. Vielleicht habe ich mir das auch nur eingebildet."

„Ich könnte mich ja etwas umhören, in Zeiten des Internets ist jeder auffindbar. Ich kann recherchieren, ob sie irgendwelche Spuren hinterlassen hat."

„Wenn ich wüsste, dass es ihr gut ergangen ist, dann könnte ich endlich Frieden schließen."

„Hören Sie, Sie haben sicherlich mehr als genug dafür gebüßt, wenn Sie sich jahrzehntelang Vorwürfe gemacht haben."

Grete hielt ihre Hand fest. „Danke, Sie wurden mir vom Himmel geschickt."

„Sie müssen sich jetzt sicher etwas ausruhen."

„Schlafen kann ich noch genug, wenn ich tot bin", widersprach die alte Dame. „Woher wussten Sie eigentlich, dass ich hier bin?"

„Ihr Neffe Karl hat mich informiert. Ist er eigentlich der Sohn einer jüngeren Cousine? Er sieht zu jung aus, um Peters Kind zu sein. Ich hoffe, meine Frage stört sie nicht."

„Aber nein, Kind, Karl ist der Sohn meiner Ziehtochter."

„Ihre Ziehtochter?"

„Nach dem Krieg gab es so viele Waisenkinder. Und ich war alleinstehend. Da habe ich ein junges Mädchen namens Lisa bei mir aufgenommen. Sie nannte mich Tante und ihr Sohn Karl macht es ebenso."

„Wow! Das war sicher nicht einfach, als alleinerziehende Mutter damals."

„Meine Eltern haben mich unterstützt."

Grete schloss die Augen. Eva musterte die alte Frau nachdenklich. Sie hatte eine große Schuld auf sich geladen, aber auch viel Gutes getan. Sie wollte gerne dabei helfen, dass sie ihren Frieden fand, indem sie herausfand, was für ein Leben Eva gehabt hatte.

Während der Bahnfahrt ins Büro am nächsten Morgen suchte sie im Internet nach Eva Althig, so lautete der Mädchenname, den Grete ihr genannt hatte. Sie wurde nicht fündig und überlegte, wie sie ihre Suche optimieren konnte, doch nichts brachte den gewünschten Erfolg. Deshalb entschloss sie sich, Ben noch einmal zu kontaktieren. Vielleicht wusste sein Vater mehr. Sie schrieb ihm eine Nachricht und bekam prompt eine Antwort: „Ich bin immer noch in Deutschland. Versuche, noch ein paar anderen Spuren meiner Familiengeschichte nachzugehen."

Sie schrieb ihm, dass Grete im Krankenhaus war. Keine zwei Minuten später klingelte ihr Telefon.

„Hallo."

„Hi. Was ist mit Grete?"

Mit stockender Stimme sagte sie: „Ich glaube, ihr bleibt nicht mehr viel Zeit, und ich möchte ihr unbedingt einen letzten Wunsch erfüllen. Sie will erfahren, wie es Eva ergangen ist."

„Ich würde ebenfalls gerne wissen, wie es mit der großen Liebe meines Großvaters weiterging", erwiderte Ben.

Eva erzählte ihm, was sie von Grete erfahren hatte, und er versprach, sich ebenfalls Gedanken zu machen, wie sie mehr herausfinden könnten.

„In erster Linie geht es hier um Eva und Grete", sagte er. „Ich werde meinen Vater ausfragen, wir haben einige Kisten mit alten Unterlagen meines Großvaters im Keller. Vielleicht gibt es Anhaltspunkte über Eva Althig, falls er sie gesucht hat."

„Wo bist du gerade?", fragte Eva.

„In Stuttgart. Hier hat mein Urgroßvater gelebt, bevor er nach Heidelberg an die Universität kam."

In der Mittagspause traf Eva Luca im Café Sehnsucht.

„Wie läuft es mit deiner Geschichte?", fragte er.

Eva berichtete ihm von ihren aktuellsten Erkenntnissen und von der Suche nach Eva. „Und wie es mit ihrem Vater weitergegangen ist, wüsste ich auch gern. Vielleicht hat er sie gefunden und umgebracht."

„Ich hoffe nicht", antwortete Luca. „Falls Evas Vater den Krieg überlebt hat, dann war er bestimmt vor Gericht. Schließlich hatte er eine leitende Funktion bei den Nazis. Du kannst vielleicht noch mehr über ihn herausfinden."

„Und wo suche ich da am besten?"

„In den Entnazifizierungsakten. Ich denke mal, du findest sie in einem Archiv. Müsste es in jedem Bundesland geben. Die Akten sind ganz interessant, auch wenn die meisten Beschuldigten aufgrund der schlechten Beweislage entlastet wurden. Jeder hat sich Zeugenaussagen besorgt, die ihn reingewaschen haben. Aber manchmal sind diese Aussagen der Weggefährten auch recht interessant zu lesen."

„Dankeschön! Das ist ein toller Tipp!"

Mit einem Kaffee machte sich Eva wieder auf dem Weg ins Büro. Als sie dort ankam, erhielt sie eine WhatsApp-Nachricht von Ben. „Bin im Landesarchiv Ludwigsburg. Du wirst nicht glauben, was ich gefunden habe!"

Hatte Ben tatsächlich dieselbe Idee gehabt? Eine Minute später schickte er ihr abfotografierte Unterlagen. Es handelte sich um die Entnazifizierungsakte von Albert Althig. Gretes Onkel hatte den Krieg tatsächlich überlebt und war als Kriegsverbrecher zu mehreren Jahren Lagerhaft verurteilt worden. Das war nur wenigen Männern in seiner Stellung passiert. Er hatte ein paar entlastende Berichte von Mitarbeitern zusammengetragen, war aber von einer Zeugin stark belastet worden und das hatte den Ausschlag für seine Verurteilung gegeben.

„Das gibt's doch nicht!", rief Eva. „Der Name dieser Zeugin war …"

„Eva Althig", frohlockte Ben.

Sie hatte also überlebt. Und wie sie zu Protokoll gegeben hatte, war sie extra nach Deutschland gereist, um diese Aussage zu machen. Sie hatte bestätigt, dass ihr Vater bereits vor 1933 in der NSDAP und bei der SA aktiv gewesen war. Dieser Umstand hatte damals besonders schwer gewogen, weshalb viele Nazis erfolgreich versucht hatten, das wahre Datum ihres Parteieintritts zu verschleiern. Außerdem hatte Eva als Zeugin von den

Taten ihres Vaters berichtet, zumindest von jenen, von denen sie wusste.

Eva las den Text immer wieder. Gretes Cousine war also nach dem Krieg nach Deutschland gereist, um gegen ihren Vater auszusagen. Leider hatte sie in dem Protokoll nicht angegeben, woher sie gekommen war.

Eva ging zum Büro ihres Chefs und bat darum, die heutigen Artikel am Abend zu Hause fertigschreiben zu dürfen. Er war wenig begeistert.

„Eva, in letzter Zeit bist du irgendwie kaum bei der Sache. Wo soll das hinführen, wenn ich dir das jetzt einmal erlaube? Macht dir der Job bei uns überhaupt noch Spaß?"

Sie ersparte sich eine ehrliche Antwort. Stattdessen sagte sie: „Martin, ich kann genauso gut die Überstunden des letzten Abendtermins abfeiern. Und wenn ich es mir genau überlege, gibt es da noch ein paar weitere Überstunden, die ich noch nicht abgefeiert habe."

„Ist ja schon gut!"

Als Erstes fuhr Eva ins Krankenhaus und berichtete Grete von Bens neuester Entdeckung.

„Dann hat sie die Flucht wirklich überlebt", sagte Grete erleichtert. „Immerhin wissen wir das nun sicher. Also habe ich mich nicht getäuscht, als ich sie Jahre später gesehen habe."

Eva deutete auf ein altes Fotoalbum auf dem Nachttisch neben Gretes Bett und fragte: „Was ist das?"

„Ach, ich habe Karl gebeten, mir einige Sachen ins Krankenhaus zu bringen. Auch ein paar der alten Fotoalben."

„Darf ich?", fragte Eva.

Grete nickte. Es waren Fotografien, die Grete und ihre Familie Ende der 30er Jahre zeigten. Auf einem Bild von 1939 war sie mit ihrer Cousine Eva vor dem Pfarrhaus zu sehen.

„Ja, das war wohl das letzte Foto von uns beiden", sagte Grete. „Mein Vater hat es aufgenommen, als der Wahnsinn längst tobte. Eva war wieder einmal bei uns zu Besuch, um Emil zu sehen. Für das Foto habe ich noch einmal heile Welt gespielt."

Eva betrachtete nachdenklich das Foto. Bisher hatte sie nur ein Foto von Eva als Konfirmandin gesehen, das nicht besonders scharf gewesen war. Nun war sie zu einer jungen Frau herangereift. Und irgendwie kam ihr dieses neunzehnjährige Mädchen bekannt vor. Es war ihr, als hätte sie es schon einmal irgendwo gesehen.

„Was hast du, Evchen?", fragte Grete. „Du wirkst blass um die Nase."

Hatte Grete sie gerade angesprochen wie damals ihre Cousine als Kind? Sie war sicher ein bisschen verwirrt. Eva nahm die Hand der alten Dame und hielt sie fest.

„Alles gut, Grete", sagte sie. „Ich hatte nur gerade eine Idee und möchte etwas überprüfen."

Fünf Minuten später verabschiedete sich Eva. Im Rausgehen drehte sie sich noch einmal um. „Ich werde herausfinden, wie es deiner Eva ergangen ist. Versprochen."

Bald darauf ging Eva auf das Portal der Kirche zu, in der Grete Teile ihrer Kindheit verbracht hatte. Als sie die Tür öffnete, hörte sie Musik. Eine junge Frau spielte die Orgel, doch sonst war die Kirche leer. Eva lief zu der Fotowand, die sie bei ihrem ersten Besuch betrachtet hatte, und sah sich die Fotografien noch einmal genau an. Diesmal erkannte sie die Ähnlichkeit sofort. Auf einem Foto von 1970 war ein Paar zu sehen, das zur Unterstützung der Kirchenrenovierung einen Scheck überreichte, wie es in der Bildunterschrift hieß. Beide waren schon älter, doch sie erkannte sie. Daneben stand *Salomo und Eva Hirsch aus Basel*. Eva hatte geheiratet! Und ganz offensichtlich einen Juden, denn Salomo war nun wirklich kein deutscher Name.

Aufgeregt ging Eva zum Pfarrhaus. Sie hoffte, dort den Pfarrer anzutreffen. Er erinnerte sich sofort an sie und ging gerne mit ihr zurück zur Kirche, um ihre Fragen zu beantworten.

„Wissen Sie etwas darüber?", wollte Eva wissen und deutete auf das Bild.

Er sah sich das Bild länger an. „Ich glaube, das waren Juden, denen geholfen wurde, aus dem Land zu fliehen. Zum Dank haben sie der Gemeinde damals diesen Scheck überreicht. Sie hätten sich gern bei Pfarrer Selig persönlich bedankt, aber der war damals bereits gestorben."

„War die Tochter des Pfarrers zu dieser Zeit nicht anwesend?"

Er zuckte mit den Schultern. „Wahrscheinlich nicht."

Viel mehr Infos konnte er ihr nicht geben. Eva sah sich noch einmal die ganze Ausstellung an, las genau die Texte, doch mehr erfuhr sie nicht. Sobald sie die Kirche verlassen hatte, gab sie Eva Hirsch in die Suchmaschine ein. Nichts. Dann probierte sie es mit Salomo Hirsch. Treffer! Ein Salomo Hirsch war als Anwalt in Basel tätig gewesen. Die Kanzlei gab es immer noch, auch wenn sie mittlerweile sicher von seinen Nachkommen geführt wurde.

Eva beschloss kurzerhand, am nächsten Morgen mit dem Zug nach Basel zu fahren. Ben informierte sie per WhatsApp. Am Abend schrieb sie noch schnell die Artikel fertig, an denen sie gerade arbeitete, und schickte sie an die Redaktion. Dann reichte sie einen Antrag auf vier Tage Urlaub ein. Zu ihrer Überraschung schrieb ihr Martin nur eine knappe Mail. *Ist genehmigt. Viel Spaß.*

Der ICE nach Basel fuhr um 8:36 Uhr in Mannheim ab. Während sie im Zug saß, überlegte Eva, was sie in der Schweiz eigentlich genau machen sollte. Ihre Gedanken wanderten immer wieder zu Ben und sie fragte sich, wie es ihm ging. Sie vermisste ihn und hätte diese Fahrt gerne mit ihm unternommen. Vielleicht hätte sie ihn einfach fragen sollen, ob er sie begleiten würde? Aber wahrscheinlich war es besser, wenn jeder von ihnen für sich Informationen zusammentrug. In ein paar Tagen würde er wieder in seinem alten Leben sein, mit seiner Freundin. Sie sollte sich besser nicht in Träumen verlieren, wie Grete es getan hatte.

Die Fahrt dauerte lediglich zwei Stunden. Kurz vor elf stieg sie am Basler Bahnhof aus. Mit der Tram fuhr sie weiter zu der Adresse, die sie im Internet gefunden hatte. Es war eine große Kanzlei, die bereits in dritter Generation geführt wurde. *Hirsch, Cohn und Partner.*

In den vornehmen Räumlichkeiten wurde sie von einer freundlichen Dame empfangen. Eva stellte sich als Journalistin vor und bat, Herrn Hirsch sprechen zu dürfen. Tatsächlich kam nach einiger Zeit ein Mann etwa Mitte dreißig aus einem der Büros.

„Guten Tag, wie kann ich Ihnen helfen? Ich bin Daniel Hirsch."

Eva stellte sich vor und erklärte ihm in wenigen Sätzen den Grund ihres Erscheinens.

„Sie wollen über meine Großmutter schreiben?", rief er erstaunt, als sie ihm alles erzählt hatte.

„Na ja, eigentlich bin ich im Auftrag der Cousine ihrer Großmutter hier, die liegt im Sterben und möchte sich versöhnen."

„Ihre Cousine? Sie wissen schon, dass meine Großmutter nicht mehr lebt?"

Eva nickte. „Ich habe es vermutet. Sonst müsste sie ja mittlerweile hundert Jahre alt sein." Und zwei Hundertjährige waren doch sehr unwahrscheinlich, dachte sie.

„Ja, nächsten Monat wäre sie hundert geworden", sagte er. „Und die Cousine lebt noch?"

„Sie ist vor einigen Tagen einhundert Jahre alt geworden. Ich habe sie kennengelernt, weil ich einen Artikel über die feierliche Überreichung eines Blumenstraußes durch den Bürgermeister geschrieben habe." Bei diesen Worten verdrehte Eva die Augen, um zu zeigen, dass das Event nicht sehr interessant gewesen war.

Herr Hirsch musste schmunzeln. Dann sah er kurz in seinen Terminkalender und sagte: „Eine Stunde hätte ich. Lassen Sie uns in das Café auf der anderen Straßenseite gehen."

Bei einer heißen Ovomaltine erzählte Eva ihm zwar nicht jedes Detail, aber ein bisschen mehr über Emil, Eva und Grete. Der Anwalt hörte ihr aufmerksam zu. Als sie fertig war, räusperte er sich und sagte: „Vielen Dank. Ihre Geschichte hat mich sehr berührt. Meine

Großmutter war eine bemerkenswerte Frau. Obwohl sie mit meinem Großvater verheiratet war und wirklich nicht hätte arbeiten müssen, war sie jahrelang als Krankenschwester tätig. Menschen zu helfen war ihr sehr wichtig."

„Hat sie jemals von Deutschland und von ihrer Verwandtschaft gesprochen?"

„Nur von ihrem Onkel, Pfarrer Selig, und dessen Frau. Sie meinte, alle anderen wären nicht erwähnenswert."

„Und Emil?"

Er schüttelte den Kopf.

„War sie glücklich mit ihrem Leben?", fragte Eva.

Daniel überlegte einen Augenblick. Eva versuchte, in ihm eine Ähnlichkeit zu Eva zu erkennen, doch die gab es nicht, außer dass er ebenfalls sehr attraktiv war. Er hatte dunkelblonde Locken und grüne Augen.

„Mein Großvater war um einiges älter als sie und starb etwa dreißig Jahre vor ihr. Sie hat die meiste Zeit danach in Israel verbracht. Das Klima dort war besser für sie."

„In Israel? Wirklich?"

Er nickte. „Wir haben dort zwei Häuser, eins bei Tel Aviv und eins in Jerusalem. Zu dem Kauf hat meine Oma Opa kurz nach dem Krieg überredet. Heutzutage sind die Immobilien dort fast unbezahlbar." Der Anwalt trank einen Schluck von seinem Espresso und sagte: „Um auf Ihre Frage zurückzukommen … Ich glaube, sie war glücklich, vor allem gegen Ende ihres Lebens."

„Und sie hat wirklich niemals von Emil oder Grete gesprochen?"

Er zuckte mit den Schultern. „Zumindest nicht mit mir."

„Wer lebt jetzt in diesen Häusern?", wollte sie wissen.

„Das Haus in Jerusalem ist vermietet. Nach Tel Aviv fliegt meine Familie sehr häufig. Wir haben nicht viel verändert, es gibt auch noch viele Erinnerungsstücke von meiner Oma."

Eva schüttelte lächelnd den Kopf. Als Daniel Hirsch sie fragend ansah, meinte sie: „Ihr Urgroßvater war ein bekennender Nazi, der Juden verfolgt hat. Und jetzt habe ich erfahren, dass seine Tochter einen Juden geheiratet und in Israel gelebt hat."

„Ein Nazi?", fragte Daniel überrascht.

„Wussten Sie das nicht? Er war Obersturmbannführer bei der SA. Die Reichskristallnacht in Heidelberg hat er mit organisiert."

Er schüttelte den Kopf. „Ich wusste, dass sie keine gebürtige Jüdin war, aber nicht, dass ihr Vater Nazi war."

„Er wurde sogar verurteilt, weil sie gegen ihn ausgesagt hat. Ihr Onkel Frido Selig, der Pfarrer, war dagegen einer, der den Juden damals geholfen hat."

„Das weiß ich. Sie hat immer wieder daran erinnert, dass er sich für andere geopfert hat, und deshalb hat sie auch diese Kirche in Heidelberg unterstützt."

„Sie sagten gerade, dass sie Jüdin war. Ist sie irgendwann zum Judentum konvertiert?"

„Ja."

„Ich wusste gar nicht, dass das möglich ist."

„Nun ja, das Judentum ist keine missionierende Religion, aber es ist möglich, Jude zu werden. Einige der wichtigsten Gelehrten des Judentums waren Konvertiten."

„Wissen Sie, wie sie letztendlich aus Deutschland geflohen ist?"

Hirsch dachte wieder einen Moment nach. „Ja, davon hat sie gelegentlich berichtet. Jetzt, wo Sie mir von Emil erzählt haben, wird mir vieles von den Geschichten meiner Großmutter klarer."

Der junge Anwalt nahm noch einen Schluck von seinem Espresso, dann begann er zu erzählen.

KAPITEL 25

17. Dezember 1940

Eva saß im Mercedes und fuhr in Richtung Grenze. Es musste bereits nach Mitternacht sein, die Sirenen waren längst verhallt. Sie fror und zitterte. Ihre Ohren pfiffen noch immer von der Detonation. Doch sie musste weiter. An der Grenze herrschte gespenstische Stille, aber im Grenzhäuschen brannte Licht.

Als Eva den Posten erreichte, kam der Grenzpolizist aus seinem Kabuff und sah sie prüfend an. Dann musterte er ihre Papiere.

„Ich muss in die Schweiz. Ich möchte eine kranke Tante besuchen", stammelte sie.

Da er wohl nichts zu beanstanden hatte, ließ er sie gehen.

„Passen Sie auf sich auf", sagte er nur.

Auf der Schweizer Grenzseite waren die Beamten skeptischer. „Wo lebt Ihre Tante?", wollten sie wissen.

Eva erfand eine Geschichte und hoffte, dass sie es nicht nachprüfen würden. Als sie merkte, dass die Polizisten skeptisch blieben, versuchte sie es mit Charme.

„Es wird wirklich nur ein kurzer Aufenthalt."

„Sind Sie Jüdin?", fragte der Polizist.

Sie lachte. „Ich bitte Sie, das würde doch in meinem Pass stehen."

Der Grenzbeamte sah sich noch einmal ihre Papiere an.

„Mein Vater, Albert Althig, ist bei der SA", schob Eva hinterher, auch wenn sich ihr bei den Worten beinahe der Magen umdrehte. Sie hätte nicht gedacht, dass sie den Namen ihres Vaters einmal benutzen würde, um sich aus der Klemme zu helfen.

Nach einer gefühlten Ewigkeit ließen sie Eva weiterfahren. Doch sie konnte sehen, dass der eine Polizist ihr hinterhersah und zum Telefon griff.

Eva hatte in der Schweiz keine Anlaufstelle, sie wusste nicht, wohin sie gehen sollte, und vor allem wusste sie nicht, wie sie Emil finden sollte. Hatte er es geschafft? Er musste es einfach geschafft haben.

In der Basler Innenstadt parkte sie. In der Ferne waren Feuer zu sehen, die den Nachthimmel erleuchteten, aber in der direkten Umgebung schien alles ruhig zu sein. Sie legte den Sitz um und holte eine Decke aus dem Kofferraum. Sie versuchte, etwas Schlaf zu finden, doch daran war nicht zu denken, sie war viel zu aufgeregt.

Als die Sonne aufgegangen war, stieg sie aus und

fragte einen vorbeikommenden Spaziergänger, wo sich die Synagoge befand. Wenig später parkte sie den schwarzen Mercedes vor dem Hauptportal und klopfte an die Tür des Gotteshauses. Ein älterer Mann öffnete und blickte sie überrascht an. Sie bat ihn, sie hereinzulassen, und dann erzählte sie von Emils Flucht, und dass sie selbst nicht wieder nach Deutschland zurückkehren könne und hoffe, dass Emil ebenfalls zur Synagoge kommen würde.

Der Mann sagte erst einmal nichts. Er kratzte sich abwechselnd an dem dünnen Haarkranz, über dem er eine große Kippa trug, und dem langen, fast weißen Bart.

Eva rief verzweifelt: „Bitte helfen Sie mir!"

Der Mann wiegte den Kopf hin und her: „Das ist eine komplizierte Sache und ich weiß nicht, ob ich Ihnen trauen kann."

Eva kamen die Tränen. „Mein Onkel und ich haben unser Leben aufs Spiel gesetzt und Sie fragen sich, ob Sie mir trauen können?"

Er blickte sie an und es war unschwer zu erkennen, dass er mit sich rang.

Schließlich sagte er: „Ich will Ihnen Vertrauen entgegenbringen und hoffe, Sie sind kein Spitzel."

Eva musste lachen. „Ein Spitzel? Ich?"

Er musterte sie ernst und gab zurück: „Es sind schlechte Zeiten."

Sie nickte. „Das weiß ich sehr wohl."

„Ich schaue, was ich machen kann. Sie können jedenfalls nicht hierbleiben, das Auto ist zu auffällig. Wir haben einen Ort für Notfälle."

„Aber Emil!"

„Keine Angst. Wenn er hier auftaucht, wissen wir ja, wo Sie sind."

„Wie komme ich dorthin?", fragte sie. Angst stieg in ihr auf.

Er seufzte. „Ich frage einen Freund, ob er mit Ihnen hinfährt."

Der Rabbiner ging aus dem Raum und sie konnte hören, dass er telefonierte, aber sie verstand nichts. Nach einer gefühlten Ewigkeit kam er wieder herein.

„Der Mann kommt demnächst vorbei. Sie können in der Zwischenzeit gerne einen Tee trinken und etwas essen." Sie nickte. Er musterte sie und fragte dann: „Wie alt sind Sie?"

„Einundzwanzig."

Der Rabbi brachte ihr einen Tee und ein Stück Hefezopf. Eva hatte völlig vergessen, wie hungrig sie war, doch bei dem Anblick knurrte ihr Magen. Sie setzte sich in einen Sessel und langte zu. Der Mann ging hinaus.

Sie fragte sich, wann Emil kommen würde. Hatte er es überhaupt geschafft?

Kurz darauf ging die Tür auf und ihr Herz machte einen Satz. Aber es war nicht Emil, sondern ein Mann Mitte dreißig. Er war groß, hatte blaue Augen und braunes Haar und trug einen feinen Anzug.

„Salomo Hirsch", sagte er freundlich und gab ihr die Hand.

Sie sprang erschrocken auf. „Eva ..."

„Ist das Ihr Auto dort draußen mit dem deutschen Kennzeichen? Autos dieser Marke sind hier momentan nicht sehr beliebt."

„Ich weiß."

Er sah auf seine Uhr und sagte: „Lassen Sie uns fahren."

Eva nickte. Er fuhr voraus und sie folgte ihm mit dem Mercedes aus der Stadt heraus. Bald darauf kamen sie in einen Wald. Es ging eine Serpentinenstraße hoch, nur vereinzelt passierten sie einsam gelegene Bauernhöfe. Dann endlich kam das Auto vor ihr zum Stehen und sie trat ebenfalls auf die Bremse. Gefühlt standen sie mitten im Nirgendwo.

Salomo Hirsch stieg aus, kam zu ihr und sagte: „Ich fahre das Auto in die Scheune, wenn Sie mir die Schlüssel geben."

Sie nickte und setzte sich neben ihn auf den Beifahrersitz. Verstohlen musterte sie ihn. Er schien so selbstbewusst, Eva fühlte sich sicher in seiner Gegenwart, obwohl sie ihn kaum kannte.

Als er am Bauernhaus an die Tür klopfte, öffnete ihm eine ältere Dame. Die beiden redeten auf Schweizerdeutsch miteinander, Eva verstand kein Wort. Dann nickte die Frau ihr zu und bat sie herein.

Eva ahnte nicht, dass sie mit dem Betreten dieses Hauses einen neuen Lebensabschnitt beginnen würde.

Die Tage in dem alten Bauernhaus vergingen nur langsam und Eva fühlte sich eingeschlossen, obwohl sie sich frei bewegen konnte. Sie half ihrer Gastgeberin Anna bei den täglichen Arbeiten, doch ihre Gedanken waren woanders. Wo war Emil?

Außer Anna begegnete sie tagaus, tagein keiner Menschenseele. Und die alte Bäuerin war nicht sehr gesprächig. Eva hatte das Gefühl, dass sie ihr nicht recht traute.

Als sie schließlich an einem Abend Motorengeräusche hörte, eilte Eva aus der Hütte und wartete ungeduldig an der Straße. Sie erkannte Salomos Wagen. Ob Emil bei ihm war? Ihr Herz klopfte so laut, dass sie meinte, es müsse ihr aus der Brust springen.

Doch im Wagen war nur Salomo. Eva begrüßte ihn voller Hoffnung, sicherlich brachte er Neuigkeiten. Doch er erzählte ihr nur, dass kein Emil Kontakt zu der jüdischen Gemeinde gesucht hatte.

Eva kamen die Tränen. Verzweifelt fragte sie: „Was kann denn nur passiert sein?"

„Vielleicht ist er nicht nach Basel, sondern woanders hingegangen, oder ..." Salomo Hirsch stockte und fuhr mit leiser Stimme fort: „... oder er hat es nicht geschafft."

Eva schüttelte den Kopf. „Nein, das glaube ich nicht!", rief sie.

„Wie können Sie sich da so sicher sein?"

„Ich spüre es", antwortete sie leise.

Teilnahmsvoll sah er sie an. „Vielleicht kommt er ja noch."

Eva schluchzte und fragte: „Glauben Sie wirklich, dass er es nicht geschafft hat?"

„Ich weiß es nicht. Aber es sind schwere Zeiten für jüdische Emigranten. Zurzeit schickt die Polizei alle illegalen Einwanderer zurück nach Deutschland. Deshalb haben wir Sie hierhergebracht. Hier sind Sie erst einmal sicher. Ich hoffe, Ihr Verlobter hatte genauso viel Glück."

„Und wenn er den Nazis in die Hände gefallen ist?"

Eva schlug die Hände vors Gesicht. Sie fühlte sich schrecklich hilflos. Salomo legte vorsichtig seinen Arm um ihre Schultern. Die menschliche Nähe tat ihr gut und sie lehnte sich an ihn, während sie schluchzte: „Was soll ich jetzt bloß machen?"

„Es sind ja bislang nur ein paar Tage vergangen. Haben Sie etwas Geduld", tröstete er sie.

KAPITEL 26

Gegenwart

Daniel Hirsch legte eine Pause ein. „So haben sich meine Großeltern kennengelernt", sagte er.

„Das heißt, Emil ist nie in der Synagoge in Basel aufgetaucht?"

Er schüttelte den Kopf.

„Viel mehr kann ich Ihnen leider auch nicht erzählen."

„Und Ihre Eltern? Wissen die vielleicht noch mehr über Ihre Großmutter?"

Der junge Anwalt zuckte mit den Schultern. „Kann schon sein. Meine Mutter ist gerade in Israel, in Tel Aviv. Sie war zwar nur ihre Schwiegertochter, doch die beiden hatten ein sehr gutes Verhältnis. Ich glaube, meine Großmutter hat ihr einige Dinge anvertraut, über die sie nicht einmal mit ihrem Sohn gesprochen hat."

Eva kam eine verrückte Idee. „Meinen Sie, ich könnte Ihre Mutter dort besuchen?"

Er sah sie überrascht an. „In Tel Aviv?" Sie nickte.

„Bestimmt. Ich frage sie gleich, warten Sie einen Moment."

Herr Hirsch stand auf, ging ein paar Schritte weiter und zog sein Smartphone aus der Tasche. Das Gespräch konnte Eva nicht mithören, doch er lächelte immer wieder. Dann kam er zurück.

„Wir können fliegen."

Eva blickte ihn misstrauisch an. „Wir?"

„Meine Mutter empfängt Sie nur, wenn ich mitkomme." Er lächelte und zuckte mit den Schultern.

„Sie müssen doch arbeiten?"

„Ich kann überall arbeiten. Ich sage meiner Assistentin, dass Sie für uns Tickets buchen soll. Ich wollte eh nächste Woche kurzfristig meine Mutter in Tel Aviv besuchen, das ziehe ich einfach vor."

„Aber wir kennen uns doch gar nicht."

„Finden Sie? Sie wissen doch bereits alles über meine Familie."

„Aber Sie nichts über mich."

„Ja, das müssen wir unbedingt nachholen."

Flirtete er mit ihr? Eva war verwirrt. Wie er sie ansah! Und dann dieses spontane Angebot …

„Wie kann ich sicher sein, dass Sie nicht ein Psychopath sind, der mich in eine Falle locken möchte?", fragte sie geradeheraus.

Er lachte schallend. „Keine Angst. Sie haben mich aufgesucht und ich nehme mir frei, um mit Ihnen nach Israel zu fliegen. Es müsste doch wirklich ein unglücklicher Zufall sein, wenn ich ein Psychopath wäre."

Da musste sie ihm recht geben. Sie grinste und sagte: „Okay, aber dann sollten wir uns duzen, ich bin Eva."

„Daniel."

„Ich muss noch ein paar Telefonate erledigen."

Daniel nickte. „Tu das, ich organisiere die Flüge. Von Basel fliegt immer was."

Eva rief ihre Eltern an und erzählte, dass sie für ein paar Tage zu Recherchezwecken unterwegs sei. Außerdem bat sie ihre Mutter, Grete im Krankenhaus zu besuchen und sie zu informieren, falls sich der Zustand der alten Dame verschlechterte.

„Kannst du ihr bitte sagen, dass ich gute Neuigkeiten für sie habe? Ich habe Evas Enkel getroffen."

„Welche Eva?"

„Gretes verstorbene Cousine. Ich erkläre es dir später."

Im Büro rief Eva nicht an, schließlich hatte sie noch drei freie Tage und dann war Wochenende. So konnte sie sogar fünf Tage in Israel bleiben, und wenn sie am Sonntagabend zurückflog, konnte sie am Montag wieder in der Redaktion sein.

Früh am nächsten Morgen saß sie mit Daniel im Flugzeug Richtung Tel Aviv. Unterwegs erzählte er ihr ein bisschen von sich. Er war sechsunddreißig, geschieden und genoss gerade *das Leben*, wie er es selbst formulierte.

„Im Gegensatz zu meinen Vorfahren möchte ich nicht in der Kanzlei sterben. In zehn Jahren höre ich auf. Ich wollte schon immer mit dem Motorrad einige Länder bereisen, die USA, Japan und Brasilien."

„Das ist eine tolle Idee. Aber glaubst du wirklich,

dass du ohne Arbeit leben kannst? Ich meine nicht finanziell, sondern ohne berufliche Tätigkeit."

Er lachte laut. „Und wie ich das kann. Arbeit sollte man nicht zu ernst nehmen."

Eva sah ihn nachdenklich an. Hatte er recht?

Sie plauderten weiter und nach dem vierstündigen Flug hatte sie das Gefühl, Daniel schon seit Jahren zu kennen.

Nachdem sie die Passkontrollen passiert hatten, nahmen sie ein Taxi und fuhren in einen Vorort von Tel Aviv. Eva sah die ganze Zeit aus dem Fenster und genoss die vielen unterschiedlichen Eindrücke. Schließlich hielt das Auto vor einem Haus aus weißem Stein.

Eine hübsche Frau Mitte siebzig öffnete ihnen. Ihr weißes kurzes Haar stand ihr gut und es ließ sie eher jünger aussehen, als wenn sie es gefärbt hätte. Zu einem langen cremefarbenen Wollrock trug sie einen Pullover in derselben Farbe. Sie strahlte eine gewisse Autorität und Selbstsicherheit aus, die Eva imponierte.

„Rahel", stellte sie sich vor, umarmte ihren Sohn und bat dann beide herein.

Nachdem sie ihnen selbst gemachte Limonade angeboten hatte, sprach sie mit ihrem Sohn auf Schweizerdeutsch, und zwar so schnell, dass Eva kaum ein Wort verstand. Sie schienen in wenigen Minuten mehrere Themen zu diskutieren, sodass Eva wie bei einem Tennismatch ständig den Kopf hin und her bewegte.

Irgendwann gab sie den Versuch auf, etwas zu verstehen, und sah sich im Wohnzimmer um. Wie bei Grete schien auch hier die Zeit irgendwann in den frühen Siebzigerjahren stehengeblieben zu sein. Doch die Designermöbel wirkten im Gegensatz zur Wohnung der alten Dame immer noch zeitlos schick.

Ein Stahltisch mit einer Glasplatte stand im Wohnzimmer, zwei gelbe Sofas mit vielen bunten Kissen sorgten für Gemütlichkeit und unzählige Bilder an den Wänden brachten Farbe und eine persönliche Note in den Raum.

„Ich gehe mich mal umziehen", sagte Daniel schließlich auf Hochdeutsch und verschwand auf der Treppe, die ins Obergeschoss führte.

„Und Sie möchten gerne mehr über meine Schwiegermutter herausfinden?", wandte sich Rahel an Eva.

Etwas eingeschüchtert nickte diese. „Ja, ich habe viel Zeit mit ihrer Cousine Margarethe verbracht, sie ist kürzlich einhundert Jahre alt geworden."

„Sie lebt noch?"

Wieder nickte Eva. „Ich sollte eigentlich einen Zeitungsbericht über sie schreiben, doch wir haben uns näher kennengelernt und sie hat mir die Geschichte ihrer Kindheit und Jugend erzählt, die sie gemeinsam mit Eva und Emil erlebt hat."

Rahel erkundigte sich: „Und das ist so spannend, dass Sie dafür extra hierherfliegen?"

Eva fragte sich, ob ihr Rahel nicht traute. Daher erklärte sie: „Nun ja, Grete wird vermutlich nicht mehr lange leben, sie ist im Krankenhaus und wünscht sich nichts sehnlicher, als Vergebung für ihren Fehler damals."

„Fehler?", fragte Rahel und zog die dünnen Augenbrauen hoch, sodass sich auf ihrer Stirn unzählige Falten bildeten.

Eva erzählte ihr Gretes Version.

Rahel nickte verstehend. „Schuld ist eine schlimme Sache. Meine Schwiegermutter hat damals geahnt, dass ihre Cousine den Pass versteckt hatte. Wer sonst sollte es gewesen sein? Es brauchte zwar Jahre, aber sie hat ihr vergeben, und irgendwann war auch dieser Teil ihrer Geschichte nur Vergangenheit."

„Wissen Sie, ob sie Emil jemals wieder getroffen hat?"

Rahel lachte und rief: „Kommen Sie mal mit."

Gemeinsam gingen sie in den Garten. Auf dem Nachbargrundstück war gerade ein Mann mittleren Alters damit beschäftigt, einen Busch zu beschneiden.

„Ari!", rief Rahel.

Der Mann blickte auf und kam zum Zaun. „Rahel, Shalom!"

„Eva, das ist Ari, der Sohn von Emil."

Eva starrte den Mann mit dem kurzen grauen Haar an und ihr blieb der Mund offen stehen. Das also war Bens Vater?

Rahel sprach auf Hebräisch mit ihm. Eva vermutete, dass sie ihm erklärte, warum sie hier war. Plötzlich strahlte der Mann, rief: „Moment!", und eilte ins Haus.

„Seit einiger Zeit wohnt Ari im Haus seines Vaters", erklärte Rahel. „Nach Emils Tod fing es an, zu verfallen. Deshalb entschied er sich, in diesen Vorort zu ziehen."

Eine Minute später kam Ari wieder heraus, aber nicht alleine. Eva hatte das Gefühl, dass sie gleich in Ohnmacht fallen würde. Hinter Ari war Ben aus dem Haus getreten. Er sah sie genauso überrascht an wie sie ihn.

„Eva!", rief er.

Rahel fragte ihn etwas auf Hebräisch und Ben nickte.

Rahel flüsterte Eva zu: „Mir scheint, ihr kennt euch recht gut."

In diesem Moment kam Daniel in den Garten. Er hatte sich umgezogen und trug jetzt eine bequeme Jeans und ein T-Shirt.

Scherzend fragte er: „Na, macht dich meine Mutter schon mit der ganzen Nachbarschaft bekannt?"

Eva lächelte verlegen und sagte: „Sozusagen."

Sie sah, dass Ben sie und Daniel genau beobachtete. Er trug eine Kippa, in Deutschland hatte er das nie getan.

„Ist das die Freundin Ihres Sohnes?", fragte Ari auf Englisch, der wohl bemerkt hatte, dass Eva kein Hebräisch verstand.

Rahel sah Daniel an und dieser antwortete diplomatisch: „Eine gute Freundin der Familie."

Ben jedoch lächelte nicht und musterte Daniel eher misstrauisch.

„Die junge Dame ist gerade erst angekommen, kommt doch später bei uns vorbei", schlug Rahel vor.

„Danke, aber ich muss gleich mit meiner Frau los, wir haben einen Termin", antwortete Ari bedauernd. „Aber Ben, du könntest sie doch besuchen."

„Selbstverständlich, dann kann ich dir endlich mein Land zeigen, Eva", sagte Ben.

Ari meinte sofort: „Das ist das Mindeste. Unser Land ist das schönste auf der ganzen Welt."

Eva lächelte ihm zu. Bens Vater schien wirklich begeistert von seiner Heimat. Sie verabschiedete sich von ihm und ging mit Daniel und seiner Mutter wieder ins Haus.

„Eva, du bist sehr blass. Möchtest du etwas essen?“, fragte Rahel, als sie wieder drinnen waren.

Sie verneinte. „Verstehe ich das richtig, Emil lebte direkt neben Ihrer Schwiegermutter?“

Rahel nickte.

In diesem Moment klingelte es an der Tür. Es war Ben. Rahel begrüßte ihn und bat ihn ins Wohnzimmer. Eva und er begrüßten sich unsicher mit einem leichten Handschlag.

„Ihr zwei kennt euch?“, fragte Daniel.

Sie nickten.

„Durch Grete“, sagte Ben auf Englisch.

Jetzt war es Daniel, der abwechselnd Ben und Eva musterte. Etwas an ihrem Verhalten schien ihm zu verraten, dass zwischen ihnen mehr war, als nur eine lose Bekanntschaft. Sie trauten sich nicht, einander direkt in die Augen zu blicken. Außerdem hatte Eva gerötete Wangen und ihre Ohren glühten. Ben seinerseits blickte fast verstohlen immer wieder zu ihr hin. Ihr Gespräch stockte etwas. Wären sie nur gute Bekannte gewesen, hätten sie viel offener miteinander kommuniziert.

Rahel erklärte: „Eigentlich wollten weder Emil noch meine Schwiegermutter, dass jemand davon erfährt.“

„Was erfährt?“, fragte Ben.

„Nun, eure Familie ist so religiös. Emil hatte Angst vor der Reaktion deines Vaters, Ben. Deshalb wisst ihr es wohl bis heute nicht.“ Rahel holte noch einmal tief Luft. Dann sagte sie: „Aber da nun Eva, die junge Eva, hier ist und bereits so viel herausgefunden hat, ist es wohl an der Zeit, dieses Geheimnis zu lüften. Es ist kein Zufall, dass beide hier in Israel in derselben Straße ein Haus hatten. Nachdem sie beide verwitwet waren, wurden sie mit über sechzig Jahren doch noch ein Paar."

„Mein Großvater und Eva?", fragte Ben völlig verblüfft.

Rahel nickte. „Sie versuchten, es geheim zu halten. Sie hatten Angst, was ihre Kinder denken würden. Doch ich fand es schnell heraus."

„Eine auf Ewigkeiten geheime Beziehung", folgerte Eva.

„Aber sie haben zueinander gefunden", sagte Ben leise.

„Wieso haben sie sich damals in der Schweiz nicht gefunden?", erkundigte Eva sich.

Rahel antwortete: „Emil kam zunächst zu einem Polizeiposten in einem kleinen Dorf. Er dachte, er wäre in Sicherheit, doch dann merkte er, dass der Polizist nervös wurde. Als dieser telefonierte, lauschte Emil. Er hörte, dass er zurück nach Deutschland deportiert werden sollte. Deshalb floh er aus der Polizeistation und irrte einige Tage durch die Gegend, bis er schließlich bei einem alten Bauernehepaar Zuflucht fand. Als er dem Bauern von seiner großen Liebe erzählte, hatte dieser Mitleid und bat einen Neffen, sich unauffällig umzuhören. Dieser reiste extra nach Heidelberg. Er erzählte ihm, dass Eva gestorben war. Eva erzählte mir, dass ihr Vater sie für tot hatte erklären lassen. Es gab sogar ein Grab auf dem Friedhof, wo sie sich immer mit Emil getroffen hatte. Warum ihr Vater ausgerechnet diesen Friedhof ausgewählt hatte, wusste sie nicht. Emil war tieftraurig, doch er wurde auf dem Hof gebraucht und so blieb er bei dem alten Ehepaar und half ihnen, bis der Krieg vorbei war. Danach entschied er, nach Palästina auszuwandern, wo er auch seine Mutter wiedertraf, die in Argentinien gewesen war. Eva zog nach Basel, mietete eine kleine Wohnung und half als Anwaltsgehilfin in der Kanzlei. Drei Jahre lang ging sie nicht auf die Avancen von Salomo ein. Doch schließlich gab sie die Hoffnung auf, Emil wiederzusehen und heiratete meinen Schwiegervater. Aus einer Laune heraus überredete sie ihren Mann, zwei Häuser in Israel zu kaufen. Sie lebten aber nie dort, sondern vermieteten die Häuser nur – bis ihr Mann krank wurde, und sie in den siebziger Jahren doch nach Israel umzogen, wegen des milderen Klimas. Eva liebte ihren Mann, auch wenn es nicht die glühende Jugendliebe war, die sie für Emil empfunden hatte. Als mein Schwiegervater gestorben war, entschied sie, sich hier ein neues Leben aufzubauen."

KAPITEL 27

Tel Aviv 1984

Eva trug einen blauen Jogginganzug und eine Sonnenbrille. Ihre Augen waren immer etwas empfindlich. Ihr Gesicht wurde von kurz geschnittenen grauen Haaren umrahmt und sie war trotz ihres Alters immer noch sehr hübsch. Sie walkte gut gelaunt mit vier anderen Frauen die Strandpromenade entlang. Alle waren wie sie Anfang bis Mitte sechzig.

„Das war eine gute Idee von dir", sagte Miriam, die kleinste von ihnen. Sie war in den USA geboren und ungefähr um dieselbe Zeit wie Eva nach Israel eingewandert.

„Was wären wir ohne dich, Eva", neckte Gitti.

„Wir würden zu Hause Socken stricken", rief Rebecca, die ihr langes, braun gefärbtes Haar zum Pferdeschwanz gebunden hatte.

„Wir wollen ja nicht auf den Tod warten, dafür sind wir noch viel zu jung", antwortete Eva und die Frauen stimmten mit einem lauten Lachen zu.

Ein älterer Mann kam ihnen joggend entgegen, er wirkte in Gedanken versunken. Die Schildkappe hatte er tief ins Gesicht gezogen. Da die Damen alle nebeneinander liefen, musste er kurz anhalten, um nicht mit ihnen zusammenzustoßen.

„Shalom", rief er freundlich und trabte auf der Stelle.

Eva fand den Mann sofort anziehend, er erinnerte sie an jemanden, aber sie wusste nicht, an wen.

Miriam, die ebenfalls Witwe war, schien der Mann auch zu gefallen, denn sie rief sofort: „Sie sollten nicht wie ein einsamer Wolf laufen, in der Gruppe macht es mehr Spaß."

Er lachte. „Aber ich jogge, ich mache keinen Spaziergang."

„Wir machen auch keinen Spaziergang!", rief Eva empört. „Das ist eine neue Sportart, sie ist schonender für die Gelenke als Joggen."

Er lächelte freundlich. „Besser als keine Bewegung."

Als er Eva ansah, stutzte er und fragte: „Kennen wir uns?"

Sie zuckte mit den Schultern. „Früher hatte ich ein gutes Gedächtnis, aber mittlerweile …" Sie musterte ihn genauer, seine Augen lagen im Schatten der Schildkappe und der untere Teil seines Gesichts wurde von einem gepflegten grauen Bart bedeckt.

„Vielleicht war der Herr auf einer deiner Seniorenveranstaltungen", meinte Gitti.

„Bis jetzt noch nicht. Ich bin Emil", stellte er sich

mit dem Vornamen vor wie unter Sportlern üblich und gab den Frauen die Hand.

Die Frauen nannten ebenfalls ihre Namen. Eva war als Letzte dran.

„Eva", sagte sie und lächelte zögerlich. „Ich kannte mal vor einer Ewigkeit einen Emil."

Sie hauchte die letzten Worte fast.

„Und ich …" Er beendete seinen Satz nicht, sondern blickte sie an.

„Sind Sie aus Deutschland hergezogen?", fragte er mit belegter Stimme.

„Aus der Schweiz", antwortete sie.

Er nickte und wirkte fast enttäuscht.

„Im Krieg habe ich einige Zeit in der Schweiz gelebt", sagte er. „Aber eigentlich komme ich aus Deutschland. Meine verstorbene Frau stammte auch von dort, aber ich habe sie in Tel Aviv kennengelernt."

Eva hatte das Gefühl, von einem Fieber erfasst zu werden. Ihre Beine zitterten und sie stammelte: „Ursprünglich komme ich auch aus Deutschland, Heidelberg."

Er sah sie erschrocken an und nahm langsam die Schildkappe ab. Die Frauen beobachteten sie. Heidi räusperte sich und fragte: „Kennt ihr euch etwa aus Deutschland?"

Eva versuchte, den jungen Emil aus ihrer Erinnerung in ihm zu entdecken. Er hatte sich verändert, aber diese grünen Augen hätte sie überall wiedererkannt.

„Emil, bist du es?", fragte sie zitternd und nahm ihre Sonnenbrille ab.

Er sah ihr in die Augen und auf einmal verschwamm alles um sie herum. Es gab nur noch sie beide.

Heidi blickte von einem zum anderen und meinte dann: „Ich glaube, ihr solltet euch setzen. Wir walken mal weiter und kommen nach der Runde wieder, um dich abzuholen."

Eva nickte stumm. Sie hatte nur Augen für Emil.

„Du lebst?", fragte er schließlich.

Sie nickte wieder.

„Aber der Grabstein … in Heidelberg."

Eva schloss die Augen. Der Grabstein! Emil wusste davon. Er hatte sich nach ihr erkundigt!

„Mein Vater hat mich für tot erklären lassen", sagte sie mit Tränen in den Augen. Emil lebte! Sie konnte es nicht fassen und fragte: „Bist du ein Geist, oder passiert das alles gerade wirklich? Du bist nie in Basel angekommen!"

„Ich habe mich damals verirrt, aber – was machst du hier in Israel, Eva?"

„Seit mein Mann gestorben ist, lebe ich hier."

„Du lebst. Und du bist hier in Israel!", stammelte er fassungslos.

Eva grinste mit einem Mal und sagte: „Das Gleiche könnte ich auch sagen."

Sie brachen in ein befreiendes Gelächter aus.

Dann fragte Emil vorsichtig: „Darf ich deine Hand halten?"

Sie nickte und lächelte ihn an.

Und plötzlich waren sie wieder neunzehn und erlebten das Wunder der ersten Liebe.

KAPITEL 28

Tel Aviv 2006

Eva lag in ihrem Schlafzimmer. Das Ehebett war gegen ein Pflegebett eingetauscht worden. Ihr Gesicht wirkte krank und eingefallen. Es war klar zu erkennen, dass sie nicht mehr sehr lange leben würde. Vor Kurzem hatte sie ihren siebenundachtzigsten Geburtstag gefeiert.

Rahel saß neben ihrem Bett, als sie ihre Augen öffnete. Vor einigen Wochen war sie aus der Schweiz hergeflogen und bei ihrer Schwiegermutter eingezogen, um sie zu pflegen.

„Emil, bist du wach?", fragte Eva auf Deutsch.

Rahel nahm ihre Hand. „Emil ist nicht da. Ich bin's, Rahel."

Sie lächelte ihre Schwiegermutter an und streichelte ihr über die Wange.

Sie brachte es nicht übers Herz, Eva daran zu erinnern, dass Emil bereits vor einem Jahr gestorben war.

„Rahel?"

Sie nickte. „Deine Schwiegertochter."

„Rahel, ich muss die ganze Zeit an Grete denken."

„Wer ist Grete?"

Eva sah sie überrascht an, fast als würde sie sich über die Vergesslichkeit ihrer Schwiegertochter wundern.

„Grete, mein Cousinchen."

Rahel lächelte. „Ach so."

„Grete war auch in Emil verliebt", erzählte Eva.

„In deinen Emil?"

Eva nickte. „Weil Emil sich für mich entschieden hatte, tat sie etwas Schlimmes. Sie versteckte seinen Pass. Ich kann es nicht beweisen, aber der Pass war verschwunden, als wir ihn brauchten. Doch später hat die Gestapo ihn im Pfarrhaus gefunden. Das habe ich erfahren, als ich noch einmal in Deutschland war. Ihr Vater kam deswegen ins KZ. Ich war so wütend auf Grete, sie hatte alles kaputt gemacht. Obwohl ich mit meinem Leben in Deutschland schon längst abgeschlossen hatte, musste ich wissen, wie es ihr ergangen war."

Sie machte eine Pause.

„Und?", fragte Rahel.

Eva blickte zum Fenster hinaus. „Du musst wissen, dass Grete kein böser Mensch war, im Gegenteil. Sie war ein nettes und großherziges Mädchen. Sie hat nie geheiratet, aber nach dem Krieg hat sie ein Waisenmädchen bei sich aufgenommen und für es gesorgt. Sie war wirklich kein schlechter Mensch."

„Warum hat sie dann so gehandelt?"

„Aus Eifersucht, Dummheit und jugendlichem Leichtsinn. Gerächt hat sich alles an ihrem Vater, denn er wurde verhaftet. Und ich weiß, dass Grete jeden Tag ihres restlichen Lebens dafür bezahlt hat."

„Eva, warum erzählst du mir das?" Rahel blickte in die wachen Augen ihrer Schwiegermutter, die ihren Glanz immer noch nicht verloren hatten.

„Weil es an der Zeit ist, sie freizulassen." Eva lächelte. „Rahel, mein Leben war gut, sehr gut, und ich werde in Frieden aus dieser Welt gehen. Aber nur, wenn ich Grete vergebe. Und ich vergebe ihr."

Rahel nahm die knochige Hand ihrer Schwiegermutter, die kalt war, obwohl draußen sommerliche Temperaturen herrschten.

„Ich habe ihr einen Brief geschrieben. Du musst ihn für mich abschicken."

Rahel nickte.

„Eigentlich haben Emil und ich den Brief zusammen geschrieben", fuhr Eva fort. „Noch bevor er gestorben ist. Oft haben wir in den letzten Jahren über Grete gesprochen und darüber, wie viel Gutes ihre Familie für uns getan hat. Im Grunde schon, seit ich ein Kind war. Und das wiegt diese eine Bosheit, für die Grete ja auch teuer bezahlen musste, mehr als auf. Doch ich habe lange gebraucht, um das zu erkennen." Tränen liefen Evas Wangen hinunter. „Das hätte ich ihr viel früher sagen sollen, aber ich konnte nicht."

Rahel streichelte tröstend ihre Hand.

„Ich habe es versucht, vor einigen Jahren. Ich bin extra nach Deutschland gereist, um an einem Gedenkgottesdienst für Onkel Frido teilzunehmen." Eva lachte, doch es klang traurig. „Habe versucht, unentdeckt zu bleiben. Ich wollte einerseits mit ihr sprechen, andererseits hatte ich große Angst davor. Es war wie in einem schlechten Film. Ich trug eine dicke schwarze Brille und stand ganz hinten in der Kirche. Doch Grete erkannte mich sofort. Aber ich bin wie ein kleines Mädchen weggerannt. Ich war noch nicht bereit, mit ihr zu sprechen. Warum weiß ich nicht. Sie war mutiger als ich. Sie war …"

„Ach, Eva", sagte Rahel leise.

„Jetzt aber bin ich bereit. Nein, schon länger eigentlich, doch ich war so beschäftigt mit Emil und mir und …" Wieder kamen ihr die Tränen. „Bitte schick den Brief für mich ab."

Rahel nickte.

KAPITEL 29

Gegenwart

„Und der Brief ist niemals angekommen?", fragte Eva besorgt.

Rahel sah sie an. Bedauern lag in ihrem Blick. „Nein. Meine Schwiegermutter starb noch in derselben Nacht und ich konnte den Brief nirgendwo in ihrem Haus finden. Sie hatte gesagt, er sei in ihrem Sekretär, aber da war er nicht. Irgendwann habe ich mich gefragt, ob sie ihn wirklich geschrieben hatten. Das ganze Haus habe ich durchsucht. Doch ich habe ihn nie gefunden." Rahel zuckte mit den Schultern. „Ich habe sogar darüber nachgedacht, ihn selbst zu schreiben, doch das erschien mir nicht richtig."

Eva sprang auf. „Aber das kann doch nicht so enden! Grete liegt im Sterben und sie sucht nach Vergebung. Sie hat keine Ahnung, dass ihr schon vor Jahren vergeben wurde. Sie hätten die arme Frau doch anrufen können!"

Rahel wirkte verlegen. „Das hatte ich mir auch überlegt, doch ich wusste nicht wie und es war so, wie soll ich sagen, absurd … ich fühlte mich irgendwie nicht berechtigt, da einzuschreiten. In dieser ganzen Sache war ich doch nur die Briefträgerin ...‟

Eva war wütend. Warum hatte die arme Grete so lange leiden müssen?

„Wir müssen etwas unternehmen!‟, rief sie aus.

„Und was?‟, fragte Ben.

„Wofür wurde denn Skype erfunden?‟

Sie erklärte den anderen ihren Plan.

Zwei Stunden später versammelten sich alle um Daniels Laptop. Mittlerweile hatte sich auch Bens Vater Ari zu der Runde gesellt. Als Ben ihm berichtete, was sie von Rahel erfahren hatten, sah er kurz zu seiner Nachbarin und meinte dann: „Eva war eine tolle Frau. Mein Vater und sie haben meine Frau und mich einmal zum Abendessen eingeladen und uns ihre Geschichte erzählt. Meine Frau war schockiert, sie ist in ihrem Glauben sehr streng. Sie wollte auf keinen Fall, dass Ben etwas davon erfährt.‟

Ben sah seinen Vater an. In seinem Blick spiegelten sich Überraschung und Ärger.

„Du warst ja noch nicht mal geboren, als dein Großvater Eva wiedertraf. Und als du klein warst, wollte deine Mutter nicht, dass du es erfährst. Sie verbot deinem Großvater, uns zusammen mit Eva zu besuchen. Und dann starb dein Großvater und es gab keinen Grund mehr, dir von ihr zu erzählen.‟

Er sah Ben entschuldigend an. Bevor er noch etwas

sagen konnte, zeigte Daniels Laptop einen Anruf an. Eva drückte auf Annehmen und ihre Mutter erschien auf dem Bildschirm. Sie saß neben Gretes Krankenhausbett. Als sie ihr Tablet zu Grete drehte, schaute die alte Dame Eva verwirrt an.

Eva rief fröhlich: „Hallo Grete, hier ist Eva. Ich bin gerade in Israel und ich habe die Familie deiner Cousine gefunden."

Gretes Gesichtsausdruck zeigte ihr, dass die alte Frau überhaupt nichts verstand. Sie erkannte Eva auch nicht.

„Grete, Eva hat Ihnen schon vor Jahren vergeben", fuhr sie trotzdem unbeirrt fort. „Schon vor Jahren, Sie können endlich Frieden schließen."

Doch Grete blickte weiterhin verwirrt auf den Bildschirm.

„Ist das ein Film?", fragte sie Evas Mutter.

Diese lächelte. „Nein, nein, so telefoniert man heute."

„Das ist ja wie die Apokalypse!", rief Grete erstaunt.

Evas Mutter lachte. „Das ist meine Tochter dort, Eva, Sie kennen sie doch."

Grete sah zu Ben. „Da ist der Sohn von Emil!", rief sie.

Er lächelte. „Der Enkel."

„Eva und Emil haben Ihnen vergeben", sagte Eva.

„Was vergeben?", fragte die alte Dame.

Evas Mutter mischte sich ein: „Grete hat heute keinen guten Tag, Schatz. Ich glaube, sie weiß nicht, wovon du redest."

Eva versuchte es noch einmal, doch sie musste einsehen, dass ihre Mutter recht hatte.

Enttäuscht legte sie auf und sagte: „Ich muss jetzt mal raus an die frische Luft."

Die anderen nickten verstehend.

Draußen empfing sie eine angenehme Wärme, doch Eva konnte sie nicht genießen. Es war zu frustrierend. Das alles, die Bemühungen, das ganze Leben – es hing so vieles von Zufällen ab.

Plötzlich hörte sie Bens Stimme hinter sich: „Warte!"

Sie drehte sich um und blieb stehen, bis er aufgeholt hatte. Ben atmete schnell. Eva bedachte ihn mit einem Blick, der ihm klarmachen sollte, dass sie jetzt nicht gestört werden wollte, aber er ließ sich davon nicht beirren.

„Schön, dich zu sehen", sagte er und lächelte sie an.

Eva fragte misstrauisch: „Wusstest du wirklich nicht, dass dein Großvater und Eva zusammen waren?"

„Beide waren offensichtlich gut darin, Geheimnisse zu wahren", antwortete er mit einem Schulterzucken.

Während Ben sie mit diesem besonderen Blick ansah, den sie bei noch keinem anderen gesehen hatte, verflogen ihre Wut und ihre Enttäuschung. Ihr wurde bewusst, dass sie ihn sehr vermisst hatte, und sie wünschte sich, er hätte sie in den Arm genommen.

Sie wischte diesen Gedanken beiseite und sagte: „Ich werde einfach selbst einen Brief schreiben."

„Meinst du, das wäre gut?"

„Ich möchte, dass sie Frieden findet. Sie hat einen Fehler gemacht, aber sie meinte es nicht böse. Die Konsequenzen waren ihr einfach nicht bewusst, schließlich war sie noch so jung."

Ben nickte und meinte: „Ohne ihren Fehler wäre ich jetzt wohl auch nicht hier."

Eva grinste, dann wurde sie wieder ernst: „Was ich nicht verstehe: Warum hat Eva den Brief nicht viel früher geschrieben und abgeschickt?"

Ben zuckte mit den Schultern. „Vielleicht dachte sie, sie hätte noch Zeit. Oder sie fand nicht die richtigen Worte. Oder sie plante, noch einmal nach Deutschland zu fliegen und persönlich mit Grete zu sprechen."

Eva sah ihn nachdenklich an. Plötzlich hörten sie hinter sich ein Rufen.

„Ben, da seid ihr ja!", rief Ari euphorisch. „Eva, Sie waren so nett zu meinem Sohn und haben ihm die Stadt seines Großvaters nähergebracht, da muss er Ihnen im Gegenzug auf jeden Fall unser Land zeigen."

„Das ist wirklich lieb, aber ich bin nicht lange hier."

„Ach, unser Land ist zwar wundervoll, aber auch so klein, dass man in kurzer Zeit von einem Ende zum anderen fahren kann. Sie brauchen nicht viel Zeit."

„Wann musst du denn zurück?", fragte Ben.

„Am Sonntagabend", antwortete sie.

„Da habt ihr doch genug Zeit!", freute sich sein Vater. „Seht euch heute gleich Tel Aviv an."

Sie fragte sich, ob er als Teppichverkäufer auf einem orientalischen Basar arbeitete, so überzeugend war er. In diesem Moment trat eine Frau aus dem Haus. Ben stellte sie als seine Mutter Dvora vor. Eva begrüßte sie und sie gaben sich die Hand. Doch Bens Mutter war weniger überschwänglich als sein Vater.

„Eva ist mit Rahels Familie da und ich weiß nicht, ob Daniel nicht auch etwas geplant hat", wandte Ben ein.

Bens Vater warf ihm kurz einen Blick zu. „Dafür hat er bestimmt Verständnis. Ich rede mit ihm."

„Danke, das ist sehr freundlich, aber ich bespreche es selbst mit ihm", erwiderte Eva bestimmt.

„Der Tag heute ist so schön, der Strand von Tel Aviv ist ein Traum. Und morgen müsst ihr unbedingt nach Jerusalem, das ist ein Muss. Dann noch ans Tote Meer. Und an der Wüste kommt ihr sowieso vorbei." Ari war in seiner Euphorie kaum zu bremsen.

Seine Frau jedoch war eher verhalten. Sie musterte Eva misstrauisch und ihrem Gesichtsausdruck nach war sie sich nicht sicher, ob man ihr trauen konnte, vor allem in Verbindung mit ihrem Sohn.

Ari schien das zu bemerken, denn er sagte: „Dvora, wenn ihre Großeltern meinem Vater so viel Gutes getan haben, müssen wir uns irgendwie bedanken."

Eva sah Ben fragend an. Hatte sein Vater etwas falsch verstanden? Dachte er, dass sie eine Nachfahrin der Seligs war? Während sie überlegte, wie sie ihm am besten sagen konnte, dass dies nicht der Fall war, sprach Ari immer weiter von den Sehenswürdigkeiten Israels, sodass sie gar nicht zu Wort kam. Sie konnte jedoch an Bens Blick erkennen, dass er genau wusste, was in ihr vorging.

Schließlich unterbrach dieser seinen Vater lächelnd: „Aba, ist gut, sonst denkt Eva, dass du fürs Tourismusbüro arbeitest."

Ari lachte laut auf. „Dann sprechen Sie eben schnell mit Daniel und Rahel. Ben holt Sie in einer Stunde ab."

Aus irgendeinem Grund widersprach ihm Eva nicht und ließ sich von Bens Familie zum Haus von Daniels Familie begleiten. Daniel öffnete, seine Mutter stand hinter ihm.

„Daniel, wir wollen die junge Dame entführen, um

ihr unser wunderschönes Land zu zeigen", rief Ari sofort.

Der junge Anwalt schien etwas überrascht. Rahel dagegen zuckte nur mit den Schultern. „So lange ihr versprecht, sie wiederzubringen."

„Selbstverständlich", versprach Ben grinsend.

„Wir wollten sie eigentlich zum Abendessen ausführen", wandte Rahel ein.

„Macht das doch morgen", schlug Ari vor. „Dann müssen sie sich heute nicht so sehr beeilen."

Rahel sah Eva an und diese nickte zustimmend. Sie holte ihren Tagesrucksack und ehe sie sichs versah, saß sie neben Ben in einem alten Peugeot-Cabrio. Es gehörte seinem Vater und wurde sonst nur an besonderen Tagen benutzt.

„Mein Vater ist etwas aufdringlich, tut mir leid", entschuldigte sich Ben, während er losfuhr.

„Er glaubt, ich bin eine Selig, kann das sein?"

Ben lächelte. „Tja, er hat sich da etwas zusammengereimt. Lassen wir ihn fürs Erste einfach in dem Glauben."

Nach einer kurzen Fahrt, in der Eva staunend die Umgebung betrachtete, erblickte sie durch das Fenster das Meer. Dort sah es tatsächlich so aus, wie Eva es aus Filmen kannte. An dem schönen breiten Sandstrand reihte sich ein Hotel ans andere und die Sonne schien vom wolkenlosen blauen Himmel. Nur die Touristen fehlten, denn um diese Jahreszeit war nicht viel los. Ein paar vereinzelte Jogger und Hundehalter liefen ihre Runden.

„Das Meer ist schön, aber ich schlage vor, wir schauen uns erst die Stadt und die Altstadt von Jaffa an."

Ben wirkte so anders als in Heidelberg, viel selbstsicherer, und das gefiel Eva. Er war hier ganz offensichtlich in seinem Terrain.

„Morgen fahren wir nach Jerusalem", fuhr er fort. „Du kannst nicht nach Israel kommen, ohne dir die Stadt anzusehen, in der so viel Geschichte passiert ist."

Eva nickte. In dieser Gegend waren die Gebäude alle sehr hell. Überhaupt wirkte Tel Aviv hell und leicht. Sie sprach Ben darauf an.

Er lächelte und erzählte: „Man nennt diesen Teil von Tel Aviv tatsächlich die Weiße Stadt. Es gibt hier mehrere tausend Häuser im Bauhaus-Stil."

Sie nickte. „Wahrscheinlich wegen der geflüchteten Bauhaus-Anhänger, oder?"

Er sah sie bewundernd an. „Gutes logisches Denken."

Sie lächelte und meinte: „Na ja, so schwer war das doch nicht zu erraten."

In einigen Straßen standen ganze Komplexe im Bauhausstil, die aussahen wie neu gebaut.

„Von ungefähr viertausend Gebäuden sind fast zweitausend renoviert", erzählte Ben weiter.

Überall waren Familien und junge Menschen zu sehen, die in schicken Cafés saßen.

„Jetzt sind wir in einem der angesagten Stadtteile, in Neve Tzedek", erklärte Evas selbsternannter Tourguide.

Hier erinnerte sie vieles an Südfrankreich. Die Häuser waren im mediterranen Stil gestaltet, aus Stein, mit bunten Fensterläden. Eiserne Bögen, an denen sich Rosen entlang rankten, verzierten die Eingänge. Überhaupt war hier viel Grün und diese Helligkeit, die ihr schon vorher aufgefallen war. In Deutschland war es nicht einmal an heißen Sommertagen so hell. Vielleicht hing es mit den Häusern zusammen. Obwohl nicht alle weiß waren, hatten doch alle einen hellen Farbton und das strahlte eine Freundlichkeit und Freude aus, die Eva in noch keiner Stadt erlebt hatte.

Nachdem Ben geparkt hatte, spazierten sie eine der zauberhaften Straßen entlang.

„Wunderschön ist es hier!", rief Eva begeistert.

„Auch hier wurde vieles aufwendig restauriert. Es ist ganz anders als Heidelberg", erklärte Ben. „Heidelberg ist schön und Tel Aviv ist einfach anders schön. Und dann gibt es hier natürlich mehr Sonnenstunden."

Eva blieb einen Moment stehen und streckte ihr Gesicht der Sonne entgegen. Es war viel los auf den Straßen. Neben einigen Touristen waren auch viele Einheimische unterwegs. Eva fiel auf, wie viele unterschiedliche Nationen versammelt waren. An den Tischen vor den Cafés und Restaurants saßen blonde hellhäutige Menschen neben dunkelhaarigen Afroamerikanern, Südeuropäern, Insulanern und Orientalen.

„Die Menschen sind so schön hier", sagte Eva bewundernd.

Ben lachte. „Wenn man hier lebt, sieht man das kaum noch. Ich finde, in Heidelberg gibt es die schönsten Frauen."

Bei diesen Worten sah er ihr tief in die Augen.

„Soll das ein Kompliment sein? Ich habe nämlich keine Lust auf Spielchen", warnte Eva.

„Ich mache keine Spielchen."

„Warum sagst du das dann, wohlwissend, dass wir keine Beziehung haben werden?"

„Ich kann nicht anders, irgendwie benehme ich mich in deiner Nähe immer anders, als ich es vorhabe."

„Ja, wie ein Idiot."

Sie wollte ernst bleiben, aber dann musste sie doch lachen.

„Kann es sein, dass Evas Enkel Gefallen an dir gefunden hat?", fragte Ben beiläufig.

Sie lächelte. „Kann schon sein und wenn, dann meint er es wenigstens ernst."

„Emils Enkel meint es auch ernst."

„Es gibt so viele Dinge, die zwischen uns stehen", antwortete Eva und sah ihn mit ernster Miene an.

Ben seufzte und fuhr sich durch das dichte schwarze Haar. Sie konnte ihn kaum ansehen, denn sobald sie das tat, empfand sie ein unbändiges Verlangen, ihn zu küssen.

„Wir könnten doch einen gemeinsamen Weg suchen – falls du Interesse hast", sagte er fast schüchtern.

Eva gab kokett zurück: „Das hängt vom Angebot ab."

Sie bogen in eine Straße ein, in der sich mehrere Cafés nebeneinander befanden. Die Lokale umfassten im Innenbereich meist nur wenige Quadratmeter, aber sie hatten große Terrassen. Jedes war anders, mal minimalistisch modern eingerichtet, mal im Shabby Chic, oder sie erinnerten an alte Pariser Cafés. Vor einem kleinen Café kamen sie zum Stehen und Ben sagte: „Hier gibt es die beste heiße Schokolade von Tel Aviv."

Die Stühle und Tische dieses Cafés waren ein Sammelsurium unterschiedlichster Möbelstücke vom Flohmarkt. Hier und da erkannte Eva aber auch hochwertige und moderne Stücke. Ein Gast saß auf einem durchsichtigen

Plastikstuhl, wie man sie in Deutschland häufig sah. Trotz der vielen Stilrichtungen passte alles irgendwie zusammen.

Sie setzten sich auf die Terrasse, über der eine Markise aufgespannt war. Eva konnte sich vorstellen, dass dieser Schutz im Hochsommer mehr als nötig war. Jetzt im Winter war es mit Jacke sehr angenehm hier draußen.

„Ich habe Schluss gemacht", sagte Ben plötzlich.

Eva spürte, wie ein Schmetterling durch ihren Bauch flatterte.

„Warum?", fragte sie betont gleichgültig und nippte an der heißen Schokolade, die tatsächlich köstlich war.

„Weil ich mich in eine andere Frau verliebt habe", antwortete Ben.

Ihr Herz schlug so stark, dass sie sich sicher war, dass die anderen es hören würden. Sie biss ein Stück von ihrem Orangenkuchen ab, um Zeit zu gewinnen. Der Grießkuchen schmeckte wunderbar nach Orangensaft, Honig und Kokos und er war sehr saftig.

„Wer ist diese andere Frau?", fragte Eva.

Er lächelte. „Sie sitzt mir gegenüber."

Eva dachte an die Blicke, mit der Dvora sie gemustert hatte, und erkundigte sich mit bangem Herzen: „Aber was würden deine Eltern zu einer Nichtjüdin sagen?"

„Die Religionszugehörigkeit ist eher meiner Mutter wichtig, sie ist diejenige, die strenggläubig ist. Mein Vater ist da liberaler. Du hast ihn ja kennengelernt. Aber im Moment geht es nicht um meine Eltern."

Evas Blick fiel auf die Kippa und sie wusste nicht so recht, ob sie das glauben sollte.

„Trägst du die Kippa hier immer?", erkundigte sie sich.

Er nickte.

„Aber in Deutschland hast du es nicht gemacht."

„Ich wollte nicht unnötig auffallen. Mein Glaube verlangt auch nicht, dass ich sie immer trage, nur zum Gebet. Aber hier in Israel ist es auch praktisch, einfach so als Kopfbedeckung. Hör mal, Eva, ich fühle mich gerade wie bei einem Verhör! Freust du dich denn gar nicht über das, was ich gesagt habe?"

Sie beobachtete seine Reaktion genau, während sie fragte: „Das kommt darauf an. Was bedeutet es denn für mich?"

Er legte seine Hand auf ihre. „Eva, ich habe mit meiner Freundin Schluss gemacht, um mit dir zusammen zu sein."

Eva wusste nicht, wie sie reagieren sollte. Das war ja genau das, was sie sich erhofft hatte. Nur dass der zweite Punkt immer noch zwischen ihnen stand. Oder war dies tatsächlich nicht so wichtig?

„Was bedeutet es für dich?", fragte Ben und sie konnte die gespannte Unsicherheit in seiner Stimme hören.

„Du liebst mich?", fragte Eva wieder.

Er nickte. Erst jetzt drang die Nachricht zu ihrem Herzen. Ben wollte mit ihr zusammen sein, ohne Rücksicht auf die äußeren Umstände. Sie sah ihm tief in die Augen, diese schönen großen Augen, die auf ihr Urteil warteten.

„Ich muss noch darüber nachdenken", antwortete sie.

Ben schluckte einen Kloß hinunter und lächelte gequält. Den Rest des Kuchens aßen sie schweigend.

Als sie weitergingen, spürte Eva eine wohlige Wärme in ihrem Bauch emporsteigen und legte den Arm um Ben. Er sah sie kurz an, Erleichterung stand in seinem Blick und Arm in Arm liefen sie weiter.

Nach einer Weile sagte Ben: „Hör mal, unsere unterschiedlichen Religionen sind definitiv kein einfaches Thema und ich will dich nicht unter Druck setzen. Doch wir müssen uns beiden eine Chance geben."

„Okay. So lange ich für dich nicht nur ein Urlaubsflirt bin …"

„Das bist du ganz bestimmt nicht!", rief Ben.

„Dann lass uns ein anderes Mal darüber sprechen, jetzt möchte ich mir lieber dein Land ansehen."

Ben führte sie nach Jaffa, eine alte Hafenstadt, die fast nahtlos in Tel Aviv überging, und die eigentlich der Ursprung der Metropole war. Es gab kaum noch Gebäude, die an die biblische Gründungszeit erinnerten, dennoch sah das Städtchen zauberhaft aus. Die Gebäude waren aufwendig restauriert worden und die Steinmauern glänzten in der Sonne.

„Richtig alte Gebäude siehst du dann morgen in Jerusalem", versprach Ben.

Sie spazierten noch eine Weile durch die Gassen, dann fuhr er sie zurück und setzte sie bei Daniel und seiner Mutter ab, wo sie übernachten würde. Rahel hatte ein Abendessen mit Hummussuppe, Salat und Hühnchen vorbereitet.

„Nur ein paar Kleinigkeiten", sagte sie. „Aber morgen laden wir dich in ein besonderes Restaurant zum Abendessen ein, Eva."

In entspannter Atmosphäre erzählte Rahel noch ein paar Anekdoten von ihrer Schwiegermutter und Daniel fragte Eva aus, wie ihr Tel Aviv gefallen hatte. Sie öffneten eine Flasche Wein und bis sie ins Bett kam, war es weit nach Mitternacht.

Am nächsten Morgen holte Ben Eva um zehn Uhr ab. Die Autobahn war ziemlich leer, sodass sie gut vorankamen.

„Jerusalem ist nur eine Autostunde von Tel Aviv entfernt", erzählte Ben.

Eva betrachtete die kargen Hügel. Es gab nur wenige Bäume, die in dem hellen Kalkstein umso mehr auffielen. Sie empfand eine gewisse Ähnlichkeit zwischen Süditalien und dieser Landschaft.

Sobald sie in die Nähe Jerusalems kamen, wurde der Verkehr dichter. Männer mit großen schwarzen Hüten und Schläfenlocken waren auf den Gehwegen. Ultraorthodoxe Juden, mehr als in Tel Aviv. Frauen in langen Röcken mit Kopfbedeckungen oder langen Haaren gehörten zum normalen Straßenbild. Meist schoben sie Zwillingskinderwagen und neben ihnen liefen mehrere Kleinkinder. Die Frauen wie die Männer hetzten durch die Straßen. Entspannt lächeln sah sie keinen von ihnen. Ben erzählte ihr, dass die Hüte eigentlich erst vor einigen hundert Jahren zur traditionellen Kleidung geworden waren, in der Bibel waren sie nirgendwo zu finden.

„Die ultraorthodoxen Jüdinnen müssen ihr Haar komplett bedecken. Aber man sieht das nicht gleich, weil vor vielen Jahren ein Rabbi entschieden hat, dass Perücken eine Alternative zum Kopftuch sind."

„Echt?"

Ben nickte und sagte: „In der Altstadt gibt es übrigens einen der besten Falafel-Läden von Israel."

Eva dachte zurück an ihre erste Falafel in Heidelberg und ihr lief das Wasser im Mund zusammen.

Als Erstes fuhren sie auf einen Hügel, von dem aus man die Altstadt im Tal gut überblicken konnte. Direkt unter ihnen erstreckte sich ein riesiger Friedhof. Steingrab reihte sich an Steingrab auf einem Areal von ungefähr zwei Fußballfeldern.

Jerusalem war umgeben von der antiken Stadtmauer. Am auffälligsten war der Felsendom mit seiner goldenen Kuppel und der blauen Farbe. Zwischen der Stadtmauer und dem Felsendom standen viele Bäume, es wirkte fast wie ein Park. Kirchtürme über Kirchtürme ragten aus dem Häusermeer empor. Einige wenige Ziegeldächer waren zu erkennen, ansonsten überwogen flache Steindächer und auf keinem fehlte die Satellitenschüssel. Die Menschen auf dem Vorplatz des Felsendoms wirkten aus der Ferne wie kleine geschäftige Ameisen.

Um Eva und Ben herum standen viele Touristen, die versuchten, die Stadt digital einzufangen.

„Die Stadt verändert sich rasant. Gut, nicht das Herz der Altstadt, aber drum herum entstehen so viele neue Gebäude", erklärte Ben.

Nachdem Eva ein paar Bilder geknipst hatte, fuhren sie weiter. Die Altstadt ging nahtlos in das neue Jerusalem über, doch durch den einheitlichen Stein, aus dem die Häuser gebaut waren, wirkte alles alt. Die Stadt war riesig, das Häusermeer schien kein Ende zu nehmen. Und dann waren sie plötzlich im Schmelztiegel der Religionen angekommen, bekannt aus unzähligen Reportagen und Kalendern. Ben parkte das Auto in einer ruhigen Straße.

„Wir müssen ein Stückchen laufen, aber dabei bekommst du einen guten Eindruck von der Stadt", erzählte Ben.

Die Umgebung war wunderschön und Eva fragte sich, wie viel wohl ein Haus in diesem Vorort kostete.

„Vor zwanzig Jahren grasten vor den Toren der Altstadt noch Schafe", erzählte Ben, während sich die Ruhe des verschlafenen Vorortes in wirres Gewusel verwandelte. Der Lärm hupender Autos vermischte sich mit unzähligen Sprachen. Kioske, kleine Souvenirläden und Cafés wechselten sich ab. Eva wusste gar nicht, wohin sie zuerst schauen sollte. Ständig wurde etwas angepriesen oder sie wurden angesprochen und dazu ermuntert, etwas zu kaufen.

„Willkommen im Orient!", rief Ben und sie konnte sich kaum vorstellen, dass dies tatsächlich seine Heimat war.

Er nahm wie selbstverständlich ihre Hand, damit sie sich in der Menschenmenge nicht aus den Augen verloren. Eva durchfuhr ein wohliger Schauer. Sie versuchte, sich nichts anmerken zu lassen, und ging einfach weiter. Sobald sie das Stadttor durchschritten hatten, befanden sie sich in einer anderen Welt. Die Gassen waren voller Menschen und Stände, die Postkarten, T-Shirts und andere Touristenprodukte verkauften, meist mit der Aufschrift *The Holy Land*. Überhaupt stand hier in den engen Gassen alles zum Verkauf, was irgendwie mit Glauben zu tun hatte. Ben erzählte, dass es pfiffige Verkäufer gab, die sogar Dosen mit der Aufschrift, „Heilige Luft" verkauften. Eva blieb gleich am ersten Stand stehen, um das Angebot zu begutachten.

„Sehr beliebt sind Olivenöl und Weihrauch", erklärte Ben.

Eva schnupperte. Tatsächlich roch es nach Weihrauch, gleichzeitig auch nach künstlichem Rosenduft, Holz, Oliven. Die Gerüche waren hier anders, viel intensiver, als sie es aus Heidelberg gewohnt war.

„Komm, lass uns weitergehen, das hier ist nur der Anfang. Ich zeige dir den richtigen Basar mit den besten Gewürzen."

Der Verkäufer ahnte wohl, dass er seine Interessentin verlieren würde, deshalb pries er Eva sofort seine Waren an. „Alles einhundert Prozent aus Jerusalem und heilig", erklärte er auf Englisch.

Er zeigte ihr eine Art Urkunde, die ihn wohl als ehrlichen Verkäufer bestätigte. Als Ben etwas auf Hebräisch sagte, ließ der Mann sie jedoch ohne weitere Worte gehen.

„Was hast du ihm gesagt?"

„Dass du meine Verlobte bist und er dich in Ruhe lassen soll."

Eva schüttelte belustigt den Kopf.

Auf ihrem Weg begegneten sie sehr vielen Polizisten und Soldaten, die bis zu den Zähnen bewaffnet waren. Sie waren auffallend jung, viele trugen Sonnenbrillen und im Gegensatz zu Deutschland war etwa die Hälfte weiblich. Eva fand, dass sie allesamt gut aussahen, Frauen wie Männer.

„So viele Frauen in der Armee", sagte sie verwundert.

Ben erklärte: „Ja, jeder Israeli muss drei Jahre in der

Armee dienen. Ausgenommen sind nur die ultra-ortho-
doxen Juden."

„Interessant."

Während sie mal durch breite Gassen voller Trubel
und mal durch enge und menschenleere gingen, fühlte
sich Eva wie im Zeitraffer. So viele unterschiedliche
Epochen schienen auf engstem Raum versammelt zu
sein.

„Es ist so schade, dass wir nicht mehr Zeit haben.
Wir müssen auf jeden Fall noch einmal herkommen",
meinte Ben. „Man könnte eine ganze Woche in Jerusalem verbringen, besonders wenn du die wichtigen
Orte der Christen besuchen willst."

Seine Worte brachten sie zurück zu der Herausforde-
rung, vor der sie standen. Eva fragte sich, wie er sich ihre
Beziehung gedacht hatte. Wie sollten sie ein Paar sein,
wenn er in Israel wohnte und sie in Heidelberg?
Konnten sie auch ohne die Zustimmung seiner Familie
zusammen sein wie Emil und Eva?

Plötzlich wurden sie fast erschlagen von einer Duft-
mischung aus Koriander, Zimt, Weihrauch und anderen
Gewürzen, die Eva nicht benennen konnte und die sie
an 1001 Nacht erinnerten. Von jedem Stand aus priesen
die Verkäufer – es waren fast nur Männer – ihre Waren
an. Es gab alles, was man sich wünschte, Nüsse, Datteln,
Feigen, Chilischoten, frisches Obst und Gemüse oder
fertig zubereitete Süßspeisen. Ein paar Meter weiter
wurden Lampen, Teppiche, Shishas, Kleidung, nachge-
machte Designertaschen und Schuhe verkauft.

Als sie von dem Trubel genug hatte, schlug Ben vor:
„Lass uns zum Falafelverkäufer meines Vertrauens
gehen."

Eva nickte. Sie war völlig überfordert von den lauten Angeboten und Gerüchen. Während sie sich durch die Menschenmenge wühlten, sprachen viele Händler sie an. Wenn sie an ihren Ständen vorbeigegangen waren, riefen sie ihnen hinterher, dass sie doch nur mal schauen sollten, und boten ihre Ware plötzlich zum halben Preis an. Eva war froh, als sie endlich aus der Gasse raus waren.

„Das war das christliche Viertel", erklärte Ben. „Jetzt sind wir im jüdischen."

„Und welche gibt es noch?"

„Das armenische und das arabische."

„Sind die alle so voll?", fragte Eva.

Ben nickte bedauernd.

Eva war froh, als sie an einem kleinen Platz ankamen, an dem nicht ganz so viel los war. Unter den Bäumen standen Bänke und an einer Ecke war ein kleines Lokal.

„Die besten Falafeln in Jerusalem", pries Ben an.

Die Schlange vor dem Geschäft war recht lang. Ben sah ihren Blick und schüttelte grinsend den Kopf. „Nicht der Laden. Gegenüber gibt es noch bessere. Die da haben nur bessere Werbemaßnahmen."

Wenig später saßen sie auf einer Bank und Eva biss in ihr gefülltes Fladenbrot. Tatsächlich, es war kein Vergleich zu den Falafeln, die sie in Deutschland probiert hatte. Alles war perfekt gewürzt, keineswegs trocken oder fad, sondern saftig und würzig. Die Kichererbsen waren deutlich herauszuschmecken und die Joghurtsauce passte wunderbar dazu. Der Salat war knackig und die Tomaten schmeckten wie eben gepflückt.

„Köstlich!", rief sie mit vollem Mund.

„Stimmt, aber Hummus darf nicht fehlen", antwortete Ben und holte einen Teller mit dem beliebtesten Dipp des Orients.

„Alles regional", erklärte Ben und sie lachte, weil er sich wie ein YouTube-Werber anhörte.

Doch sie nickte zustimmend und sagte zwischen zwei Bissen: „Allein hierfür lohnt es sich, nach Jerusalem zu fahren."

Nachdem sie gegessen und die Ruhe genossen hatten, sagte Ben: „Möchtest du die Klagemauer sehen? Sie ist das wichtigstes Heiligtum der Juden."

„Sehr gerne."

Während sie wieder durch einen Basar liefen, fragte Ben: „Möchtest du noch einen Nachtisch?"

Eva betrachtete die Auslagen. Sie erinnerten sie an die türkischen Bäckereien in Heidelberg. Baklava in allen Sorten lag auf riesigen Tabletts, gleich daneben Pistazien und Kräuter in Säcken.

„Ich bin total satt", sagte sie. „Aber es riecht herrlich, nach Minze und Petersilie."

„Essen ohne Petersilie ist hier undenkbar", antwortete Ben. „Nur falls du dich wunderst, warum es so viel davon gibt."

Sie verließen die dunklen Gassen mit ihren verführerischen Ständen und da stand es: das Heiligtum der Juden, das einzige Überbleibsel des Tempels, eines der damaligen Weltwunder. Die Mauer aus den großen Kalksteinblöcken war nicht Teil des Tempels selbst gewesen, sondern hatte das Tempelplateau nur umfasst, doch da vom Tempel kein Stein auf dem anderen geblieben war, war sie die letzte greifbare Erinnerung.

Der große Platz vor der Mauer war im Moment

relativ leer. Einige Menschen beteten oder steckten ihre Gebetsanliegen in die Ritzen zwischen den Steinen.

„Falls du ein Gebet hast, kannst du es auf einen Zettel schreiben und dann in die Mauer legen", erzählte Ben. „Wenn du näher rangehen willst, müssen wir uns aber trennen, dort ist die Frauenseite, Männer gehen hier hin."

Eva fühlte sich, als würde sie in eine andere Welt eintauchen. In Heidelberg dachte sie selten an Religion, doch hier war es unumgänglich, über einen Gott nachzudenken. Sie begann sogar, sich auszumalen, wie der Tempel damals ausgesehen haben musste. An den Ständen gab es Bilder, die sie nun versuchte, auf die reale Umgebung zu übertragen.

Eva hatte das Bedürfnis, ein Gebet in die Mauer zu stecken und diese zu berühren. Sie riss eine Seite aus ihrem Notizbuch und schrieb etwas darauf, dann ging sie zur Mauer und blieb still davor stehen. Seit über tausend Jahren standen Menschen hier so wie sie und beteten. Die Atmosphäre war beeindruckend. Sie legte den Zettel zwischen zwei Steine und ging dann zurück zu Ben.

„Möchtest du weiter?", fragte er.

Sie nickte und freute sich schon darauf, noch einmal hierherzukommen. Die nächste große Sehenswürdigkeit war der Felsendom. Doch der Zutritt war an diesem Tag nicht möglich, da es zu Auseinandersetzungen zwischen Juden und Muslimen gekommen war, sodass nur Muslime hineindurften, die dort beten wollten.

„Siehst du, du hast mehr als einen Grund, wieder nach Israel zu kommen", sagte Ben. „Der Felsendom ist wirklich sehenswert. Aber jetzt haben wir noch zwei wichtige Ziele: den Garten Gethsemane und die Grabeskirche."

Der Garten Gethsemane lag etwas außerhalb, deshalb gingen sie erst zur Grabeskirche. Ähnlich dem Felsendom hatte auch die Kirche eine große Kuppel, jedoch war diese grau und es gab eine weitere kleine. Der Vorplatz war voller Menschen und sie mussten in einer Schlange warten, um eingelassen zu werden.

„Wahrscheinlich sind mehrere Busladungen Pilger hier", meinte Ben.

Eva betrachtete den imposanten Bau.

„Hier sind mehrere Konfessionen vertreten", erklärte Ben. „Die armenische, die syrisch-orthodoxe, die katholische, die koptische und sogar die äthiopische Kirche teilen sich dieses Heiligtum. Es heißt, dass diese Kirche sich auf dem Hügel Golgatha befindet, wo damals Jesus gekreuzigt und auch begraben wurde. Es gibt zwar mehrere andere Orte, die Wissenschaftler oder Archäologen für Golgatha halten, aber Konstantin der Große ließ die Kirche hier erbauen, weil man damals sicher war, dass das Grab hier war. Es spricht auch einiges dafür, es war sogar ein Venustempel über den Gräbern gebaut worden, vermutlich um die Verehrung des Grabes und die neue Religion zu unterbinden."

Als sie endlich drinnen waren, ging es im Schritttempo weiter. Überall standen Touristenführer und erklärten in allen erdenklichen Sprachen etwas zur Kirche. Das eigentliche Grab befand sich unter der großen Kuppel, der Raum war eine Rotunde mit Säulen. In der Mitte befand sich eine kleine Kapelle, der Eingang zum Grab Christi, wie eine kleine Kirche innerhalb einer großen. Es war beeindruckend, hier zu stehen.

Eva fühlte sich in dieser riesigen Kirche ganz klein. Das Grab selbst lag unter der Erde. Die Schlange davor war so lang, dass sie es nur von außen bestaunen konnte.

„Die Kirche benötigt eigentlich dringend eine Renovierung, aber wegen innerer Streitigkeiten passiert nicht viel", meinte Ben bedauernd.

Sie gingen in die kleine Kapelle, wo es stark nach Weihrauch roch, weil dort so viele Weihrauchkerzen abgebrannt wurden. Überall lagen Zettel mit Wünschen und Gläubige beteten. Eva empfand den Wunsch, ebenfalls eine Kerze anzuzünden. Nachdem sie dies getan hatte, fiel ihr kein anderes Gebet als das Vaterunser ein und so betete sie es neben anderen Gläubigen, die in unterschiedlichen Sprachen vielleicht sogar dasselbe Gebet sprachen.

„In der Vergangenheit wurde die Kirche oft zerstört", erzählte Ben, als sie wieder in den größeren Innenraum traten. „Die äußeren Mauern jedoch blieben immer erhalten."

Eva sah nach oben, zur Kuppel, durch die das Sonnenlicht hereinströmte. Der Gedanke an eine höhere Macht, einen Gott war hier ganz real. Zu Hause waren diese Geschichten für sie Märchen aus der Kindheit, aber an diesem Ort war sie sich nicht mehr so sicher, ob es nicht doch einen Gott gab.

Als sie wieder draußen waren, sagte Ben: „Komm, jetzt gehen wir zu meinem touristischen Lieblingsort: Gethsemane!"

Der Garten Gethsemane befand sich außerhalb der Stadtmauern, den Hügel hinunter. Es handelte sich um ein großes Areal mit Bäumen und einer niedrigen, breiten Kirche in der Mitte. Drei große Säulen zierten den Eingang. Die Kirche fügte sich wunderbar zwischen die majestätisch wirkenden Olivenbäume ein. Deren Stämme waren teilweise bis zu einem Meter breit, die Erde um sie herum braun, umsäumt von Blumen und kleinen Steinen, die Rechtecke bildeten. Weiße Kieselwege luden zum Spazieren und Meditieren ein.

„Einige dieser Bäume sind wahrscheinlich zweitausend Jahre alt. Wer weiß, vielleicht standen sie schon damals hier, als Jesus betete, kurz vor seiner Verhaftung. Wenn sie sprechen könnten, welche Geschichten würden sie erzählen?"

„Du würdest einen wunderbaren Touristenführer abgeben", sagte Eva. „Weiß jeder Israeli so viel über die christlichen Orte in Jerusalem wie du?"

Grinsend erwiderte er: „Du hast mich erwischt. Ich habe mir tatsächlich eine Zeit lang als Tourguide etwas dazuverdient."

Eva meinte augenzwinkernd: „Dann habe ich mir ja den richtigen Reisebegleiter ausgesucht."

Der Garten war wunderschön und er strahlte eine besondere Ruhe aus. Eva fühlte sich eigenartig, sie konnte es nicht genau beschreiben, sentimental, verletzlich.

„Ben, können wir hier ein Weilchen bleiben?", fragte sie.

Er nickte. „Ich habe nicht zu viel versprochen."

Eva empfand plötzlich die Notwendigkeit, ihr Leben zu überdenken. Sie sah Ben an, der zu spüren schien, wie es ihr ging.

„Nimm dir so viel Zeit, wie du möchtest", sagte er.

Sie spazierten einmal im Garten herum, schauten in die Kirche und setzten sich schließlich auf eine Bank in der Nähe der Olivenbäume. Obwohl auch hier viele Touristen unterwegs waren, störte das nicht, denn sie redeten kaum und wirkten ehrfürchtig ergriffen. Vielleicht spürten sie dasselbe wie Eva.

Sie wollte nicht wieder das Vaterunser beten, aber ihr fiel nichts anderes ein. Deshalb versuchte sie es mit einer freien Formulierung: „Lieber Gott, pass bitte auf mich und meine Liebsten auf." Sie rang um die richtigen Worte. „Und hilf Grete. Du weißt am besten, was sie braucht, um ihren Frieden zu finden."

Eva war so froh, dass Ben bei ihr war. Als sie ihn ansah, wurde ihr warm ums Herz. Sie fühlte sich ihm nah und verspürte den Wunsch, in seinen Armen zu sein. Das sagte sie jedoch nicht, stattdessen lächelte sie und erklärte: „In dieser Stadt wird ja sogar ein Atheist gläubig."

Ben lachte und meinte: „Das ist nichts Ungewöhnliches. Viele Menschen, die mit Gott eigentlich nichts am Hut haben, kommen nach Jerusalem und werden von so viel Religion überrollt. Meist beginnt es sehr harmlos, sie beten mehr, überdenken ihr Leben, bekennen sich zu einer Religion. Oft kommen sie in organisierten Reisegruppen, aber sie trennen sich von ihnen, bleiben länger, verändern ihr Äußeres, haben das Gefühl, dass Religion oder Gott real ist. Es gibt sogar welche, die meinen, eine wichtige Person aus der Bibel zu sein, zum Beispiel Mose oder Paulus."

Eva lachte und meinte: „Klar."

„Ehrlich. Es gibt sogar eine Abteilung im Kfar-Shaul-Krankenhaus für diese Leute. Man nennt diese psychische Störung das Jerusalem-Syndrom."

„Ich hoffe, ich bekomme es nicht, auch wenn ich

hier noch ein paar Minuten verweile", meinte Eva gespielt ängstlich.

„Bestimmt nicht!", meinte Ben. „Du stehst mit beiden Beinen fest auf der Erde."

Eva lehnte ihren Kopf an seine Schulter und eine Weile schwiegen sie.

„Ich könnte mir vorstellen, hier zu leben", seufzte sie plötzlich.

Ben sah sie überrascht an. „Wirklich? Oder ist es das Jerusalem-Syndrom?"

Sie zuckte mit den Schultern.

Auf der Rückfahrt klingelte Evas Telefon. Daniel wollte wissen, wann sie zurückkommen würden, damit er den Tisch im Restaurant reservieren konnte.

Eva sah Ben fragend an.

„Wir sind in einer Dreiviertelstunde da."

Eva wiederholte Bens Worte am Telefon und verabschiedete sich.

„Ich glaube, er mag dich", sagte Ben.

„Kann sein", entgegnete Eva knapp, obwohl ihr klar war, dass Ben mehr erwartete.

Den Rest der Rückfahrt verbrachten sie schweigend, jeder hing seinen Gedanken nach. Es war eigenartig, bis vor Kurzem war sie nur mit ihren Freundinnen essen gegangen und jetzt hatte sie an einem Tag gleich zwei Verabredungen mit attraktiven Männern. Eva musste sich eingestehen, dass sie die plötzliche Aufmerksamkeit von mehreren Seiten genoss. Oder war Daniel nur freundlich und an der Geschichte seiner Vorfahren interessiert?

KAPITEL 30

Nachdem sie sich von Ben verabschiedet hatte, machte sich Eva frisch. Sie zog das einzige Kleid an, das sie eingepackt hatte, und ging nach unten. Daniel saß im Wohnzimmer auf der Couch. Er blätterte in einer Zeitung und fuhr sich immer wieder durch seine Locken, damit sie ihm nicht ins Gesicht fielen. Eva musterte ihn. Er war ziemlich attraktiv, das musste sie zugeben: die dunkelblonden Haare, das markante Kinn.

„Ich bin bereit", sagte Eva leise. Rahel war nicht da, wahrscheinlich zog sie sich auch noch um.

Er sah auf, legte die Zeitung beiseite und stand auf.

„Schön. Dann lass uns gehen."

„Aber wo ist deine Mutter?"

„Sie kann leider nicht."

Eva sah ihn überrascht an.

„Ich hoffe, du bist nicht zu sehr enttäuscht. Ich verspreche, ich benehme mich zu Tisch vorbildlich."

Eva musste an ihre Überlegungen auf der Rückfahrt

denken. Interessierte sich Daniel etwa für sie und seine Mutter hatte sich bewusst eine Ausrede ausgedacht, damit sie alleine essen konnten? Und was bedeutete das für sie?

Sie fuhren mit dem Taxi zu einem Restaurant, das direkt am Strand lag. Von der Nachmittagsruhe am Vortag war nichts mehr zu spüren. Die Flaniermeile war zur Präsentationsmeile der Schönen und Ausgehfreudigen geworden und Eva fühlte sich völlig underdressed.

Daniel schien das zu merken und sagte: „Du siehst wunderbar aus."

„Ich fühle mich aber gerade wie das hässliche Entlein."

Er lächelte. „Solltest du jemals das hässliche Entlein gewesen sein, bist du jetzt der schöne Schwan."

Sie kicherte und ihr fiel auf, wie wohl sie sich fühlte. Die Gesellschaft von Daniel tat ihr gut. Er war so herrlich unkompliziert.

Die Kellnerin des Restaurants schien ihn zu kennen, jedenfalls begrüßten die beiden sich herzlich und die Frau führte sie an einen Tisch am Fenster mit Blick auf das Meer. Sie trug einen schwarzen Hosenanzug, hatte die Haare streng zu einem Dutt gebunden und wirkte sehr professionell.

„Mein Lieblingslokal", sagte er. „Und mein Lieblingsplatz."

Eva betrachtete bewundernd ihre Umgebung. Es war unschwer zu erkennen, dass dies ein gehobenes Restaurant war. Die Einrichtung war minimalistisch, Möbel in Grau- und Beigetönen, dazwischen teure Skulpturen aus demselben Stein, aus dem die Gebäude in Jerusalem gebaut waren.

„Du hattest einen vollen Touri-Tag mit Ben?", fragte Daniel.

„Jerusalem ist wunderschön!"

„Morgen übernehme ich das Sightseeing", sagte er. „Du musst unbedingt noch zum See Genezareth. Oder möchtest du lieber ans Tote Meer?"

„Ich glaube, das muss ich mir noch überlegen. Vielen Dank auf jeden Fall."

Die Kellnerin kam wieder an ihren Tisch, um die Bestellung aufzunehmen.

Nachdem Daniel einen Rotwein ausgewählt hatte, bekannte er: „Ich bevorzuge die spanischen Weine gegenüber den israelischen, wenn ich ehrlich bin."

Eva antwortete schmunzelnd: „Ach, ich kenne mich nicht so gut aus mit Weinen. Ich urteile nach *Hm, schmeckt mir* oder *Bääh, schmeckt nicht.*"

„Also nach gesundem Menschenverstand?"

Sie grinste und Daniel fuhr fort: „Wenn du gerne international isst, bist du in Israel genau richtig. Durch die ganzen Immigranten aus aller Herren Länder ist unsere Küche äußerst vielfältig. Eine echte israelische Küche gibt es wahrscheinlich nicht, sie hat osteuropäische, orientalische, südamerikanische und asiatische Einflüsse."

„Und arabische, wenn man unserem Döner-Verkäufer glaubt. Ich habe heute jedenfalls die beste Falafel der Welt gegessen. Mal sehen, ob das Essen hier mithalten kann."

Er lachte und antwortete: „Das ist ein guter Anfang, aber hier probieren wir es mit Fisch, wenn du möchtest."

„Sehr gerne."

Daniel wartete, bis die Kellnerin kam, und bestellte zweimal das Tagesgericht.

Eva schwärmte: „Ich bin erst seit zwei Tagen da, aber bereits total begeistert von Israel."

Daniel nickte freundlich, aber seine Miene war ernst. Eva konnte sie nicht recht deuten. Hatte er etwa Sorge, dass es ihr hier wegen Ben so gut gefiel?

„Heute Nachmittag habe ich sogar kurz mit dem Gedanken gespielt, hierher zu ziehen", setzte sie hinzu.

„Was?"

„Ja. Warum nicht einfach mal etwas Neues wagen? Ehrlich gesagt bin ich gerade etwas festgefahren in meinem Leben in Deutschland. Und ich wollte immer schon eine gewisse Zeit im Ausland verbringen. Ist es leicht, nach Israel auszuwandern?"

„Das kommt darauf an. Die Einwanderungsbestimmungen hier sind sehr komplex. Ich kann dir gerne einen Anwalt empfehlen, der sich mit diesem Fachgebiet beschäftigt. Grundsätzlich gibt es klare Regelungen zur *Alija*, der jüdischen Einwanderung nach Israel. Für Nichtjuden ist es meines Wissens sehr schwer, eine dauerhafte Aufenthaltsgenehmigung zu bekommen."

„Ich könnte ein Studium anfangen."

„Zum Beispiel. Oder einen Israeli heiraten …", sagte er und musterte sie misstrauisch.

„Es war ja nur so ein Gedanke", meinte sie rasch und lachte.

Er wirkte erleichtert.

„Ich weiß nicht, was ich wegen Grete machen soll, das ist ja der eigentliche Grund meiner Reise", seufzte Eva.

Daniel überlegte: „Sehr viele Möglichkeiten gibt es

nicht. Die Frage ist, was würde Grete in ihrer Situation helfen?"

„Zu wissen, dass ihr vergeben wurde."

„Dann sag ihr das."

„Ob sie mir glauben würde? Vielleicht sollte ich besser einen Brief schreiben. Aber vielleicht würde sie merken, dass er nicht von ihrer Cousine Eva ist …"

Er zuckte mit den Schultern. „Es scheint dir ein großes Bedürfnis zu sein, dass Grete in Frieden sterben kann."

Eva nickte. Sie mochte die alte Dame einfach und fand, dass sie lange genug gelitten hatte. Den ganzen Tag über hatte sie nicht an Grete gedacht. Sie fragte sich, wie lange sie noch leben würde.

„Es wäre wohl gut, wenn ich so schnell wie möglich zurückfliege. Ich habe irgendwie ein schlechtes Gewissen. Während sie im Krankenahaus liegt, genieße ich das Leben."

„Grete hätte sicher nichts dagegen", wandte Daniel ein.

Eva zuckte mit den Schultern. Sie empfand eine gewisse Verpflichtung der alten Dame gegenüber. War es wirklich egal, wenn sie hier ihre freien Tage genoss, obwohl sie die Informationen hatte, die Grete ihren Frieden schenken konnten?

Als die Vorspeise kam, war sie erst einmal abgelenkt. Daniel erzählte ihr noch ein wenig über Israel. Er war ihr sehr sympathisch, er war gebildet und benahm sich wie ein echter Gentleman. Plötzlich klingelte Evas Telefon.

„Mein Vater", murmelte sie nach einem Blick aufs Display. „Was will der denn?"

Sie ignorierte den Anruf und entschied, ihm später eine Nachricht zu schreiben. Doch als ihr Vater zum zweiten Mal anrief, nahm sie ab. Hoffentlich war nichts mit Grete!

„Eva, warum meldest du dich nicht, wir machen uns Sorgen!", rief ihre Mutter, ohne überhaupt Hallo zu sagen.

„Es ist sehr teuer, unterwegs zu telefonieren."

„Du hast einen Brief bekommen!", rief ihr Vater dazwischen. „Von der ZEIT aus Hamburg, sie bieten dir ein Gespräch für ein Volontariat an."

„Echt jetzt?"

„So steht es drin."

„Ihr habt meine Post aufgemacht?"

„Das mussten wir, du bist ja nicht da."

„Du hast gar nicht erzählt, dass du dich dort beworben hast!", rief ihre Mutter.

„Habe ich auch nicht."

„Da steht irgendetwas von einer Empfehlung", sagte ihr Vater. „Und dass sie etwas von dir gelesen haben und sehr gespannt sind, dich kennenzulernen."

Eva dachte an Luca. Hatte er sie etwa weiterempfohlen?

Nachdem sie aufgelegt hatte, sah Daniel sie mit großen Augen an. „Und?"

„Ich habe eine Einladung für ein cooles Jobangebot in Hamburg."

„Gratuliere."

„Na ja, es handelt sich erst mal nur um ein Gespräch. Aber der Job wäre der Hammer. Die Einladung kam heute per Post."

„Ganz schön altmodisch."

„Ja, nicht?" Sie lachte.

Daniel bestellte zur Feier des Tages Champagner und sie stießen an. „Also wirst du wohl doch nicht nach Israel ziehen", meinte er.

Ihre Gedanken wanderten zu Ben. Daniel schien das zu erraten.

„Du solltest dir nicht allzu viele Hoffnungen bei Ben machen", sagte er. „Er wird nur eine gläubige Jüdin heiraten." Seine Worte versetzten ihr einen Stich. „Er hat bestimmt Gefühle für dich, doch er müsste gegen seine Familie ankämpfen. Und gegen eine jüdische Mutter anzukämpfen, ist unmöglich."

Hatte er recht? Eva war hin- und hergerissen zwischen Freude und Traurigkeit. Vermutlich war es wirklich nur eine Träumerei mit Ben. Und jetzt kam dieses Jobangebot aus Hamburg. Das war definitiv vielversprechender als der Gedanke, mit Ben auf dem Feld zu arbeiten.

Sie schob die Gedanken beiseite und plauderte mit Daniel über dies und das. Als sie gerade beim Dessert waren, klingelte ihr Handy wieder. Es war ihre Mutter.

„Eva, Schatz. Das Krankenhaus hat mich eben angerufen. Grete geht es schlecht, die Ärzte wissen nicht, wie lange sie noch leben wird. Wer sich von ihr verabschieden möchte, kann jederzeit ins Krankenhaus kommen."

„Ich muss dringend meinen Flug umbuchen", erklärte Eva Daniel, nachdem sie aufgelegt hatte. „Ich möchte Grete unbedingt sehen, bevor sie stirbt."

„Ich schaue, was sich machen lässt."

Zum Glück hatte Daniel die Senator-Card und

konnte ohne große Mehrkosten auf den nächsten Tag umbuchen.

Am Morgen fuhren sie gemeinsam zum Flughafen. Nach der Sicherheitskontrolle gingen sie in die Vielflieger-Lounge, Daniel durfte sie als seine Begleitperson mit reinnehmen. Eva hatte Ben zwar eine Nachricht geschickt und ihn über ihre Abreise informiert, aber er hatte noch nicht darauf reagiert. Etwas traurig darüber, dass sie ihm nicht einmal Auf Wiedersehen hatte sagen können, saß sie auf ihrem Stuhl und blickte stumm vor sich hin. Schließlich stand sie auf, um sich einen Kaffee zu holen. In diesem Moment kam eine Dame von der Fluggesellschaft und bat sie, mitzukommen.

Daniel fragte überrascht: „Stimmt etwas nicht?"

„Nein, nur eine zusätzliche Sicherheitskontrolle", antwortete die Dame.

Eva sah ihn verunsichert an. Doch Daniel zuckte mit den Schultern.

„Die Sicherheitskontrollen in Israel sind sehr streng. Aber keine Angst, es wird dir nichts passieren", sagte er.

Die Dame führte Eva in einen fensterlosen Raum und ließ sie dort alleine zurück. Ihr war mulmig. Was wollten sie von ihr? Hatte sie sich irgendwie verdächtig gemacht?

Da ging die Tür auf und zu ihrer Überraschung kam Ben herein.

„Was machst du denn hier?", rief sie überrascht aus.

„Ich konnte dich nicht einfach so gehen lassen", antwortete er.

„Ich muss zurück, Grete liegt im Sterben."

„Das hast du geschrieben und trotzdem klang es endgültig. So, als wolltest du nicht wiederkommen."

„Na ja, ich habe gestern auch eine Einladung nach Hamburg erhalten. Es geht um einen tollen Job."

„Okay ..."

„Bist du extra hergekommen, um dich zu verabschieden?"

Er nickte. „Ich habe Freunde, die hier arbeiten."

„Ich dachte schon, sie wollen mich einsperren oder der Mossad will mich verhören."

Ben lachte. „Nein, nur ich."

Sie zuckte mit den Schultern. Jetzt, wo sie ihn wieder vor sich sah, war sie unsicher. Für einen Moment sagten beide nichts.

Dann machte Eva den ersten Schritt und sagte: „Ja dann, danke noch mal für den schönen Tag gestern."

Ben blickte zu Boden, dann sah er sie wieder an. Eva hatte das Gefühl, dass er gerade seinen ganzen Mut zusammennahm.

„Eva, lass es uns versuchen."

„Ben, so vieles passt einfach nicht."

„Ich weiß. Aber gleichzeitig weiß ich auch, dass das Leben schöner ist, wenn du in der Nähe bist."

Seine Worte berührten sie und sie umarmte ihn. Er hielt sie fest und küsste sie. Ausgerechnet in diesem Moment betrat die Dame von der Fluggesellschaft den Raum: „Sie müssen zum Gate, Ihr Flug startet in Kürze."

„Ich muss gehen", sagte Eva bedauernd.

„Gib uns eine Chance", bat Ben.

„Ich brauche Zeit zum Nachdenken", antwortete sie.

Von draußen hörte sie die Durchsage, dass ihr Flugzeug bereit fürs Boarding war. Sie ging zur Tür, doch dann drehte sie sich noch einmal um, ging zurück zu Ben und küsste ihn.

Als sie zum Gate kam, wartete Daniel bereits ungeduldig. Sie entschied sich, ihm nicht die Wahrheit zu sagen und ihn im Glauben zu lassen, dass es tatsächlich eine Sicherheitskontrolle gewesen war.

Sie landeten pünktlich in Basel und obwohl ihr Daniel anbot, sie mit seinem Wagen nach Heidelberg zu fahren, lehnte sie ab. Sie hatte seine Gastfreundschaft zu sehr beansprucht. Außerdem war ihr klar, dass er Interesse an ihr hatte und all das nicht nur aus reiner Nächstenliebe tat. Er hatte ihr in den letzten Tagen unglaublich geholfen und sie wollte ihm keine falsche Hoffnung machen. Deshalb ließ sie sich von ihm nur zum Bahnhof bringen.

Als sie sich verabschiedete, bedankte sie sich vielmals und versprach die beste Gastfreundschaft, sollte er jemals nach Heidelberg kommen. Er war ein toller Mann, das stand außer Frage.

Am Mannheimer Hauptbahnhof angekommen, stieg Eva direkt in die Straßenbahn-Linie 5, die sie nach Heidelberg und weiter zum Krankenhaus beförderte. Ihre Mutter hatte ihr am Telefon erzählt, dass sich Gretes Zustand weiter verschlechtert hatte. Niemand konnte sagen, ob sie den Tag überleben würde.

Im Krankenhaus angekommen, überkam Eva Panik. Wie sollte sie Grete das alles erklären? Sie fühlte sich überfordert mit der Situation und am liebsten wäre sie weggerannt. Ihre Hand lag bereits auf dem Türgriff, doch ihr fehlte der Mut, ihn herunterzudrücken.

Plötzlich legte sich eine andere Hand auf die ihre und half ihr, die Tür zu öffnen. Sie kannte diese Hand, diesen Geruch. Es war Ben. Eva war sich nicht sicher, ob sie halluzinierte, und drehte sich wie in Trance um.

„Was machst du hier? Und wie bist du hergekommen?", stotterte sie.

„Mit dem Flugzeug nach Frankfurt und von dort mit der Bahn. Aber das erzähle ich dir später", sagte Ben. „Jetzt helfe ich dir erst mal, dieses Kapitel zu beenden. Dachtest du, ich würde nicht auch von Grete Abschied nehmen wollen?"

Gemeinsam betraten sie das Zimmer. Die Luft war abgestanden. Gretes Bett stand am Fenster. Sie wirkte zerbrechlich und erschöpft und hatte die Augen geschlossen. Ben wartete darauf, dass Eva sie weckte. Sie wusste nicht, wie sie das tun sollte. Doch Bens Anwesenheit gab ihr Kraft. Sie war nicht allein und ihre Angst wich. Sie streichelte Grete über die eingefallene Wange. In diesem Moment öffnete die alte Frau die Augen. Sie brauchte lange, um zu erkennen, wer vor ihr stand.

„Eva und Emil. Seid ihr das?", sagte sie so leise, dass Eva sie kaum hören konnte. „Ist es endlich so weit, treffe ich euch wieder?"

Ben übernahm das Reden: „Es ist so weit, Grete."

„Könnt ihr mir jemals verzeihen?"

„Das haben wir schon vor langer Zeit, Grete, das haben wir schon vor langer Zeit", antwortete er.

Gretes Gesicht veränderte sich. „Mein ganzes Leben habe ich meine Dummheit bereut und darunter gelitten, wirklich."

„Das wissen wir, Grete. Diese Last musst du nicht mehr tragen. Wir hatten beide ein gutes Leben, die letzten fünfzehn Jahre sogar gemeinsam in Israel", sagte Eva.

Grete liefen die Tränen herab und Ben küsste sie auf die Stirn. Eva sah ihn überrascht an. Grete konnte nicht aufhören, zu weinen, und Ben streichelte ihre Wange.

„Ich bin so glücklich", sagte sie unter Tränen.

„Wir lieben dich, Grete", sagte Ben. „Du warst unsere liebste Freundin."

Die alte Dame seufzte erleichtert auf, schloss ihre Augen und schlief wieder ein. Ihr Gesicht wirkte jetzt entspannter.

Ein paar Mal öffnete sie noch kurz die Augen, aber sie schien nur noch halb bei sich zu sein. Sie murmelte etwas, was jedoch keiner der beiden verstand. Ben hielt Evas Hand, während diese sanft über Gretes Arm strich.

Irgendwann schickte die Schwester die beiden aus dem Zimmer. Erschöpft gingen sie in den Wartebereich und holten sich etwas zu trinken. Sie sprachen kaum miteinander, sondern warteten nur darauf, etwas von Grete zu hören. Vielleicht würde sie noch einmal mit ihnen sprechen wollen.

Herr Beier kam mit einer Dame um die sechzig dazu und stellte ihnen diese als seine Frau vor. Dann ging das Ehepaar zu Grete und setzte sich an ihr Bett. Am späten Abend – Eva und Ben waren gerade im Warteraum eingeschlafen – kam Herr Beier, um ihnen zu sagen, dass Grete friedlich eingeschlafen war.

Eva schluchzte und in Bens Augen standen Tränen.

EPILOG

Auf der Beerdigung waren mehr Menschen, als Eva erwartet hätte. Außer dem Ehepaar Beier waren Evas Eltern, Ben mit seinem Vater und Daniel mit seiner Mutter anwesend. Der Pfarrer sprach ein paar Worte und Herr Beier erzählte, was Grete alles für seine Mutter getan hatte.

„Ohne Tante Grete wäre meine Mutter in einem Waisenhaus verkümmert. Die Zustände damals waren ja verheerend, es gab viel Gewalt und wenig Liebe. Tante Gretes Geschichte war in mancher Hinsicht für die damalige Zeit völlig normal. Viele Frauen blieben ledig, weil im Krieg so viele Männer gestorben waren. Aber Tante Grete verbitterte nicht deswegen, sondern versuchte, anderen zu helfen. Sie brauchte keine besondere Gabe, um Gutes zu tun. Sie sah einfach die Not und tat, was sie konnte." Er hatte Tränen in den Augen. „Dafür wird meine Familie ihr ewig dankbar sein."

Seine Frau legte den Arm um ihn und er nickte Eva

zu. Er hatte sie gebeten, ebenfalls etwas über Grete zu sagen.

„Grete war ein besonderer Mensch, sie war bereit, aus ihren Fehlern zu lernen und die Konsequenzen zu tragen. Sie war in der Lage, zu lieben, aber auch zu hassen. Doch sie verstand schnell, dass Hass keine Lösung ist. Sie hat viele Menschen geliebt und ihnen zur Seite gestanden. Dem inneren Frieden hat sie lange nachgejagt und ihn kurz vor ihrem Tod auch gefunden." Bei diesen Worten sah Eva Ben an.

„Danke, dass ihr alle da seid und bei ihr wart. Euretwegen war sie in den letzten Tagen und Stunden nicht alleine", sagte Herr Beier mit belegter Stimme.

Nach der Ansprache wurde Grete neben ihren Eltern beigesetzt. Eva war nicht traurig über ihren Tod, sondern erleichtert und froh, dass die alte Dame noch ihren Frieden gefunden hatte und dass sich wenigstens eine kleine Menschengruppe versammelt hatte, um ihr die letzte Ehre zu erweisen.

Ihr Blick wanderte zu den Trauergästen. Da war Karl Beier, dessen Mutter durch Gretes Engagement nach dem Tod ihrer Eltern eine schöne Kindheit und Jugend gehabt hatte. Daniel, bei dem sie sich fragte, ob er sauer auf sie war oder enttäuscht. Und schließlich Ben. Er war ihr wichtig und dennoch war ihr klar, dass viel auf dem Spiel stand. Was, wenn es nicht klappte mit ihnen? Was, wenn die Mauern zwischen ihnen zu hoch waren? Eine Beziehung mit Daniel wäre vielleicht einfacher, doch wenn sie Ben betrachtete, wurde ihr warm ums Herz. Bei ihm fühlte sie sich zu Hause.

In diesem Moment sah Ben sie an und bei seinem Lächeln flatterten Schmetterlinge durch ihren Bauch.

Nachdem jeder eine weiße Rose auf das Grab geworfen hatte, wollte Herr Beier noch zu Kaffee und Kuchen einladen, doch Eva hasste diese Art von Zusammenkünften und lehnte ab.

Als sie sich verabschiedet hatten und langsam den Weg entlang spazierten, nahm Ben Evas Hand und umspielte sie mit seinen Fingern. Dann gab er ihr einen Kuss auf die Stirn. Sie schloss die Augen und fühlte sich leicht wie ein Vogel. Er sah ihr in die Augen und Eva lächelte.

„Ich möchte es versuchen", sagte sie.

Wie konnte sie auch anders? Dieser Mann war ihr hinterhergeflogen, er war da gewesen, als sie ihn gebraucht hatte. Für sie war das ein klares Zeichen, dass sie alles versuchen wollte, um eine Beziehung mit ihm zu haben. Sie hielt sein Gesicht mit beiden Händen fest und schenkte ihm einen langen Kuss.

DANKSAGUNG

Mein Dank gilt meinen großartigen Testleserinnen und -lesern – Sandra, Simona, Kati, Katharina, Susanne, den Bloggerinnen Kitty vom *kitty411buecherblog* und Franziska von *Buechertatzen* – sowie meinen Lektorinnen Christiane und Sandra.

Besonders danken möchte ich auch euch – den Leserinnen und Lesern. Für euch ist dieser Roman entstanden. Wenn er euch gefallen hat, freue ich mich, wenn ihr meinen E-Mail-Newsletter abonniert. Hier werdet ihr immer als Erste über neue Romane informiert – wie den nächsten Band der Café Sehnsucht-Reihe: http://eepurl.com/WGE2f

Und natürlich freue ich mich auch, eure Meinung zu erfahren, zum Beispiel durch eine Rezension im Internet.

Eure Ella
autorin@ella-wuensche.de

ÜBER DIE AUTORIN

Ella Wünsche liebt Geschichten. In der Schule schrieb sie die ersten Kurzgeschichten, später folgten Drehbücher für Filme und eine Kinderserie. Ihr erster Roman »*Das Leben ist (k)ein Brautstrauß*« war ein Überraschungserfolg im eBook-Weihnachtsgeschäft 2013. Mit »*Das Geheimnis der Zitronen*« und »*Der Geschmack von Mandeleis*« erreichte sie Platz 1 der kindle-Bestsellerliste.

www.ella-wuensche.de

LENIS GEHEIMNIS (CAFÉ SEHNSUCHT-REIHE)

Kaffeeduft und romantische Geheimnisse – im Café Sehnsucht.

Das Café Sehnsucht lockt seine Gäste nicht nur mit dem weltbesten Cappuccino, sondern auch mit dem Duft der Vergangenheit: In der Second-Hand-Ecke findet Hannah eine alte Nähmaschine, die sie auf eine Reise in die 30er-Jahre lockt. Bald verliert sich Hannah mehr und mehr in der dramatischen Liebesgeschichte der ursprünglichen Besitzerin Leni. In ihrem eigenen Leben gibt es hingegen viel zu wenig Romantik.

Bis sie Paul begegnet, der die Maschine zum Verkauf angeboten hat, und der bald ebenfalls das Geheimnis der mysteriösen Leni lüften will – und deshalb immer mehr Zeit mit Hannah verbringt ...